A GAROTA DRAGÃO

LICIA TROISI

A GAROTA DRAGÃO

I - A HERANÇA DE THUBAN

Tradução
Aline Leal

Título original
LA RAGAZZA DRAGO
I – L´ EREDITÀ DI THUBAN

Copyright © 2008 Arnoldo Mondadori Editore S.p.A., Milão

Direitos para a língua portuguesa reservados
com exclusividade para o Brasil à
EDITORA ROCCO LTDA.
Av. Presidente Wilson, 231 – 8º andar
20030-021 – Rio de Janeiro, RJ
Tel.: (21) 3525-2000 – Fax: (21) 3525-2001
rocco@rocco.com.br | www.rocco.com.br

Printed in Brazil/Impresso no Brasil

preparação de originais
ANA M. CARNEVALE

CIP-Brasil. Catalogação na fonte
Sindicato Nacional dos Editores de Livros, RJ

T764h
Troisi, Licia, 1980-
    A herança de Thuban / Licia Troisi; tradução de Aline Leal. – Rio de Janeiro: Rocco Jovens Leitores, 2012.

    Tradução de: La ragazza drago I : L´eredità di Thuban
    ISBN 978-85-7980-116-7

    1. Ficção infantojuvenil italiana. I. Leal, Aline. II. Título.

12-1342
CDD: 028.5
CDU: 087.5

Este livro obedece às normas do
Acordo Ortográfico da Língua Portuguesa.

Sumário

	Prólogo	7
1	Um dia entre tantos	15
2	A fada na beira do rio	31
3	O exame do professor	47
4	Virar a página	59
5	O coração de Mattia	65
6	A nova casa	74
7	Asas metálicas	97
8	Uma noite no circo	113
9	A rival de Sofia	128
10	Uma história incrível	143
11	Dias de confusão	159
12	Segredos subterrâneos	179
13	A visão	193
14	Debaixo do lago	207
15	Uma bússola	224
16	Convalescença	236
17	Missão secreta	252
18	Uma luta desesperada	270
19	Sentimento de culpa	285
20	O Sujeitado	298
21	Na casa do inimigo	315
22	Thuban	331
23	Lidja e Sofia	345
24	O começo de todas as coisas	360

Prólogo

O último rugido de Thuban sacudiu até as vísceras da Terra. Um clarão ofuscante envolveu os galhos ressecados da Árvore do Mundo, e tudo foi luz e estrondo.

Lung encolheu-se e tapou os ouvidos com a palma das mãos. Tremia, porque sabia que aquela explosão varreria tudo.

Quando o grito se extinguiu, porém, até o terreno parou de tremer. O rapaz reabriu os olhos lentamente e avistou, em meio ao pó do campo de batalha, os muros e os pináculos de mármore da cidade. Dracônia ainda estava lá e refulgia de um branco ofuscante ao fundo de um céu pesado e carregado de chuva. Não se ouvia mais nenhum som, como se o mundo inteiro estivesse à espera de um sinal.

Atrás da pedra que o protegera, Lung prendeu a respiração.

Assistira, horrorizado, enquanto os corpos de Thuban e de Nidhoggr se contorciam na violência da luta, e vira

murchar a Árvore do Mundo a cada ataque, seus frutos se perdendo um a um. Não fora capaz de intervir, paralisado pelo medo de que, de um momento ao outro, o chão se partisse sob os golpes violentos daqueles dois corpos imensos. Rezara para que o embate acabasse e Thuban levasse a melhor, antes que fosse tarde demais.

Porém, o silêncio irreal que pesava naquele momento lhe pareceu ainda mais terrível. Tinha um mau pressentimento e, por fim, decidiu sair do seu esconderijo para ver o que havia acontecido. Nidhoggr desaparecera. Somente Thuban erguia-se, ainda imponente, no terreno. Suas enormes asas membranosas estavam rasgadas, e o sangue descia copiosamente pelo verde das escamas.

Caiu a primeira gota de chuva, e Lung viu seu Senhor levantar o focinho para o céu. Um trovão sacudiu o ar quente da planície, e a água finalmente preencheu com seu som leve o vazio imóvel que antes abafava todas as coisas. Nos olhos de Thuban, houve um lampejo de triunfo; então, quase sem fazer barulho, prostrou-se no chão e seu corpo preencheu a clareira.

– Não!

Lung disparou em sua direção. Correu a plenos pulmões no terreno lamacento e, quando se aproximou, ajoelhou-se.

– Meu Senhor, como se sente? – gritou com voz trêmula.

O focinho era tão grande quanto a metade de seu corpo, e qualquer pessoa teria medo daquela arcada de dentes cerrados e afiados. Uma crista pontiaguda abria-se

Prólogo

nas laterais da cabeça, mas, por mais que seu aspecto fosse aterrador, Lung não tinha medo. Para ele, aquele era o rosto de um amigo.

Os esplêndidos olhos azuis estavam nublados, e a respiração, cada vez mais incerta. O rapaz sentiu um nó na garganta. Nunca imaginaria ver o grande Thuban, o mais sábio e poderoso entre os dragões, o último de sua estirpe, reduzido àquele estado.

— Consegui, venci... — murmurou com apenas um fio de voz, que o rapaz quase não reconheceu, de tão baixa e fina.

— Não desperdice as forças, meu Senhor, deixe-me cuidar de suas feridas primeiro! — apressou-se em dizer, encostando a mão na crista coriácea do dragão. Percorreu seu corpo com o olhar, e a cada ferimento sentiu o desconforto ofuscar sua mente. Era grave, mas talvez ainda houvesse esperança. Quando o salvasse, tudo voltaria a ser como antes.

— Escute-me bem, Lung, porque não me resta muito tempo. Nidhoggr não foi completamente derrotado. Consegui apenas aprisioná-lo aqui embaixo, no fundo desta planície. Empreguei todo o meu poder para fazer isso, e para mim já chegou o fim.

Não. Estava mentindo. Não podia ser assim, não depois de tudo o que acontecera.

— O senhor deve devolver a vida à Árvore do Mundo e encontrar seus frutos dispersos! Há tanto ainda que precisa me ensinar, e eu...

— Lung — retomou Thuban —, o tempo dos dragões acabou. Agora cabe aos humanos continuar. A Árvore do

Mundo não morreu; Nidhoggr não conseguiu destruí-la. Esse não é o fim, mas apenas o começo...

Foram essas as palavras que deram a Lung a exata dimensão do que estava acontecendo. O mundo como conhecia até aquele momento estava prestes a desaparecer, e seu Senhor não estaria mais a seu lado. As lágrimas começaram a escorrer pelas bochechas contra sua vontade.

Thuban fechou os olhos por um instante e, com um último esforço, recomeçou a falar.

– Nidhoggr não pode fazer mal a ninguém por enquanto, mas um dia despertará e chegará o momento de combatê-lo. Vocês deverão estar prontos para tudo, até para abrir mão de suas vidas.

– Nunca conseguiremos sozinhos! Sem dragões, Nidhoggr e as outras serpes levarão a melhor.

– Você se engana. Nós, dragões, estaremos sempre com vocês. Alguns já encontraram um corpo onde descansar à espera do dia em que Nidhoggr romperá o lacre e despertará.

Lung se lembrou dos velhos ensinamentos que Thuban tinha compartilhado com ele tempos atrás, quando ele ainda era uma criança e se conheciam havia pouco.

Alguns de nós, antes de morrer, podemos escolher infundir nossa alma em um humano. Nos corpos de vocês, moramos adormecidos, até encontrarmos a força para emergir e nos manifestar.

Aí está a coisa certa a fazer, pensou o rapaz, cruzando o olhar do dragão.

Prólogo

– Quatro de nós não morreram em vão, Lung. Fundiram-se com os corpos de quatro homens e esperam o despertar.

O rapaz enxugou as lágrimas e olhou Thuban com determinação.

– Tome. Tome o meu corpo e viva.

O dragão inclinou o focinho na direção dele, permanecendo em silêncio.

– Você me ama tanto assim?

– Mais do que tudo.

– Se me aceitar dentro de você, entregará aos seus herdeiros um fardo pesado. Meu espírito passará aos seus filhos e aos filhos dos seus filhos, e, quando chegar a hora da luta final e do meu despertar, deverão lutar comigo contra Nidhoggr, entende?

– Vocês, dragões, lutaram por nós e por esse mundo por um longo tempo, não cabe a nós fazer nossa parte agora? – disse Lung, com o peito erguido. – Tenho orgulho de poder dar esse dom à minha descendência.

Thuban fechou os olhos e suspirou.

– Se essa é a sua vontade, apoie sua mão sobre mim.

Sem pensar duas vezes e engolindo as lágrimas, Lung pousou a palma sobre a gema verde que continuava a brilhar com uma luz pálida na testa do dragão.

A alma de um homem não reside em um lugar específico do corpo; a alma de um homem está em suas mãos, em sua cabeça e em seus pés, e, ao mesmo tempo, em nenhum desses lugares. Mas a alma de

um dragão está fechada nesta pedra. Nós a chamamos Olho da Mente.

– Quando tudo for completado e eu existir somente dentro de você, a Árvore do Mundo e Dracônia desaparecerão. Mas você não deve temer, porque não se dissolverão. Continuarão a vagar à espera do dia final; então voltarão à Terra, e o mundo dos Dragões e o dos Homens se unirão novamente.

Lung pensou com tristeza em Dracônia, em suas alamedas de mármore cândido e em seus imensos palácios fervilhantes de vida. Era a cidade onde crescera e que amava, e agora nunca mais a veria. Sentiu uma melancolia pungente oprimir seu peito, mas conservou em si aquela última, doce imagem do seu passado, e estava pronto.

Primeiro ele sentiu embaixo da mão uma tepidez que tinha sabor de casa e afeto. Então, aquele calor se irradiou lentamente pelo braço, até o coração, e depois por todos os membros, e Lung sentiu-se de uma forma que nunca havia se sentido. Estava pacificado e em um instante achou ter entendido tudo.

– Obrigado por tudo, meu filho. Se muitos homens forem como você no futuro, ainda haverá esperança para este mundo.

Aquelas palavras chegaram distantes e quebradas aos seus ouvidos. Lung abriu a boca para falar, mas uma frieza imprevista o obrigou a tirar a mão da gema. Arregalou os olhos e o que viu foi apenas um corpo sem vida. O verde brilhante das escamas se tornara opaco e pálido. Não havia mais nenhuma expressão naquele olhar, e a imagem da

Prólogo

potência de Thuban tão aniquilada, vazia e derrotada o devastou.

Esticou os braços para apertá-lo novamente, mas pouco a pouco o viu se desfazer sob suas mãos, como fumaça que se rarefaz no ar. Assim desaparecia o mundo dos dragões, dissolvendo-se como névoa ao meio-dia.

Lung viu-se pressionando o nada, então deixou que o choro encontrasse seu caminho. De início, foi apenas um gemido contido, depois um grito enraivecido lançado contra o céu chuvoso. Estava desesperado.

Procurou o amigo no fundo do próprio espírito, mas achou apenas o silêncio mais absoluto. Onde estava Thuban? Estava realmente dentro dele agora?

Não houve tempo para resposta, um estrondo súbito sacudiu novamente o terreno. Lung olhou instintivamente na direção da cidade e viu as torres oscilarem de forma pavorosa, enquanto o pó levantava por toda parte por causa dos pedaços de mármore que se desprendiam, desabando no chão.

O solo sob seus pés rachou, obrigando-o a pular além da fissura para não acabar na fenda. Houve uma explosão assustadora, e Dracônia começou a se elevar. Um pedaço de terra de enormes dimensões levantou-se, levando consigo a cidade inteira e a Árvore do Mundo. Todo o espaço ficou cheio e foi preenchido pelo estrondo da rocha, mas, quando a terra começou a flutuar no ar, foi como se Dracônia houvesse encontrado a própria estabilidade. Os palácios voltaram à imobilidade e os pináculos pararam de tremer. Lung observou a grande Cidade dos Dragões, sua casa,

que planava em direção ao céu, puxada por uma força invisível. Já estava a pelo menos dez metros do chão e continuava a subir, inexorável. Levava com ela tudo o que ele amara. O rapaz manteve os olhos grudados naquela imensa ilha voadora, tentando avistar até o último momento o contorno das suas torres e o fulgor de seus muros. Reviu mentalmente as imagens das próprias lembranças, junto a outras que lhe eram desconhecidas, que pareciam não lhe pertencer.

– Meu Senhor... – pensou, e levou a mão ao coração. Foi quando as nuvens engoliram Dracônia, e tudo ficou em paz novamente. Apenas o estrépito da chuva permaneceu, e Lung sentiu-se infinitamente sozinho. A poucas braças dele, abria-se uma cratera sem fronteiras. Era tudo o que restara da passagem de Dracônia por este mundo; eram os destroços da sua existência até aquele momento.

O rapaz caminhou até a beira da cratera. A visão fez seu coração tremer. Curvou-se e apoiou a mão sobre a terra remexida; um tremor a percorreu. Lá, sob seus pés, dormia Nidhoggr. Lung sentia-o; ali estava adormecido o mal que transtornara sua vida.

Então, apertou um pouco de terra com o punho e prometeu.

– Esperarei e velarei, meu senhor. Todos nós faremos isso.

1
Um dia entre tantos

Ventava. Mas não era um vento mau, daqueles que emaranhavam os cabelos crespos de Sofia até transformá-los em um tufo indestrinçável. Era um vento agradável, fresco, como o que sopra no convés dos navios.

A cidade estava imersa no azul pouco natural de um céu muito límpido. Suas torres brancas resplandeciam sob a luz do sol, as fontes de mármore e os jardins exuberantes enfeitavam as praças e as vielas estreitas. Sofia olhava-os com admiração, mas no fundo do coração sentia uma ponta de nostalgia. Era tudo bonito e brilhante demais para poder durar, e ela tinha certeza de que aquele espetáculo maravilhoso, mais cedo ou mais tarde, desapareceria de repente, como se nunca houvesse existido.

Aproximou-se de uma varanda de vidro e viu as nuvens abaixo dela. Estava voando, mas estranhamente não tinha medo. Ela sofria de vertigens terríveis até quando subia no primeiro degrau de uma escada. Mas, lá em cima, com a brisa que acariciava seu rosto, projetou-se no vazio com toda a coragem. Terras e rios passavam sob seus olhos, enquanto a cidade se movia rapidamente no céu. Depois, uma sombra imensa desenhou-se no verde abaixo dela – instintivamente, Sofia levantou o olhar na direção do azul para entender o que era. A luz do sol a cegou, impedindo-a de distinguir qualquer forma.

– E aí, você vai se levantar ou não?

Frio. Nas pernas, nas costas.

– Estou cansada de ter que chamar duas vezes todas as manhãs e subir até aqui quando todos os outros meninos já desceram.

Sofia apertou os olhos. Nada de cidade maravilhosa cheia de sol, nada de sombra imensa. Em vez disso, como sempre, um teto branco manchado de umidade.

– E então?

No seu campo de visão apareceu a figura seca e magérrima de Giovanna. Ela não tinha idade, ou talvez simplesmente tivesse nascido velha. Trabalhava no orfanato desde antes de Sofia nascer. Fazia um pouco de tudo: lavava, passava, cozinhava. Dizia-se que também era órfã e que entrara ali quando criança para nunca mais sair. Sofia, quando a olhava, pen-

Um dia entre tantos

sava que aquele seria o seu destino: crescer dentro do instituto, olhar Roma pelas grades do portão e um dia tornar-se magra e azeda como ela.

De resto, os outros não perdiam a oportunidade de repetir. "Aos treze anos ninguém mais adotará você, com certeza. Ficará aqui dentro para sempre", sentenciava Marco, que apesar disso era o menino mais amigável do orfanato.

– Desculpe – resmungou Sofia levantando-se e pisando no chão com os pés descalços. O contato com o piso frio a fez arrepiar-se apenas por um instante.

– "Desculpe, desculpe"... Você repete isso sempre, e todas as manhãs tenho que vir jogá-la para fora da cama!

Sofia não deu bola; Giovanna sempre dizia isso e aquilo já era a pantomima ensaiada delas.

– Vá se lavar, vá. Depois eu trago para você, no máximo, um croissant escondido.

Giovanna sempre fazia isso também.

Sofia apressou-se e foi em direção aos banheiros. Se havia algo de positivo em acordar tarde é que pelo menos tinha o banheiro todo para ela. Gostava da solidão. Se lhe perguntassem qual era a pior coisa de viver em um orfanato, ela diria que era a falta de privacidade. Havia sempre gente por toda parte. Você dormia com dez pessoas em um dormitório, comia junto com outras cem, estudava com outras trinta e assim por diante. O único momento para estar sozinha era de manhã no banheiro.

 Escolheu uma das pias e começou a lavar o rosto. Contemplou-se no espelho e, como era previsível, seus cabelos ruivos e crespos formavam um tufo emaranhado. Eis por que todos ali dentro a chamavam de Cabeção. Suspirou. Contemplou suas sardas em volta do nariz, na esperança de não achar nenhuma nova. Era uma velha história; quando tinha cinco anos, um menino do orfanato lhe contara sobre uma menina cujas sardas começaram a se multiplicar cada vez mais, até encher-lhe todo o rosto e o corpo. A pobrezinha ficara com uma desagradável cor vermelho-tomate na pele e desde então não saíra mais de casa. Agora, Sofia sabia perfeitamente que aquela história servira apenas para tirar sarro dela, mas o medo de que isso pudesse acontecer com ela também continuava a atormentá-la. Por isso, todas as manhãs não conseguia evitar examinar-se no espelho. Afinal, dizia a si mesma com tristeza, havia poucas coisas às quais conseguia se opor. Acreditava naquela história sem sentido, sofria de vertigens de um jeito no mínimo vergonhoso e era o bode expiatório predileto de freiras e professores. Isso sem falar nos outros meninos. Tinha vergonha de falar até com os menores, e todos zombavam dela.

 Terminou a análise matinal estudando seus olhos verdes e principalmente o pequeno sinal que tinha na testa, um pouco afastado das sobrancelhas. Era bem curioso: tinha uma cor quase azulada e era levemente saliente. Algum tempo antes, as freiras haviam levado todos ao médico para o exame periódico, e o doutor que a atendera se detivera um bom tempo naquele estranho sinal.

– Você o tem desde sempre?

Sofia concordara, temerosa. Não queria falar, tinha medo dos médicos, e aquele, então, a examinava com interesse demais. Convenceu-se naquele instante de que tinha alguma doença gravíssima.

– E sempre foi assim?

Concordou de novo.

– Hum...

Sofia entendera aquele resmungo como uma condenação à morte.

– Mantenha-o sob controle.

– Mas é grave? – Sua voz já tremia.

O doutor riu.

– Não, não... todos os sinais devem ser examinados. Se o vir crescer, avise a alguém e peça para trazerem você até mim, está bem?

Desde aquele dia, obviamente, ela sempre o examinava.

Uma vez convencida de que estava tudo certo, Sofia meteu-se debaixo do chuveiro e tentou saborear até o fim aquele momento de solidão.

A voz imperiosa de Giovanna, porém, trouxe-a cruelmente de volta à realidade.

– E então? Quanta água você quer gastar? Mexa-se, porque a escola está esperando!

Sofia suspirou. Sua vida era um livro em que uma única página que se repetia infinitamente. Até os sonhos eram sempre os mesmos. Sonhava quase todas as noites com a cidade branca que voava; mudavam apenas pequenos detalhes. Sempre que a via, sentia-se feliz e melancólica ao mesmo tempo. Era bom ser tão diferente naqueles sonhos. Parecia outra pessoa quando olhava o mundo lá embaixo dos balcões da cidade, e não apenas porque não tinha vertigens. Sentia-se segura e com a cabeça livre de pensamentos e preocupações. Sentia como se aquela cidade fosse sua verdadeira pátria, o lugar ao qual pertencia.

Colocou o casaco e a calça e desceu os degraus de dois em dois. Foi para o refeitório voando e quase derrubou Giovanna e sua bandeja que trazia um cappuccino e um croissant. O silêncio do salão era completo, os bancos ainda estavam bagunçados pela turba de meninos que passara por ali, a mesa comprida abarrotada de xícaras e migalhas.

– Desta vez irmã Prudenzia vai matar você, e eu estarei lá olhando com prazer – resmungou Giovanna.

Diante daquelas palavras, Sofia bebeu de um gole só seu cappuccino, depois pegou o croissant rapidamente e correu em direção às salas de aula.

Assim que atravessou a porta, a diretora fulminou-a com o olhar. Era incrível, mas um de seus olhares feios podia baixar a temperatura na sala, literalmente. Irmã Prudenzia devia ser bastante idosa,

Um dia entre tantos

mas tinha o corpo vigoroso e ereto como um junco. Quase sempre suas mãos ficavam escondidas na batina preta e as sobrancelhas enrugavam-se em uma expressão de solene austeridade. Quando sentia raiva de verdade, levantava levemente uma delas, e todos baixavam o olhar. Da touca preta e branca não saía nem meia mecha de cabelo, e até as rugas na testa eram retas e paralelas, como se fossem disciplinadas. A mesma disciplina que impunha a si própria e a todos no instituto.

Olhou a hora no relógio de couro preto que tinha no pulso.

– Vinte minutos – disse.

Sofia sabia que dessa vez havia errado feio. Desejou poder se dissolver no ar, enquanto sentia as orelhas arderem e o rosto ruborizar.

– Vejo que você não consegue mesmo entender e insiste obstinadamente em seu comportamento mal-educado.

– Desculpe... – disse a menina, com um fio de voz.

Irmã Prudenzia levantou a mão, interrompendo-a logo.

– Todas as manhãs você diz isso, é uma expressão de remorso que a essa altura já se desvalorizou.

Ela era assim. Falava com o dicionário na mão, como dizia Giovanna.

– No almoço você poderá reparar seu erro e refletir sobre ele.

Sofia sabia bem o que aquilo significava. Nem tentou reclamar.

– Você trabalhará na cozinha por toda a semana.

A menina abriu a boca, mas não proferiu nenhuma palavra. Teria sido inútil. O excesso do castigo, porém, atingiu-a como um soco.

– Sente-se.

Foi de cabeça curvada ao assento, ficou de pé durante a habitual prece matinal e se preparou para seguir as aulas.

Não foi mais humilhante que de costume. Sofia não ia mal na escola, ou melhor, estava na média. Empenhava-se o quanto podia, mas era acometida por distração crônica. Não era sua culpa. Depois de meia hora com a bochecha apoiada à palma da mão, tentando decorar cada palavra que era dita, sua mente começava a sonhar e a divagar. Com frequência construía tramas alternativas às lidas nos livros, inventava personagens e identificava-se com suas histórias. À noite lia debaixo das cobertas, com a lanterna entre os dentes e os ouvidos atentos para ouvir se Giovanna ou outra freira viesse fazer a ronda. Os livros de que ela gostava, de fábula ou de terror, não agradavam muito a seus professores, mas ela continuava a arranjá-los às escondidas. Tudo se tornava inspiração para suas fantasias desenfreadas, que a levavam para longe da pequena sala de aula, fria no inverno e escaldante no verão, onde estudava com outros órfãos como ela.

– Sofia!

Um dia entre tantos

Pulou, ficando em pé. Era um bom exemplo. Acabara de acontecer. Um minuto atrás estava ali na sala de aula, ouvindo o professor de música falar de Mozart, e um minuto depois se perdera na corte vienense, em meio a rendas, em um palácio de contos de fadas.

– E então? Você sabe a resposta ou não?

Sofia procurou desesperadamente entender de que se falava. Percorreu o quadro-negro com os olhos, depois seus colegas de turma. As expressões deles não lhe diziam nada.

– Saleiro – ouviu sussurrarem. Talvez fosse Marco, na carteira atrás da sua. – A resposta é *saleiro*.

Sofia aceitou aquela dica como uma tábua de salvação.

– Saleiro! – apressou-se em dizer.

A turma explodiu em risadas enquanto o professor a olhava, gélido.

– Bem, realmente, não sabia que os saleiros entendiam tanto assim de música, nem que um deles tivesse sido rival de Mozart.

Sofia corou até a raiz dos cabelos.

– Salieri, Sofia, Salieri! Outro belo três, o segundo do mês, estou vendo... – disse o professor, empunhando a caneta.

Sofia sentou-se, na esperança de que debaixo da carteira se abrisse de repente um precipício que pudesse engoli-la. Antes, porém, teve a satisfação de se virar para seu conselheiro fraudulento.

Marco deu de ombros diante de seu olhar desesperado.

– Não tem jeito, Cabeção. Com você nem tem mais graça, você sempre cai em todas.

– Sofia!

A menina virou-se logo.

– Quer outro três ou prefere parar de importunar o Marco?

– Mas eu...

– Tenha pelo menos a decência de se calar, você e o seu saleiro cantor.

Sofia resignou-se. O destino jogava sempre contra ela.

Saboreou pouco o almoço também. Ainda mais porque era dia de ervilhas e ela odiava o modo como preparavam as ervilhas no orfanato. Colocavam aipo nelas. Não conseguia imaginar uma combinação menos acertada.

– Quer tocar um pouco, Cabeção? – perguntou-lhe um menino, entregando-lhe o saleiro. Todos ao redor explodiram em risadas.

Sofia procurou manter alguma dignidade.

– Foi o Marco que me deu a cola errada de propósito.

– Ah, sim. Depois nos explique então o que tinha a ver um saleiro com a aula de música.

Outro coro de risadas.

Um dia entre tantos

Sofia suspirou enquanto espalhava as ervilhas no prato, na esperança de que todos à sua volta decidissem, sabe-se lá como, desaparecer um a um.

Depois do almoço, em todo caso, foi pior ainda.

Giovanna veio pegá-la depois que a maior parte dos meninos já tinha ido embora.

– E aí? E todas essas ervilhas no prato?

Ela limitou-se a não responder.

– Existem milhares de pessoas que morrem de fome e você desperdiça a comida assim?

Sofia pensou, mal-humorada, que até os famintos tinham limites, e aquelas ervilhas os ultrapassavam de longe. Depois, tentou fugir do confronto e encaminhou-se em direção às cozinhas.

Aquele lugar sempre lhe parecera infernal. O ambiente estava constantemente envolvido em uma névoa úmida e grudenta que cheirava a fritura e molho queimado. Panelões enormes ferviam sem descanso, e próximo aos fogões fazia um calor absurdo. O chão era escorregadio por causa da água que saía da lava-louça obsoleta, e Sofia mais de uma vez correra o risco de levar o maior tombo. Além de Giovanna, lá trabalhava apenas uma freira jovem e pequena que nunca falava, e, dada a falta de pessoal, era automático que a mandassem para dar uma ajuda.

Quando entrou, por sorte a névoa desaparecera quase completamente. A essa altura, aturar o vapor da lava-louça seria mais simples, pensou com um suspiro de alívio. Pena que, como de costume, aque-

le troço não fizera seu dever, e uma pilha de pratos que precisavam ser lavados de novo foi apresentada a Sofia. Ficou lá boa parte da tarde e, quando saiu, seus ouvidos zumbiam, após tantas horas escutando as fofocas que Giovanna berrava sem parar. Foi só por isso que não lhe pareceu um suplício ir até a sala coletiva fazer os deveres.

Era um grande cômodo com duas mesas e bancos compridos. Os meninos sentavam-se em intervalos regulares e estudavam na maior confusão.

Sofia os imitou, com os cabelos fedendo a fritura e detergente e o casaco suado.

Porém, assim que abriu o estojo, sobressaltou-se. Lá de dentro, uma lagartixa escapuliu em sua direção. Levantou-se de um pulo, trombando com dois colegas. O bichinho começou a fugir pela sala, enquanto os meninos riam e as meninas soltavam gritinhos de nojo. Sofia mal teve tempo de ver a cara satisfeita de Marco, que a olhava. Com certeza o autor da brincadeira fora ele.

– Ei, Sofia! Sempre fazendo besteira.

Giovanna aparecera do nada, armada com uma vassoura.

– Mas não é culpa minha!

– Ah, sim, nunca é culpa sua, no entanto você está sempre no meio quando acontece uma encrenca.

– Eu...

As palavras morreram em seus lábios. Não fazia sentido afirmar a própria inocência. Quando se era insignificante como ela, era normal ser sempre humilhado. Baixou a cabeça com resignação e aguentou todo o sermão de Giovanna, que impiedosamente lhe ordenou um turno duplo na cozinha no dia seguinte.

À noitinha, Sofia recolheu-se exausta ao dormitório. Jogou-se na cama e saboreou o silêncio. Lá fora, o outono havia descolorido as folhas do grande plátano no jardim. O céu estava de um vermelho soturno. Ela adorava o outono. A noite chegava antes, e isso lhe dava uma desculpa para se recolher cedo, de forma a poder ficar sozinha mais tempo, perdida nos próprios pensamentos.

Deitada de barriga para cima, começou a analisar as manchas de umidade no teto, vendo nelas figuras fantásticas, como nas nuvens de verão. Era um jeito como qualquer outro de escapar da monotonia dos seus dias, uma sucessão de humilhações que a acompanharam desde o primeiro momento em que entrara no instituto.

Estava completamente tomada por sua tristeza quando Giovanna entrou.

– Irmã Prudenzia quer falar com você.

Sofia sentiu um vazio repentino no estômago. Raramente irmã Prudenzia mandava chamar alguém. A última vez fora quando Luca cometera um pequeno furto na despensa. E fora a única vez em que um menino havia sido punido a pescoçadas.

– Comigo? – disse, incrédula, levantando-se.
– Com certeza.

Engoliu, sentada imóvel na cama. O tom de voz preocupado de Giovanna era claro: ela também devia ter pensado em algo grave, porque não se dirigira a ela gritando, ao contrário do que era seu costume.

Sofia desceu da cama com cautela e a seguiu. Havia apenas dois corredores e uma escada entre o escritório de irmã Prudenzia e o dormitório, mas aquele trajeto lhe pareceu infinito. Teve todo o tempo para pensar em terríveis hipóteses sobre o porquê daquele chamado.

Giovanna bateu com delicadeza na porta, e aquele barulho a despertou de suas fantasias.

O "entre" da diretora soou lúgubre e marcial.

– Coragem, vá – encorajou-a Giovanna.

Sofia entrou timidamente. Nunca vira aquele escritório. Todos falavam dele com temor e reverência, mas poucos haviam entrado lá.

A primeira coisa que a impressionou foi a madeira. Muitíssima e por toda parte. Vermelha. Vermelha a grande escrivaninha perto de uma parede, vermelha a estante apinhada de volumes. Vermelha até a madeira do grande crucifixo atrás da irmã.

– Posso?
– Venha.

Um dia entre tantos

Irmã Prudenzia estava sentada à escrivaninha, às voltas com um livro grosso no qual escrevia algo com uma caneta esferográfica. Sofia avançou lentamente. Havia uma cadeira, mas não sabia se estava autorizada a se sentar. Era uma bonita cadeira revestida de couro preto, preso por grandes tachas circulares de metal.

– Pode se sentar.

Sofia obedeceu. Estava ansiosa em obedecer de todo jeito as ordens da diretora. Naquela cadeira alta tão imponente sentia-se menor ainda.

Irmã Prudenzia enfim levantou os olhos para ela. Usava finos óculos de presbita circundados de ouro. Era a primeira vez em em que Sofia a via com eles.

– Amanhã você encontrará uma pessoa, por isso está dispensada das aulas.

A menina ficou perplexa. Não teve nem tempo de formular a pergunta que urgia em sua boca.

– Há um estimado professor que quer adotar você.

Adoção. Aquela palavra teve o poder de eliminar todo e qualquer som na sala e mandar para longe todos os pensamentos da mente de Sofia. Até o medo desaparecera.

– *Me* adotar? – perguntou, com a voz rachada de emoção.

Irmã Prudenzia olhou-a significativamente.

– Sim, você. É um professor de antropologia e pediu expressamente para te encontrar. Parece

que conheceu seus pais de algum jeito. Amanhã virá aqui e, se não houver problemas, logo você irá embora com ele.

Era um sonho. Não podia ser outra coisa. Fora do instituto. Talvez já na noite seguinte. Finalmente veria Roma sem o portão no meio.

– Agora pode ir – disse, seca, irmã Prudenzia.

Sofia sacudiu-se. Levantou-se rapidamente, esfregou as mãos, murmurou "obrigada e até logo" e saiu pela porta.

Fora não havia ninguém. O corredor refletia a luz das luminárias nas paredes. Ficou imóvel diante da porta. De repente, o chão, as janelas cheias de escuridão e as luzes difusas lhe pareceram estranhas e precárias. Acabara de acontecer uma coisa impensável. Ninguém nunca viera por ela. Ninguém nunca a olhara com interesse; sempre fora tímida demais, pequena demais ou grande demais para que um homem e uma mulher decidissem escolhê-la como filha. E agora havia um professor que a queria. Sofia não conseguia nem imaginá-lo. Em seus pensamentos era uma figura indistinta e imponente, uma mão que a levava embora dali como uma carta do maço.

No monótono livro de sua existência, entre páginas e páginas idênticas a si mesmas, de repente aparecera algo diferente. Uma página em branco.

2
A fada na beira do rio

Mattia deu um chute na latinha que estava no chão. A pancada fez com que ela batesse em um poste de luz, produzindo um barulho entrecortado e desafinado.

"Bem, é exatamente como me sinto agora", pensou o menino com uma ponta de raiva. Haviam acabado de pisar em seu coração como se faz com os capachos, e ele estava tentando segurar as lágrimas, mas com pouco sucesso. Em intervalos regulares ele tinha que detê-las no canto do olho com um dedo, antes que pudessem se soltar, dando-lhe a humilhante sensação de estar chorando.

Tudo começara durante a educação física. Descera ao vestiário do ginásio com a bolsa da roupa esportiva, animado, com as melhores intenções. Sim, tudo bem, não fora um grande dia, mas, no fundo, nada de novo. Recreio solitário e, de merenda, aqueles

malditos biscoitos salgados que sua mãe insistia em fazê-lo comer: "Os lanchinhos são cheios de coisas nojentas e, além do mais, você sabe que o médico disse que você tem que emagrecer."

Explique isso aos outros meninos da turma, sempre munidos de sacos de batatas fritas. Já era difícil tirar notas boas sem dar uma de CDF desnorteado, imagine conseguir não ser ridicularizado comendo somente patéticos biscoitos dietéticos "não salgados", como vinha escrito na embalagem, chamando a atenção em letras garrafais.

No início, quando entrara no vestiário, ninguém prestara atenção nele, e aproveitara para se trocar em silêncio total em um canto. Odiava seus colegas, todos eles. Magros, atléticos e bem-vestidos. Usavam sempre sapatos de marca e roupas esportivas na última moda. Ele, por sua vez, pegara da bolsa uma camiseta surrada com a imagem do Mickey e um short desbotado.

Colocara-os, resignado e pronto para aceitar como um mártir todas as olhadelas de escárnio de Valeria e das outras. Chamavam-no de Porquinho, e não podia repreendê-las. Era gordo, sabia disso, mas com aquele short realmente parecia um leitãozinho. Suas coxas gorduchas despontavam, debochadas, por baixo do tecido.

Depois, pegara a camiseta e apenas naquele momento se dera conta. Era enorme, gigantesco, impossível de esconder. E, de fato, bastou meio segundo para que os outros também o vissem.

A fada na beira do rio

– Mas o que é isso, o Mickey com três orelhas?
– Olha que furo!
– Esse é um furo de rato, estou dizendo. O Mickey com furos de rato! – disse um menino, arrancando-lhe a camiseta da mão para jogá-la para um colega.

Contudo, era apenas um furo, nada além de um maldito furo no peito. Mattia repetira à sua mãe que precisava de uma roupa esportiva séria, mas ela fora impassível: "Aqui não tem dinheiro sobrando, e essa camiseta está ótima. Até porque você a usa duas vezes por semana, né? É perfeita para suar."

As risadas maldosas dos colegas ainda ecoavam em seus ouvidos. Mattia tentara fazê-los parar, mas o único resultado fora dar uma de idiota, correndo de lá para cá no vestiário na vã tentativa de pegar a camiseta de volta.

– O professor está ficando com raiva, venham!

Acabara assim. A camiseta caiu no chão e os outros escaparam com suas roupas de grife, continuando a rir dele. Quando Mattia a pegou, o furo havia virado um rasgo.

O pior, porém, aconteceu no fim da aula. Para evitar o desdém dos colegas, Mattia oferecera-se como voluntário para arrumar o ginásio e entrara no vestiário por último. O professor aproveitou para chamá-lo e lhe disse explicitamente para levar uma roupa esportiva de verdade da próxima vez. A cara que ele fez quando o olhou enquanto dizia isso fora

quase mais humilhante do que os deboches dos colegas. Olhara-o com pena, como se faz com os pobretões. Mas isso não lhe fizera tão mal quanto as vozes que ouviu vir do banheiro feminino. Reconheceu logo uma. Giada.

Giada era sem dúvida a menina mais bonita da turma. Morena, de olhos verdes e com um sorriso apaziguante. Impossível não se apaixonar. E, de fato, quase todos viviam atrás dela. Claro que ela sequer pensava em olhar para um perdedor como ele, mas Mattia se contentava em admirar suas costas quando ela sentava-se na carteira em frente a ele, contemplando por horas e horas seus fantásticos cabelos compridos.

– E então, você vai sair com ele? – Era a voz de Francesca, a melhor amiga de Giada.

– Acho que sim, vamos ver como vão as coisas. – Essa era ela. Inconfundível, com aquele jeito maravilhoso de sibilar o *esse* e também de arredondar as vogais...

– Mas ele vem pegar você de vespa?

– Claro. Disse que vai passar na saída da escola.

– Que legal... Então vai ser na frente de todo mundo.

– Exatamente.

– E seus pais?

– Não tem problema, eles vão estar trabalhando. Nem vão ficar sabendo.

A fada na beira do rio

– Um menino do ensino médio... Queria ter a sua sorte... Mas um menino assim nunca vai me querer, no máximo eu consigo aquele CDF do Mattia.

Mattia suspirara. Fora rotulado para sempre, não havia escapatória.

– Ele, nem se fosse o último homem na face da Terra.

– Nem eu, na verdade... falei por falar.

– E você viu que nojo hoje? Aquela camiseta asquerosa... Ele não tem pai e mãe?

– Ah, você não sabe? A mãe dele criou-o sozinha... Parece que o pai fugiu quando ela ainda estava grávida.

– É mesmo?

– É. Pelo menos foi isso o que a mãe de Marta disse para a minha.

– Não me surpreendo que ele tenha saído tão estranho, sem pai... Quero dizer, você viu como ele me olha?

– Claro. Como um pervertido.

– Dá até um pouco de medo. Acho que daqui a pouco vou mudar de carteira: saber que ele está sentado atrás de mim me dá aflição.

Mattia saíra sem dar uma palavra, a tempo de pegar sua mochila deformada e a bolsa. Nem se trocara. Felizmente a educação física era sempre no último horário.

Não se importava por ainda estar vestido daquele jeito ridículo. Afinal, Giada dissera que ele dava

nojo, né? Com certeza não seria colocando uma calça jeans que poderia transformar-se em uma pessoa normal.

Sentia-se deprimido, humilhado e com raiva. Estava isolado de tudo e de todos, odiava o mundo inteiro. Detestava a escola, onde ia tão bem e onde todos diziam que ele tinha uma ótima cabeça para estudar. Mas, pelo contrário, ele não tinha apenas a cabeça, tinha também um coração. Ou, pelo menos, havia tido um antes daquela aula de educação física, e era todo de Giada, somente dela.

E também estava irritado com sua mãe, porque ela continuava a não entender e o tratava como uma criança idiota, teimando em vesti-lo de um jeito ridículo, com camisetas cheias de bonequinhos, como se ele ainda estivesse no jardim de infância. Também não aguentava mais o dinheiro, que nunca havia em casa, os livros usados e as roupas dos brechós.

Deu um chute em uma pedra, que, pelo cúmulo do azar, acabou batendo na porta de um carro. O alarme começou a tocar até não poder mais. Alguém perguntou: "Ei! Quem foi?" Mattia não pensou duas vezes e desceu correndo as escadas que davam nas barragens do rio Tibre. Percorreu uma centena de metros até sentir o peito em chamas e ter que parar para tomar fôlego. Curvou-se, arrebentado pelo esforço, e finalmente chegou ao fundo do poço.

Sentia nojo de si mesmo, e perguntou-se com raiva por que justo ele tinha que ter uma vida assim.

A fada na beira do rio

Começou a chorar como uma mulherzinha e ficou com mais pena ainda de si mesmo.

– Não pode ser tão ruim assim, vai...

Virou-se repentinamente. Viu-se diante do rosto reconfortante de uma menina loira. Tinha os cabelos bem curtos e muitas sardas ao redor do nariz. Sorria compreensivamente e era muito bonita, com a face redonda um pouco infantil e o nariz arrebitado.

Mattia levantou-se, consciente de estar fazendo um papelão. Mas, enquanto ele se endireitava, ela colocou a mão no casaco de couro preto que usava, puxou um pacote de lenços de papel e lhe ofereceu.

– Vamos, enxugue as lágrimas, não é bonito um homem chorar.

Piscou o olho para ele, e seu rosto era tão simpático que Mattia quase conseguiu não ficar envergonhado.

Sentaram-se em um banco em frente ao rio. A água escorria, plácida e verde, formando curiosos turbilhões, cuja natureza nenhum dos dois tinha intenção de indagar. De vez em quando passavam alguns ramos podres e algumas sacolas plásticas.

Tudo estava estranhamente calmo, quase suspenso, e Mattia sentiu-se subitamente tranquilo.

– Você não tem que dar importância a ela – disse a menina, com o olhar fixo no rio.

De perfil era ainda mais graciosa. Devia ter no mínimo vinte anos: quase uma velha em relação a Mattia, que tinha doze.

– Sim – acrescentou, virando-se. – A Giada, quero dizer.

Dessa vez ele ficou sem fôlego.

– As meninas da sua idade são todas umas dengosas que não entendem nada. Essa mania de sair com os mais velhos... Infantil, você não acha?

Mattia percebeu ter ficado de boca aberta e apressou-se em fechá-la. Como é que ela sabia sobre o seu amor por Giada?

– Eu sei um monte de coisas, *Mattia*.

Agora ele estava realmente assustado. Levantou-se de um pulo e começou a olhar ao seu redor. Como ela sabia seu nome? Era impossível, ele nunca a vira antes, e tinham acabado de se conhecer.

– Você me seguiu? Você está me espionando?

Ela não parou de sorrir.

– Digamos que sou uma espécie de fada...

Era uma resposta absurda, mas Mattia achou-a estranhamente plausível. Uma parte dele dizia que só podia ser um sonho, mas outra estava se deixando levar sem fazer resistência. No fundo não havia nada de mal em sonhar de olhos abertos, principalmente se a pessoa estivesse um pouco para baixo e desejasse tanto uma coisa. Resumindo, sentiu-se totalmente enfeitiçado. Confuso, talvez, mas também feliz por se encontrar ao lado de uma fada. Porque não podia ser de outro jeito. Com certeza estava imaginando tudo, então o que poderia lhe acontecer de ruim? Até porque já era ficção científica pura que uma menina bonita como ela estivesse ali ao seu lado e lhe dirigisse a palavra.

– Eu vim aqui para ajudar você, Mattia. – A menina tirou a mão do bolso do casaco e estendeu-a para ele. – Prazer, meu nome é Nidafjoll, mas se quiser pode me chamar de Nida.

Quando Mattia apertou sua mão, notou que era fria como gelo, mas a menina abriu-se em um sorriso tal que ele não ligou mais para isso.

Nida voltou a olhar para o rio.

– O problema, Mattia, é que você tem um grande espírito confinado em um corpo que, como vou dizer... Deixa a desejar. Se dependesse de você, você voaria, não é? Mas você está grudado no chão.

Mattia concordou, sério. Era terrivelmente verdade.

– Eu, que sou uma fada, vejo com clareza que você é uma pessoa linda por dentro. Mas os outros se detêm no seu aspecto exterior, por isso o ignoram.

O menino suspirou. Pela primeira vez alguém o entendia.

– Mas vamos supor por um momento que eu pudesse lhe dar um corpo adequado ao seu espírito, algo que lhe permitisse sair pelo mundo sem ter que se envergonhar das suas pernas gordas ou dos seus dedos parrudos.

Mattia viu-se, em um lampejo, transfigurado em um rapaz de capa de revista, com as roupas certas, com a cara certa, com os amigos certos. Um tipo que não erra nunca, um tipo que sabe o que dizer.

– Quem me dera... – suspirou, com uma voz sonhadora.

– Você é uma borboleta, Mattia, uma borboleta que tem que desabrochar. E eu posso fazer com que isso aconteça.

– Mesmo? – exclamou ele, incrédulo.

– Você não precisa pedir. Já sabe que é possível.

A menina tinha razão. Era como se o mundo todo em volta dele tivesse se transfigurado de repente. A parte da sua consciência que lhe repetia para estar atento, a essa altura, era uma voz distante, quase imperceptível. Talvez, às vezes, as fábulas se tornassem realidade.

Nida sorriu de novo. Tirou a outra mão também de dentro do bolso e abriu-a embaixo do nariz de Mattia. Um estranho objeto metálico, parecido com uma pequena aranha, brilhou sob a luz do sol. Parecia quase o chip de um computador, de tão complexo e diferente.

Ele olhou-o, encantado.

– O que é?

– É o que permitirá que você saia do seu casulo. Está cansado do seu corpo gordinho?

— Muito — disse Mattia com uma ponta de raiva.

— Está cansado das suas roupas sempre simples, dos seus modos sempre errados?

— Garanto que não aguento mais — respondeu ele, cada vez mais convicto, quase com garra.

— Então pegue isso e tudo mudará. Você se tornará outra pessoa, a pessoa que sonha ser. Terá as roupas certas, a cara certa, os amigos certos. Exatamente como desejava agora há pouco.

Nida sorriu, cúmplice, e Mattia não soube o que dizer. Então balançou a cabeça. Sua parte cética havia ganhado vantagem por um instante.

— Escute, não é possível. Parece que estou num desenho animado, em que você pega um objeto mágico e com ele pode se transformar e virar outra pessoa. Na vida real essas coisas não são possíveis.

A menina franziu as sobrancelhas por um instante, depois se levantou do banco e tirou o casaco. Usava uma saia jeans curtíssima e uma camiseta vermelha justa. Virou as costas para Mattia, e ele ficou sem palavras. Ao longo de sua espinha dorsal, havia uma espécie de corrente metálica composta por anéis, e em cada um deles estranhas garras se apoiavam nas vértebras. O aparato brotava do decote profundo da camiseta e se salientava pelo tecido mais abaixo. Nida fez pressão com um dedo na base do pescoço e os dentinhos se retraíram, os anéis entraram uns nos outros e a longa corrente se reduziu a algo muito parecido com o objeto que ela lhe mostrara pouco antes. Tirou-o do pescoço e sua pele imediatamente enrugou-se, os cabelos embranqueceram e as costas recurvaram-se. Quando se virou, Mattia custou a reconhecê-la. Seu rosto estava coberto de rugas e tinha um quê inquietante. Os olhos tornaram-se pequenos e opacos, como se estivessem cobertos por um véu leitoso, e sufocavam em uma pele mole e com o colorido apagado. Até seu sorriso aberto e sincero havia se transformado em uma risadinha horrível. Apesar do terror daquela visão, Mattia não conseguiu se mexer. Ficou plantado em frente a Nida sem dizer nada. Apesar de tudo, continuava a sentir uma confiança irracional naquela menina, como se tivesse sido enfeitiçado por ela com alguma estranha magia.

– Sem... – Nida sorriu, mostrando gengivas completamente desdentadas. – E com... – Pegou o treco com dois dedos e o colocou de volta em seu lugar atrás do pescoço. Transfigurou-se em um segundo, voltando a ser a linda menina viva de antes. – Convenci você?

Mattia estava completamente apatetado. Então tinha mesmo ido parar em um desenho animado. Bastava aquela espécie de barata prateada para se transformar no fantástico menino que ficaria com Giada na escola. Ficava tonto só em pensar.

– Se você quiser, é seu.

A dúvida lhe passou pela cabeça só por um instante. O desejo de pegá-lo era um imperativo ao qual não podia resistir. Sua salvação encontrava-se ali, a poucos centímetros, e brilhava convidativamente entre os dedos gélidos de Nida. Sem sequer se dar conta, Mattia esticou a mão e o agarrou, tremendo como uma folha. Era frio e duro, mas principalmente *verdadeiro*.

– Por que você está me ajudando? – perguntou, em um último ímpeto de ceticismo.

– Porque às vezes os desejos se tornam realidade. É o meu trabalho. Você desejou muito que as coisas mudassem, e quem quer algo tanto assim consegue. Meu ofício é ajudar pessoas como você.

Sorriu amigavelmente, e Mattia olhou-a, aturdido. Sentia-se tão intimamente convencido que retribuiu o sorriso pela primeira vez desde que a conversa começara. Apertou aquele estranho instrumento na palma da mão, depois a olhou com os olhos brilhantes.

– Muito obrigado.

Nida sacudiu os ombros.

– Dever de fada.

Mattia não sabia o que dizer. Sentia-se metade atraído, metade assustado por aquele objeto, mas em todo caso não podia largá-lo. Seu coração não queria saber de bater mais devagar. Talvez as coisas, pelo menos naquele sonho, pudessem tomar um rumo diferente. Levantou novamente o olhar para se despedir da menina, mas para sua grande surpresa ela já não estava mais ali. Era como se tivesse evaporado. Estava sozinho na barragem do rio e sua cabeça doía levemente. Sentia-se como se tivesse acordado no meio de um sonho. Estava confuso, e girou ao redor de si mesmo com ar desorientado.

– Tudo bem?

Mattia deu um pulo como se uma tarântula o tivesse mordido. Quando viu que se tratava de um simples gari, suspirou ruidosamente, tentando se acalmar.

– Você está bem? – repetiu ele. Estava com uma vassoura na mão e uma expressão estranha.

– Estou, estou... Tudo bem – disse ele, mas sem muita convicção.

– Eu vi você sozinho na barragem, e não são muitos os meninos da sua idade que vêm aqui.

Mattia deu um passo para trás.

– Não, eu não estava sozinho, estava falando... – deteve-se. – Me desculpe, o senhor por acaso viu uma menina?

O homem olhou para ele, desconfiado.

– Você estava sozinho – respondeu.

Que beleza, só faltava a loucura. Gordo, CDF e doido. Olhou para o chão, massageando a testa.

– Quer que eu o acompanhe até o hospital?

Mattia sequer o escutou, de tão concentrado que estava, olhando a palma de sua mão. Estava vazia. Respirou bem fundo. Calmo. Tinha que ficar calmo. Havia apenas sonhado de olhos abertos. Exibiu seu sorriso mais convincente.

– Está tudo bem, obrigado. Eu só estava distraído.
O gari o observou um pouco mais, depois deu de ombros.
– Como achar melhor.
Mattia foi em direção às escadas para chegar à marginal do rio Tibre, enquanto o tal homem continuava a resmungar.
Sentia-se estranhamente decepcionado. Seria maravilhoso, porém, ser diferente, melhor, um cara maneiro de verdade. Que pena...
Foi enquanto subia as escadas que a viu. Seu rosto de criança lhe apareceu na sombra da ponte. Durou apenas um instante; bastou apertar os olhos para que aquela visão sumisse. Mas a fada sorrira para ele, tinha certeza disso. Instintivamente, colocou a mão no bolso e sentiu o frio do metal. Seu coração parou por um segundo. Subiu os degraus de um fôlego só e começou a correr como se estivesse fugindo de algo.

Escondida onde a sombra sob a ponte estava mais escura, Nida sorriu para si mesma quando o viu desaparecer.
– Como foi?
Virou-se. Diante dela estava um menino de uma beleza não menos esplendorosa que a sua. Tinha cabelos ondulados castanhos acobreados e o mesmo sorriso fascinante e puro dela. Estava vestido com elegância: calças claras e paletó marrom, ambos com

um ótimo corte, e uma echarpe de cashmere enrolada frouxamente no pescoço. Em intervalos regulares, colocava a mão nos cabelos para ajeitá-los, com satisfeita presunção.

– Tudo bem – disse ela, virando-se novamente na direção em que Mattia começara a correr.

– Quando você acha que ele virá até nós?

– Se conheço bem esses pirralhos, ele irá para casa, se plantará na frente de um espelho e colocará o dispositivo. Aí ele será nosso.

O menino olhou-a, desapontado.

– Prefereria que viesse imediatamente.

Nida ficou séria.

– Fique calmo, Ratatoskr. *Ele* diz que os eleitos ainda não despertaram, portanto temos tempo, talvez estejamos até adiantados.

– Pode ser, mas o quanto antes nos livrarmos dessa tarefa, melhor me sentirei.

– Não se preocupe. *Ele* prevalecerá.

Nida olhou novamente na direção das escadas que Mattia subira. Tinha certeza de que voltariam a vê-lo logo.

3
O exame do professor

Sofia alisou o casaco pela centésima vez. Até aquele momento, ela nunca se envergonhara de suas roupas. Geralmente eram vestidos de segunda mão ou coisas deixadas por outras pessoas, mas aquela calça jeans larga demais e os amplos casacos que usava no inverno combinavam com o papel que ela sentia desempenhar no mundo. No fundo, era uma menininha insignificante, uma pecinha minúscula, substancialmente inútil para o mecanismo geral. Mas não naquela manhã. De repente, ser vistosa, bonita e simpática tornava-se fundamental. Tinha que causar boa impressão àquele homem, precisava impressioná-lo. Era a sua única chance de tentar dar uma virada na própria vida e ir embora de uma vez por todas do orfanato.

Contemplou-se no espelho. O casaco verde combinava com a cor de seus olhos. Sentiu-se vagamente ridícula por ligar para certas coisas, mas disse a si mesma que o misterioso professor apreciaria. Como último toque, prendeu os cabelos. Não havia outro jeito de tirar aquele ar de cabeção que a juba crespa lhe dava. Mais uma olhadinha.

– Vamos, você está bem assim.

Sofia virou-se rapidamente. Giovanna aparecera atrás dela.

– Você acha? – perguntou-lhe aflita. Entre ela e a mulher nunca houvera uma relação diferente da que pode ligar uma órfã qualquer a uma servente, mas de repente Giovanna se tornava a única pessoa com quem poderia se abrir.

Ela sorriu-lhe, benévola.

– Com certeza! Você é uma menina bonita e simpática de verdade, confie em mim, e com esse casaco você está ótima.

Sofia sentiu-se reconfortada. Provavelmente não era verdade, mas todos precisam de pequenas mentiras para seguir em frente.

Giovanna colocou as mãos em seus ombros.

– Sabe, às vezes achava que você iria acabar como eu, que não sairia mais daqui. No fundo, eu também era como você tantos anos atrás.

Seus olhos tornaram-se brilhantes, e Sofia sentiu-se constrangida e lisonjeada por aquela confissão repentina. Eram pensamentos que ela também tivera muitas vezes.

O exame do professor

– Nunca veio ninguém por mim, mas você hoje tem a sua grande chance. Atenção, hein?

Ajeitou o casaco nos ombros e alisou duas pregas nele. Sofia imaginou se era assim que uma mãe fazia com os próprios filhos e como se sentiria se tivesse uma pessoa ajeitando suas roupas todas as manhãs.

– Pronta?

Concordou delicadamente.

Em frente à porta de irmã Prudenzia, sentiu o coração bater mais rápido. Atravessar aquela soleira significava mudar tudo, sabia disso.

Colocou a mão na maçaneta gelada e girou-a. O avermelhado do mogno a agrediu, como na noite anterior. Dessa vez, porém, a sala estava inundada de luz.

Entrou com passos curtos. Rodeadas pela claridade do sol de outono, havia duas figuras, uma empertigada e alta e outra menor e gorducha. Sofia identificou-as imediatamente e sentiu um golpe no coração. Era ele.

– Este é o professor Georg Schlafen, Sofia.

A menina manteve a cabeça inclinada em submissão, enquanto seus joelhos tremiam.

– Oi, Sofia.

Tinha uma voz bonita, um pouco grave. Sofia olhou-o de soslaio. Tinha o rosto comprido e o queixo um pouco saliente, coberto por uma barbicha curta muito bem cuidada. Os olhos eram pequenos e vivazes, escondidos atrás de um par de óculos pretos e redondos. Sorria amigavelmente e lhe estendia a mão esticada e bem aberta. Era o curioso cruzamento de um frade, como os que vira algumas vezes visitando o orfanato, com o estereótipo do cientista.

Permaneceu imóvel, com a mão esticada e o sorriso pintado no rosto, sem se mexer um milímetro.

– So-fi-a! – murmurou com ira reprimida irmã Prudenzia, e então Sofia sobressaltou-se e apertou a mão do professor. Ele tinha um aperto de mão caloroso e tranquilizador.

– Oh, bem.

Falava com um leve sotaque estrangeiro. Sofia demorou-se observando seu curioso traje. Estava vestido como um homem do século XIX: colete com a corrente do relógio de bolso bem à mostra, calça preta e um paletó escuro e comprido, enriquecido por uma gravata muito vaporosa. Simpatizou instintivamente com aquele sujeito, que, no entanto, superava a altura dela em apenas meio palmo.

– O professor tem sangue alemão por parte de pai, enquanto sua mãe era italiana. Viveu por um longo tempo em Munique, onde cursou boa parte de seus estudos de antropologia. É uma eminência em seu campo, e sua fama é grande junto aos círculos culturais.

– Generosa demais, generosa demais – disse, com sincera modéstia, o professor.

– Conheceu seu pai, e a dívida de amizade que o ligava a ele o conduziu até aqui. Procurou você

O exame do professor

por muito tempo, Sofia, justamente para honrar esse antigo pacto, e quando enfim encontrou-a, veio aqui conhecê-la e quer levar você com ele.

Sofia alternou o olhar entre o professor e a irmã Prudenzia. Ela estava impassível, severa como sempre; ele, por sua vez, balançava-se em seus sapatos, que estalavam cada vez que ficava levemente na ponta dos pés.

– Pediu expressamente para poder falar com você e eu consenti. Imagino que você também tenha muitas coisas para lhe perguntar, e por isso os deixarei sozinhos.

Antes de se despedir, a diretora encarou Sofia com um olhar cheio de subentendidos. Como resposta, ela imediatamente endireitou as costas e parou de olhar para o chão. Tinha que causar uma boa impressão do instituto, mas sentia estar com a mesma cara de alguns *cockers spaniels* quando levam uma bronca do dono. Então, a porta se fechou ruidosamente, e um silêncio atônito desceu no escritório. O rangido dos sapatos do professor era o único barulho que se ouvia.

– Ah, bem – fez ele um pouco depois.

Sofia, enquanto isso, torturava as mãos. Sabia que deveria dizer algo, deveria mostrar-se brilhante e parar de ficar ali imóvel como uma planta.

– Uma pessoa... Como direi... Um pouco rígida a nossa abadessa, não?

O professor lançou-lhe uma piscadela. Sofia sorriu, embaraçada. Claro que era verdade, mas nunca ouvira ninguém falar daquele jeito de irmã Prudenzia.

– Vamos nos acomodar – disse ele, pegando uma cadeira. Instalou-se cruzando as pernas com elegância. Sobrou para Sofia a mesma cadeira alta do dia anterior.

– E aí? Chega um estranho querendo te adotar e você não faz nenhuma pergunta?

Sofia levantou os olhos, sentindo-se irremediavelmente idiota. Mas o professor estava sorrindo com bondade.

– Tem certeza de que quer justamente eu?

Ele explodiu em uma gargalhada que o sacudiu todo, e Sofia intimidou-se ainda mais. Encolheu os ombros, escondendo as mãos embaixo das pernas. Recriminou-se por aquela pergunta tão infantil.

– Você tem a autoestima baixa assim? – disse o professor quando se acalmou, enquanto enxugava uma lágrima no canto do olho.

– Tenho.

A resposta saiu sincera e irrefreável.

– Bem, você se engana, Sofia, e muito – disse ele, subitamente sério. – De qualquer forma, é exatamente você que eu quero, você e mais ninguém. Acredite em mim, não existe ninguém como você – acrescentou, dando-lhe outra piscadela.

Sofia sorriu, confusa.

– O senhor conheceu mesmo meu pai?

O exame do professor

– Não somente seu pai. Conheço todos os seus antepassados, conheço a sua história, se posso dizer assim.

– Mas ele... – insistiu Sofia. – O senhor o conheceu pessoalmente?

O professor estudou-a.

– Você não sabe quem ele era, não é?

Sofia encolheu-se novamente na cadeira.

– Não, sempre vivi aqui, desde que tinha seis meses. Não sei nada sobre meus pais: se estão vivos, se estão mortos...

– Seu pai morreu há muitos anos. Era uma pessoa especial e ignorava o próprio talento tanto quanto você. Sua família tende a se desvalorizar. – Georg Schlafen sorriu, depois voltou a ficar sério. – Morreu em um acidente, mas eu prometi a ele que tomaria conta de você.

– E minha mãe?

– Sinto muito, mas nunca a conheci.

O tom do professor pareceu bastante evasivo para Sofia.

– E... Como era? – perguntou impulsivamente. – Meu pai, quero dizer.

Ele pareceu perder-se por um instante nas lembranças.

– Muito parecido com você. Os mesmos olhos e os mesmos cabelos, mas suponho que as sardas sejam uma herança da sua mãe.

"Uma herança muito pouco apreciada", pensou Sofia.

– Acima de tudo, você e seu pai compartilham isso.

Apontou o dedo indicador entre suas sobrancelhas, indicando o sinal que Sofia tinha entre os olhos. Ela cruzou o olhar até ficar vesga e ver tudo em dobro, e foi obrigada e esfregá-los. O professor deu uma risadinha.

– Não sabia que os sinais eram hereditários...

– Alguns, sim – disse ele com indiferença.

O silêncio caiu novamente entre eles.

O professor disse uns dois "Ah, bem", seguidos por alguns resmungos, e então endereçou a conversa para assuntos mais tradicionais. Perguntou-lhe sobre seus estudos, e Sofia enrijeceu-se imediatamente quando se sentiu à prova. E se não respondesse direito? E se demonstrasse ser ignorante demais?

Começou a balbuciar algo sobre as aulas na escola do orfanato, evitou cuidadosamente mencionar notas e tentou fazer uma vaga imagem panorâmica dos programas.

Porém, o professor interrompeu-a pouco depois.

– O que você sabe sobre astronomia? – perguntou-lhe.

Sofia ficou perplexa. Essa não era uma das matérias que uma aluna do ensino fundamental precisava conhecer. Perguntou-se se na Alemanha seria diferente.

– Bem, às vezes olho as estrelas...

O exame do professor

Procurava-as desesperadamente no céu durante o inverno, mesmo se lhe custasse congelar à força de ficar do lado de fora. As luzes de Roma matavam todas elas. Reconhecia apenas, e com dificuldade, o Grande Carro, e às vezes aquela enorme cafeteira que parecia Órion.

– Tudo bem, mas o que você sabe sobre o assunto?

Sofia encolheu os ombros.

– Bem... Na verdade...

– E sobre botânica? – incitou o professor.

Sofia lembrou em um flash que, quando era mais nova, haviam cultivado uma plantinha de feijão na escola.

– Sei algo sobre hortas, tivemos que cultivar alguns vegetais para as feiras – disse, tentando encobrir com uma aura profissional aquela longínqua experiência com os legumes.

– Hum... – o professor apertou os olhos, como se a estivesse estudando melhor. – E a mitologia? Os mitos nórdicos? Os contos gregos?

Sofia sentiu-se mal. Havia lido alguns livros a respeito porque gostava daquelas histórias, mas não ia além dos mitos mais famosos. Sem dúvida, estava fazendo um papelão. No fim das contas se rendeu.

– Não sei quase nada sobre isso, me desculpe – disse, afundando-se na cadeira com o único desejo de desaparecer.

Schlafen ficou em silêncio, quase como se ponderasse suas palavras uma por uma. Então bateu as mãos nas coxas e fez menção de se levantar.

– Teremos que trabalhar um pouco, mas eu já esperava por isso.

Sofia olhou-o com ar interrogativo.

– Moro não muito longe daqui; comprei uma antiga residência no lago de Albano. Conhece?

Ouvira falar. Ficava ao sul de Roma, naquela zona de colinas chamada "dos Castelos". Sabia apenas que lá se fazia um bom vinho e que era aonde os romanos iam comer leitão assado. Concordou levemente.

– Ah, bem – fez o professor. – Me recolhi lá por causa dos meus estudos: é um lugar tranquilo e de certo modo... místico, eu diria. Seu dever será simplesmente me dar assistência: arrumar a biblioteca, por exemplo, ou transcrever coisas para mim.

Começou a explicar uma longa lista de incumbências na qual Sofia se perdeu quase imediatamente. Outra coisa capturara sua atenção. *Seu dever*, dissera.

– Meu dever? – repetiu, visivelmente chocada.

O professor parou.

– Isso, exatamente, seu dever – respondeu, decidido.

Sofia engoliu.

– O senhor está dizendo que vai me levar embora?

– Claro. Amanhã de manhã você virá comigo.

– Mas eu errei tudo! Ou melhor, não sei nada sobre as coisas que me perguntou, e depois...

O exame do professor

– Não me interessa se você sabe – cortou ele. – Queria apenas entender em que ponto você estava, só isso. Para que possa me ajudar, precisarei instruí-la um pouquinho, não é mesmo? Mas será divertido, você vai ver.

Seu sorriso bondoso dava bastante esperança, mas Sofia ficou sem palavras mesmo assim. Estava acontecendo uma coisa incrível, e ela custava a acreditar realmente nisso.

O professor, notando seu ar desorientado, procurou animá-la.

– Minha querida, eu sabia que você viria comigo antes mesmo de vê-la, antes mesmo de colocar os pés aqui dentro. Soube disso quando encontrei você, quando descobri onde estava. É o destino que nos conduziu até aqui, Sofia, você não acha?

Bem, sim, talvez fosse mesmo verdade.

– Sei que pode ser difícil para você agora, mas verá que minha mansão é um lugar bonito, você vai se adaptar rápido e...

– Não é isso – interrompeu-o Sofia. – Só estou atordoada, pensava que esse dia nunca chegaria... – E, ao dizer isso, abriu-se no primeiro sorriso verdadeiro desde que chegara.

O professor retribuiu, contente.

– E olha ele aqui – disse. – Escrito nas estrelas.

Tirou do colete um esplêndido relógio de bolso e o abriu.

– Diria que por hoje chega. É bem complicado se deslocar na cidade de vocês; se eu não pegar um ônibus agora, perderei o frescão. – Sorriu novamente. – Passarei amanhã de manhã às 10 horas, tudo bem para você?

Sofia concordou. Parecia que a sala havia começado a rodar vertiginosamente.

– Bem, vamos chamar a nossa abadessa, certo?

O professor apertou os olhos novamente e se levantou.

Quando o viu ir em direção à porta, a menina teve medo de que ele pudesse evaporar de sua vida tão repentinamente quanto havia aparecido.

4
Virar a página

—Você vai embora mesmo?
– E como ele é?
– Cabeção, mas onde fica a casa desse sujeito?
– É um doido, você vai ver, ou então está pegando você para fazê-la trabalhar como uma escrava.
– E aí, vamos parar com isso? – Giovanna estava fora de si.

Assim que a notícia se espalhou pelo orfanato, Sofia foi atacada, para dizer o mínimo. Todos queriam saber como era o sujeito que ia adotá-la, onde morava, o que fazia, e, principalmente, ninguém se conformava que Sofia, uma garota insignificante, pudesse ter atraído a atenção de alguém na veneranda idade de treze anos.

Ela tentava responder, mas as perguntas eram muitas, a confusão insuportável, e, sobretudo, ela tinha muitas coisas para fazer. Então a servente interveio:

— Agora vão todos para a cama ou cuidar das próprias vidas, se não eu vou me aborrecer! Olhem que chamo a irmã Prudenzia!

Bastou o nome para evocar o espectro. Em um instante, o silêncio reinou.

— Agora podemos fazer as malas – disse Giovanna, dirigindo-se a Sofia com doçura.

Deu-lhe uma mala vinda do amontoado de coisas que as pessoas ricas do bairro costumavam doar ao orfanato. Era grande o suficiente e aparentemente muito robusta. Fazia lembrar as malas presas com barbante com as quais os imigrantes do início do século iam para a América. Todavia, Sofia sentia-se mais ou menos uma deles. Ela também partia para perseguir um sonho, o de uma vida melhor, e como nunca havia saído do instituto, o lago de Albano para ela era tão exótico e distante quanto Nova York.

Encheram a mala com as suas roupas, cuidadosamente dobradas e perfumadas com um saquinho cheio da lavanda que as freiras cultivavam na horta. Sofia se desanimou vendo as poucas roupas que tinha. Estavam lá, mirradas, no fundo da mala, onde pareciam se perder.

— Você vai ver que o professor Schlafen comprará roupas novas para você. Ele disse que tem uma mansão, certo?

Sofia concordou.

— Com certeza deve ser muito rico e você vai levar uma vida de princesa.

Virar a página

Quando acabaram tudo, Giovanna abraçou-a forte.

– Estou tão feliz por você – disse-lhe sobre um ombro, mas Sofia percebeu que sua voz tremia.

Sabia em que estava pensando. Eram as mesmas coisas que ela pensara quando vira os outros meninos do orfanato irem embora. Sempre se despedia, congratulava-se com eles, depois os via atravessar o portão junto com o casal que os escolhera, e seus olhos começavam a pinicar, sem que ela pudesse fazer nada a respeito. Aquele portão era como uma trincheira, como um rio impossível de atravessar, que dividia o mundo chamado de normal do seu.

A consciência de ter conseguido a comoveu tanto que retribuiu o abraço de Giovanna com entusiasmo.

– Obrigada por tudo, e me desculpe pelas tantas vezes em que a aborreci – disse com um fio de voz.

A mulher afastou-se. Estava com os olhos vermelhos, mas os de Sofia também estavam brilhando.

– Vamos lá, não seja boba, esse é um dia alegre!

A menina começou a rir, dando vazão a toda a felicidade que não conseguira exprimir até aquele momento. Finalmente chegaria a sua vez. Pensou em uma coisa que lera em um livro: as coisas boas sempre chegam quando você menos espera. Era a pura verdade.

Aquela noite foi um calvário. Sofia não conseguia pregar o olho. Escutava no escuro a respiração das

A Garota Dragão

colegas e se perguntava se sentiria falta delas. A partir do dia seguinte, não teria mais que dividir nada com ninguém, nem o banheiro. Teria um chuveiro todo para ela, uma pia só e, se tivesse sorte, uma banheira. Tomaria café da manhã sozinha, e, provavelmente, nada de escola, talvez um instrutor particular, como em certos romances.

Eram todas novidades inesperadas às quais desejava conseguir se adaptar. E se, por trás de tudo, estivesse realmente uma tapeação, como alguém dissera? No fundo, podia até ser: um desconhecido apresentara-se para adotá-la e até admitira que a faria trabalhar.

Com esse pensamento, Sofia levantou-se. Precisava caminhar e esclarecer as ideias, até para escapar da melancolia que sentia no corpo. O chão gelado sob os pés descalços fez com que ela se arrepiasse, mas avançou em silêncio em direção aos corredores, iluminados apenas pela luz pálida da lua que penetrava pelas janelas.

Era estranho, mas de repente tudo parecia diferente, quase novo. O desenho dos ladrilhos no corredor que levava ao escritório de irmã Prudenzia, o linóleo no refeitório, o branco dos azulejos do banheiro. Até as manchas de umidade no teto. Ficara tanto tempo lá dentro que era como se todas aquelas coisas tivessem desaparecido. Por muitos anos, não as vira mais, apesar de tê-las sob os olhos todos os dias. Eram o pano de fundo fixo de sua vida, um painel onde sua existência transcorria, monótona e plácida. Somente agora notava de verdade todos aqueles detalhes, sentindo-os como seus. Agora, quando estava prestes a deixá-los.

Continuou dando voltas pelo instituto, tocando as paredes com os dedos, despedindo-se de cada um dos detalhes que fizeram parte de sua existência até aquele momento. Comprometeu-se a nunca esquecer aquele lugar – no fundo, fora sua casa por tanto tempo e não havia nada do que se envergonhar.

Era um dia cheio de luz. O plátano no jardim parecia dourado, atravessado pelos raios de sol. Fazia frio, e Sofia sentia-se desgraçadamente desajeitada com aquela velha malona nas mãos. A cada minuto, temia que o professor não se apresentasse. Imaginava que, tendo-a visto tão atrapalhada e ridícula, voltaria atrás para nunca mais dar as caras.

Mas Schlafen chegou, cumprimentou irmã Prudenzia e abriu aquele sorriso ao qual Sofia já começava a se afeiçoar.

– Me dê a mala, deixe eu ser cavalheiro – disse, tirando a bolsona de suas mãos. – Vá se despedir.

Sofia virou-se, envergonhada. Lá estavam irmã Prudenzia, Giovanna e, obviamente, todos os outros órfãos que a olhavam incrédulos. Os mais novos estavam claramente decepcionados. Não haviam aprendido ainda a sutil arte de disfarçar o próprio desgosto.

Deram a ela um desenho com a assinatura de todos, certamente ideia de alguma freira. Não conseguia sequer imaginar que faria falta a alguém lá dentro.

– Bem, então tchau – disse vagamente. Seus colegas de turma se despediram dela com um beijo na bochecha, os outros se limitaram a olhá-la.

– Espero que sua permanência aqui tenha lhe ensinado muito e possa servir no futuro para formar sua personalidade de mulher da melhor maneira possível. Quero acreditar que um dia você se lembrará desses anos com carinho e agradecerá a mim também – disse uma irmã Prudenzia marcial, mas quase comovida.

– Com certeza – balbuciou Sofia, e recriminou-se pela voz trêmula de emoção. Ela pensava aquilo de verdade.

Com Giovanna foi diferente. Não disseram nada, bastou um olhar de cumplicidade para entender que entre elas duas, agora, havia um portão que as separava. Mas não era de todo mal: ela conseguira.

Por isso, quando se virou para o professor, que a esperava na rua, tinha o olhar sereno de quem mudou sua vida de uma vez por todas.

5
O coração de Mattia

—Mattia... Mattia! Vamos, está na hora...
Àquelas palavras apenas sussurradas seguiu-se o barulho das persianas sendo levantadas. O quarto foi inundado de luz, e Mattia colocou o braço sobre os olhos.

– Mas que horas são? – resmungou.

– Hora de tomar café da manhã e se lavar para ir à escola – disse sua mãe.

A palavra escola lhe infligiu uma fisgada dolorosa no peito. Um novo, maldito dia de insultos. Além do mais, veria Giada de novo e, depois do que havia escutado no banheiro das meninas, não fazia muita questão de vê-la novamente.

Levantou-se da cama com dificuldade e bebeu sem vontade seu leite desnatado com cevada, mergulhando nele os cereais integrais sem açúcar.

– Bola para frente, Mattia! Será possível que todos os dias você tenha que colocar essa tromba? – disse sua mãe na patética tentativa de melhorar seu humor.

Mattia olhou-a com ódio. Não havia nada que se pudesse dizer ou fazer para levantar o astral de uma pessoa como ele. Pessoas como ele tinham o destino traçado no mundo: uma vida de perdedores, passada a acertar as contas com o próprio aspecto insignificante e a total falta de talentos.

"Ou talvez não?"

A pergunta lhe veio espontânea, automática, e trouxe a lembrança inquietante do sonho na beira do Tibre. Porque tinha que ter sido necessariamente um sonho, não havia dúvida. Mas fora tão incrivelmente real, tão desgraçadamente crível.... Se fechasse os olhos, conseguiria lembrar com perfeição o rosto da fada, sua pele luminosa e até as covinhas que tinha nas bochechas quando ria. Como disse que se chamava? Nida... Sim, Nida, a abreviação de um nome impronunciável que naquele momento não lhe vinha à cabeça.

Pensou novamente nisso enquanto se lavava e contemplava com a habitual tristeza seu rosto gorducho refletido no espelho. Descobriu que gostava de se lembrar daqueles poucos minutos no rio. Quando vira novamente o rosto da menina, ou melhor, quando *achara* que o vira, por um instante tinha se assustado e subira as escadas correndo.

O coração de Mattia

Pensando nisso, sentia novamente no peito aquela sensação de opressão que o aterrorizara tanto. Mas, no geral, era uma lembrança boa. Um sonho bom e só.

"Talvez o gari tenha razão, preciso ir ao médico...", disse a si mesmo, lavando o rosto.

"O que você viu aconteceu de verdade, Mattia, e você também sabe disso", respondeu outra vozinha insinuante. Suas mãos pararam, ainda cheias de água.

Será possível?

A hipótese não era tão extraordinária. Afinal, encontrara algo no bolso, depois daquele encontro. Como isso se explicava? Não se explicava, não sem admitir, justamente, ter encontrado mesmo a fada. Resumindo, não havia solução, e aquele absurdo todo começava a enlouquecê-lo.

Enfiou sua calça jeans e notou que estava mais apertada na cintura. Estava claro que engordara ainda mais, droga. Colocou o casaco, tentando puxá-lo o mais para baixo possível: tinha que conseguir cobrir a barriga. Nada feito, continuava saindo por baixo da roupa. Então, verificou se a porta do quarto estava encostada e deu uma olhada no relógio: ainda tinha dois minutos antes que sua mãe o chamasse para sair.

Em silêncio, dirigiu-se para a cama, deitou-se nos ladrilhos do piso e esticou o braço em direção à latinha que sabia que estava ali, debaixo do estrado. Pegou-a delicadamente, tentando não fazer muito barulho. Depois, pegou a chave da gaveta da mesinha de cabeceira e a abriu, colocando-a sobre os joelhos.

Dentro havia de tudo: folhas de papel, desenhos amarrotados e um diário. Quando crescesse, queria escrever histórias em quadrinhos, mas nunca contara isso a ninguém. Desenhava tarde da noite, quando sua mãe ia dormir, e gostava de contar a história de um grupo de amigos dotados de superpoderes que lutava contra uma raça de alienígenas que queria conquistar o mundo. Havia as cartas que escrevia para Giada todos os dias e que nunca tivera coragem de entregar. Eram frases de amor um pouco melosas, algumas até copiadas das fotonovelas que sua mãe lia, mas no fundo eram sinceras, e ele gostava. O diário, de fato, estava cheio de páginas e páginas onde descrevia suas frustrações amorosas. Já que ninguém nunca o escutava, decidira se abrir naquelas linhas para contar seus sentimentos e colocá-los para fora. Não ligava se era coisa de mulherzinha.

Mattia tirou delicadamente as folhas, até ver algo brilhar no fundo da caixa. Seu coração acelerou no peito. Claro, podia repetir infinitamente que o que vivera era apenas uma alucinação, mas aquele brilho refutava qualquer raciocínio lógico e racional. A aranha metálica da fada estava lá, no fundo da sua caixa de sonhos, cintilante e absolutamente real.

O coração de Mattia

Não conseguia tirar os olhos dela. O que era? Se não foi Nida que lhe dera, onde a pegara? Como é que ele estava com ela?

Talvez fosse uma brincadeira de seus colegas. Talvez alguém tivesse enfiado em seu bolso no ônibus, enquanto voltava para casa. Ou sua mãe talvez a tivesse esquecido no bolso do blazer quando o colocara para lavar. Balançou a cabeça. Eram explicações fracas demais para acalmar seu ceticismo. Algo de misterioso acontecera, algo em que Mattia não conseguia acreditar, mas que o fascinava. Havia um perigo escondido naquilo tudo, sentia isso, mas o desejo absurdo e desesperado de que aquela história sem sentido fosse verdade era muito mais forte.

Pegou a pequena aranha metálica com dois dedos e olhou-a com atenção. Era mesmo bonita, quase artística, com todos aqueles apliques articuláveis e perfeitamente encaixados uns nos outros.

"Pena que seja falsa", pensou.

"Quem foi que lhe disse?, respondeu-lhe imediatamente outra voz na sua cabeça.

– Mattiaaa? Está na hora!

Sobressaltou-se. Ouviu os passos de sua mãe se aproximarem. Em um piscar de olhos, recolocou seus tesouros na caixa, fechou-a e arrumou-a em seu lugar. Sobrou até um segundo para se levantar, enquanto ela abria a porta.

– Se você está pronto, o que está fazendo aí, plantado?

A Garota Dragão

Mattia levantou os ombros.
– Acabei de me vestir agora.
Sua mãe olhou-o, surpresa.
– Vamos, que é tarde... – disse.
Ele pegou o sobretudo e saiu do quarto, resignado.

A campainha ressoou estrídula na sala de aula. Aquele dia também havia terminado. Mattia recolocou os livros na mochila, em meio ao estrondo das carteiras remexidas pelos colegas já prontos para sair. No geral, fora um dia positivo. Esforçara-se em acompanhar com toda a atenção possível as aulas e conseguira evitar Giada e os colegas. Não estava nem aí se havia dado uma de aluno modelo, como de costume. Seu objetivo era limitar os danos, e no fim das contas havia conseguido. Não dera sequer um olhar para as costas de Giada, que se sentava na frente dele, e isso por si só já fora um sucesso.

Quando se encaminhou sozinho para o pátio, no entanto, certamente não imaginava ver o que viu.

– Mauro! – gritou Giada, fazendo um gesto largo com o braço na direção de alguém, antes de começar a correr.

Mattia seguiu-a com os olhos e notou que, em frente ao portão aberto da escola, havia um rapaz, e, em volta dele, a massa de meninos falantes se dividira em duas alas admiradas. Era alto, com um sorriso de estrela de cinema e um físico malhado que se

O coração de Mattia

entrevia por baixo da jaqueta de couro preta. Estava sentado em uma moto com carenagem de corrida, e, ao redor dele, os plátanos sacudidos pelo vento deixavam cair suas folhas amarelas sobre o calçamento de pedras do pátio. Mattia se sentiria em uma cena de *Top Gun – Ases Indomáveis*, não fosse pelo fato de estar prestes a chorar.

– Oi, linda! – murmurou o rapaz, com um olhar seguro.

Mattia somou dois mais dois. Aquele era o cara de quem Giada havia falado no dia anterior, o aluno do ensino médio com quem ela estava flertando. Afinal, a idade estava certa, devia ter dezesseis, talvez dezessete anos. Sentiu os ombros desabarem. Sabia o que deveria fazer: tirar o time de campo com dignidade, olhos fixos no chão, e ir para casa. Giada não era para ele, sempre soubera disso, e, de todo jeito, deveria estar preparado. Mas ficou ali, olhando a menina correr de encontro a Mauro e colocar os braços em volta de seu pescoço, enquanto a saia curta da última moda balançava perigosamente, mostrando um par de pernas perfeitas, para dizer o mínimo. Então, o golpe de misericórdia: Giada deu um beijo na boca de Mauro. Em câmera lenta.

Um beijo. Na boca. Um estalinho.

Mattia sentiu o mundo se fragmentar ao seu redor. Se aguçasse os ouvidos, poderia notar com clareza o *crack* que seu coração despedaçado estava fazendo, exatamente como nos desenhos animados.

Quando sentiu seus olhos arderem cada vez mais, percebeu que chegara ao fundo do poço.

Um vozerio cruel o arrancou de seus pensamentos.

– Mattia, o que você está fazendo aí, plantado? – Luigi, não havia dúvida. Nunca deixava escapar uma oportunidade de tirar um sarro com a cara dele na frente da turma. – Ei, galera! Vocês estão vendo o Mattia?

Bastou pouco tempo para que todos no pátio se virassem para ele.

– Olhem para ele, está péssimo! Você não sabia que Giada fica com meninos mais bonitos e mais velhos? Achava mesmo que ela ia ficar com um nada como você?

Por uma fração de segundo, Mattia perguntou-se como era possível que soubessem de seu amor desesperado por Giada.

"Idiota, até ela disse que notou como você a olhava. Está tudo escrito na sua testa", repreendeu-se mentalmente. Mas não havia tempo a perder com reflexões desse tipo. A vergonha e a humilhação eram grandes demais, e Mattia sentiu as bochechas e as orelhas esquentarem de constrangimento.

Todos começaram a rir. Giada reservou-lhe um olhar gélido por causa daquela cena, que certamente considerava aborrecedora. Era de dar vergonha um tipo como ele correr atrás da gata da turma.

Mattia sentiu as lágrimas escorrerem pelas bochechas, e não pôde fazer nada para segurá-las.

O coração de Mattia

– Parem com isso... – murmurou entre soluços. – Parem! – repetiu mais alto, mas o coro de deboche cobria sua voz. Então, começou a correr e fugiu do pátio da escola, dando um encontrão em Giada na entrada.

Virou na primeira esquina da rua e continuou por diversos metros, até a humilhação dar lugar a uma raiva cega, junto com a lembrança de palavras doces e convincentes. *Mas vamos supor por um momento que eu pudesse te dar um corpo adequado ao seu espírito, algo que te permitisse sair pelo mundo sem ter que se envergonhar das suas pernas gordas ou dos seus dedos parrudos.*

Parou em uma ruela lateral, as costas apoiadas no muro e a respiração que não queria se acalmar. Colocou por instinto as mãos no bolso, e a sentiu. Prendeu o fôlego por um instante. Estava tocando em algo metálico e de forma inequívoca. A pequena aranha que a fada lhe dera estava ali, em seu bolso. Quase sem perceber, com medo de que a mãe o flagrasse com seus tesouros nas mãos, tinha feito com que ela escorregasse para o bolso da calça. Estava tão desesperado que sentiu a necessidade cega de experimentá-la para dar um estímulo à sua existência. Apertou o punho em torno do pequeno treco de metal quase até se machucar; depois enxugou as lágrimas com raiva e tomou, decidido, o caminho de casa.

6
A nova casa

Roma era enorme. Essa foi a primeira sensação que Sofia teve. Enorme e confusa. Não que nunca tivesse colocado os pés lá. Uma vez, as freiras a levaram à Piazza San Pietro para o Angelus do Papa, junto com os colegas de turma. Depois houvera consultas médicas, e também fizera um passeio nos Fóruns, mas sempre correndo.

– Bem, você tinha que dar uma volta em Roma, certo? Hoje vamos nos conceder apenas um passeio, mas logo voltaremos – disse-lhe o professor.

Sofia concordou educadamente, mas exultou por dentro. Ela desejava fazer isso havia anos.

Começaram pela Piazza del Popolo e depois passaram ao Pincio. Porém, assim que viu a balaustrada, Sofia sentiu uma leve náusea.

– Daqui você pode ver toda a cidade. Me parece um bom jeito de comemorar a ocasião, o que você acha?

A nova casa

Sofia tentou responder, mas saiu somente um piado incerto. O professor pegou sua mão e levou-a até a balaustrada. Ela olhava-a como um condenado à forca, avaliando sua altura, quais eram as probabilidades de cair e, principalmente, em que altura se encontrava sobre a Piazza del Popolo.

Schlafen virou-se para ela.

– Algum problema?

Só então Sofia percebeu que apertara sua mão com força excessiva. Tentou balançar a cabeça, mas o terror do vazio lhe impedia de ser convincente.

O professor olhou-a com ar paternal.

– Sei bem que leva um tempo para se adaptar a um estranho, mas, acredite em mim, pode me dizer se há algum problema, estou aqui para isso.

Sorriu com benevolência, e Sofia sentiu que podia ousar.

– Sofro de vertigens.

Ao ouvir essas palavras, seu tutor fitou-a surpreso; depois, lentamente, o riso subiu a seus olhos, até explodir em uma risada comprida. Sofia corou, sentindo-se idiota. Ele entendeu imediatamente, pois enxugou as lágrimas e obrigou-se a ficar sério. Colocou os pequenos óculos redondos no lugar com dois dedos e limpou a garganta.

– Você não está de brincadeira comigo, está?

Sofia, palidíssima, fez que não com a cabeça.

Schlafen assumiu a expressão mais séria que conseguiu.

— Perdoe-me, é que... Seu pai era um pouco diferente. Ele não... Escute, você tem que ir até lá. De lá vai ver Roma toda. E você nunca a viu, certo?

Sofia fez que não com a cabeça novamente.

— Segure a minha mão o tempo todo. A balaustrada é bem alta, e de qualquer maneira eu seguro você. Nunca a deixaria cair, justo agora que a encontrei.

Sua voz era calma, e seu tom, reconfortante.

— Prometa que não vai rir se me sentir mal — murmurou Sofia, incerta.

— Juro — disse o professor com ar convencido, e apertou a mão dela com força. — Quando você quiser, e só se quiser.

Sofia olhou a balaustrada de rocha. Havia muitas pessoas lá na frente. Turistas, casaizinhos se beijando, alguns meninos matando aula.

Respirou fundo e tomou coragem. Deu o primeiro passo, depois o segundo, mas já no terceiro suas pernas começaram a tremer. Mantinha a cabeça rigidamente reta para não olhar para baixo. O professor apertava sua mão, e ela se sentiu quase segura. E então a viu. A cidade toda estava à sua volta: uma vastidão infinita de telhados e cúpulas que a deixou estupefata. Nunca vira algo do gênero, e mal ouvia a voz do professor, que lhe indicava os principais monumentos. Como um lugar tão ilimitado podia lhe pertencer?

— Mas eu nasci aqui? — A pergunta saiu quase involuntária.

A nova casa

O homem fez que sim.

– Esse lugar é seu, Sofia. Tão seu quanto pode ser uma cidade tão antiga e lendária. Quase cinco milhões de pessoas vivem aqui, e muitas outras apenas trabalham aqui. Existe há dois mil e setecentos anos. Gerações de homens que foram filhos dela e que a sentiram como própria.

Sofia sentiu-se perdida naquele lugar ilimitado.

"Essa não é a minha casa", pensou de impulso. Talvez sua casa fosse a Roma fechada no pátio do orfanato, não essa cidade tentacular que se desenrolava sob seus olhos. E assim lhe veio à cabeça a cidade de mármore dos seus sonhos. A *sua* cidade, a *sua* verdadeira casa.

Os olhos demoraram-se apenas por um instante sobre a Piazza del Popolo. Pousaram sobre o obelisco e acompanharam seu perfil até embaixo. Foi o suficiente. Sofia sentiu-se precipitar à medida que a náusea subia. Afastou-se com violência da balaustrada, e tudo ficou preto.

– Desculpe... – murmurou, enquanto bebia um suco de fruta, sentada à mesa de um bar.

– Você não tem que se desculpar de nada, não foi culpa sua, eu é que errei insistindo. Beba mais alguns goles, você vai ver que depois se sentirá melhor – disse-lhe o professor, olhando-a, compreensivo.

Aquele homem nunca parecia decepcionado com ela, mas Sofia sentia-se uma boboca.

– Desculpe por ter rido antes. É só que me parecia estranho que uma pessoa como você sofra de vertigens.

– Como assim? – perguntou a menina, curiosa.

O professor pareceu constrangido. Ajeitou os óculos e olhou em volta.

– Digamos que seu pai era piloto... – concluiu rapidamente. – Resumindo, amava voar.

Ela ficou boquiaberta, depois se entristeceu.

– Com certeza não herdei dele...

– Não se preocupe, é uma besteira que com o tempo certamente vai passar.

Sofia esboçou um sorriso pouco convicto.

Passaram o dia passeando. Visitaram grande parte do centro. Piazza Venezia, o Campidoglio e sua vista maravilhosa dos Fóruns, e depois ainda Piazza di Spagna e Piazza Navona, todo um mundo que Sofia vira somente nos livros e com os quais fantasiara na escuridão do dormitório. Era tudo imenso. E lindo demais, quase difícil de suportar. Observava os passantes se movimentando com indiferença diante da Fontana di Trevi e se perguntava como conseguiam. Afinal, havia uma coisa tão extraordinariamente bela ali, a dois passos. Como eles demonstravam tanto desinteresse?

Schlafen era um cicerone simpático e eloquente. De cada monumento lhe dizia algo, tinha uma his-

A nova casa

tória sobre tudo, mas Sofia o escutava distraidamente. Estava tomada pela grandiosidade daquilo que via. Era como se aquela cidade fosse excessivamente exagerada. Não lhe correspondia.

– O que você acha? – perguntou-lhe ele, de repente.

– Esplêndida – respondeu Sofia com um sorriso. Imaginou que essa fosse a resposta certa a dar.

– Mesmo?

O tom duvidoso do professor a fez hesitar.

– Não é a minha cidade, você sabe. Eu sempre a visitei como turista apenas, mas sempre me perguntei como quem mora aqui consegue achar que lhe pertence. É uma cidade que escapa, não acha?

Sofia se espantou em como aquelas palavras respondiam perfeitamente aos pensamentos que ela própria estava tendo.

– Munique é diferente? – perguntou, finalmente encontrando a força para dirigir uma pergunta a seu tutor.

– Em parte... Porém, nem lá me sinto em casa. As pessoas como eu, e acho que como você também, são um pouco sem pátria, certo?

Deu-lhe uma piscadela, e Sofia não soube o que responder. Era estranhamente verdade.

– Mas uma casa nós temos, só que é longe... e perdida – acrescentou Schlafen, ajeitando os óculos pela enésima vez. Fazia isso com frequência, principalmente se estivesse constrangido ou fosse dizer algo importante.

Sofia reviu em um lampejo a cidade que estava sempre em seus sonhos. Era estranho, mas não havia outro lugar que sentia poder chamar de casa.

À noite, dormiram em um hotel, porque o último frescão para Albano já havia partido. O professor pegara um quarto individual para ela, e, quando Sofia viu a cama e um armário todo seu, quase se comoveu.
– É de seu agrado? – perguntou-lhe o tutor da soleira do quarto.
Sofia estava sem palavras.
– É fantástico... Nunca dormi em um lugar tão bonito...
– Espero que você não tenha medo de ficar sozinha. Em todo caso, estou no quarto ao lado. Se precisar de alguma coisa, me chame.
A menina concordou, imóvel, na porta. O professor oscilou um pouco, depois se virou para ir embora. Ela não conseguia se decidir, mas, antes que fosse tarde demais, cerrou os punhos e falou de um fôlego só:
– Obrigada! Foi um dia incrível!
Estava vermelha como um pimentão e com os olhos voltados para o chão. Embora não conseguisse ver o rosto do professor, sentiu que estava sorrindo.

No dia seguinte, pegaram o metrô. Sofia imaginava que fosse ser diferente. Em primeiro lugar, não previra o fedor, mas isso era o mínimo. O fato de ser

A nova casa

barulhento e balançar de um jeito insano era ainda pior. Os vagões pareciam lançados em uma velocidade hiperbólica nos túneis subterrâneos que furavam a cidade, e isso lhe dava medo. Parecia que, de uma hora para outra, sairiam dos trilhos e iriam se espatifar em algum lugar.

Foi uma viagem longuíssima. As estações se sucediam sem trégua: Spagna, e depois Barberini, Termini, onde entrou uma multidão.

– É a estação dos trens – explicou o professor.

Rostos que se alternavam e vagões cada vez mais vazios, até Anagnina, o fim da linha. Um nome quase simpático. No vagão ficaram três pessoas: eles dois e um senhor paquistanês que cochilava com a cabeça apoiada em um dos corrimões verticais.

As luzes se apagaram e acenderam novamente.

– Significa que estamos na estação final – anunciou o professor.

Quando emergiram na superfície, parecia que estavam em outra cidade. Havia uma ampla esplanada de asfalto até a parada dos ônibus e dos frescões, onde haviam sido montadas várias barracas de uma feira, já meio vazias para o intervalo do almoço. Ao fundo, uma rua muito larga onde os carros passavam correndo em grande velocidade.

– Mas ainda é Roma? – perguntou Sofia, incrédula.

– Claro. A cidade tem muitas faces, basta se deslocar só um pouco para ver uma diferente. Este é o começo da periferia.

Sofia perguntou-se como uma cidade podia mudar tanto: você entra embaixo da terra na Piazza di Spagna e quando emerge está em outro mundo.

O frescão era azul. Resmungava como um velho infeliz. O professor deixou-a subir primeiro, depois a seguiu. Acharam dois lugares próximos um do outro e sentaram-se. Ele insistiu que Sofia ficasse ao lado da janela.

– Conheço bem esse caminho, mas para você ele é novo. É justo que você tenha uma vista privilegiada – disse-lhe, com uma ponta de mistério na voz.

A menina não se aguentava mais, queria partir, e o cheiro do tecido dos assentos a atordoava. Quando todos subiram, o frescão finalmente partiu, pegando uma rua que subia. Sofia parecia querer comer com os olhos tudo o que passava em frente à janela. As casas se rarearam, e no lugar delas apareceram vinhedos enormes, ainda carregados de cachos vermelhos e dourados. O espetáculo daquele campo doce e sinuoso a fez ficar bem confiante. Um homem de outra época como o professor só poderia ter seu palácio em um lugar daqueles. Mas o frescão não parou e seguiu reto. Sofia desanimou-se por um instante no assento. Sem saber o porquê, sentia-se decepcionada, quase amargurada. Então, de repente, algo capturou sua atenção. Um triângulo de um azul intenso abria-se entre os morros. Ela vira uma cor tão viva apenas nas fotos que retratavam o mar.

A nova casa

Grudou na janela com as duas mãos, mas a visão desapareceu quase imediatamente.

Bastou uma única curva, porém, e o lago de Albano apareceu em todo o seu esplendor. Não era tão grande; com um único olhar se conseguia percorrê-lo todo. Estava enfiado entre morros íngremes, como água contida em uma bacia. Ao redor, apenas o amarelo e o vermelho de árvores quase adormecidas no sono invernal. Aqui e ali, o verde de alguns pinheiros, enquanto em frente exibia-se lindamente o contorno incomum de uma montanha com a ponta cortada.

A cada curva, Sofia virava-se para poder olhá-lo melhor. A água azul era calmíssima, e leves correntes desenhavam em sua superfície sutis arabescos. Havia também alguns barcos.

– Houve uma época em que aqui surgiu um vulcão – disse o professor atrás dela.

Sofia virou-se e o viu sorrir, satisfeito. Evidentemente ele já sabia o efeito que aquele lugar causaria nela.

– O lago se formou milhares de anos atrás, quando o imenso vulcão que existia aqui entrou em erupção com tanta violência que explodiu.

Sofia imaginou essa cena naquele passado remoto. A lava, a fumaça, um verdadeiro inferno.

– O cone explodiu, e em seu lugar criou-se uma cratera. Passaram-se os anos, os séculos, e a água encontrou um caminho. Um pouco de chuva, um pouco de rios, e a bacia se encheu. E lá, onde havia o vulcão, apareceu um lago.

Sofia conseguia imaginar a água se infiltrando, corroendo a terra, e depois as árvores, que como pequenos alpinistas escalavam, enfiando as raízes no solo rachado, preparando, assim, o terreno para a grama. O inferno lentamente desaparecia para dar lugar àquele paraíso verde que ela agora tinha diante dos olhos. Nunca teria imaginado, mesmo em seu sonho mais cor-de-rosa, viver em um lugar tão lindo um dia.

Saltaram perto do lago, e Sofia esqueceu qualquer boa educação. Desceu correndo a escadinha íngreme do frescão, deixando o professor com as malas, e jogou-se em direção à margem. Havia uma pequena praia, e o mais impressionante era a areia cinza-escura.

– Bem, como você vê, resta algo do vulcão, não é? – disse Schlafen, alegre, a seu lado.

Somente quando ouviu sua voz, Sofia se deu conta de tê-lo deixado na mão.

– Desculpe, eu... – começou a gaguejar, tentando de todo jeito pegar sua mala.

– Não precisa se preocupar. Fico contente que enfim você comece a se soltar um pouco. Você esteve dura demais até agora – replicou o professor, passando as mãos na calça listrada. Estava vestido de um jeito diferente do dia anterior. Optara por uma

A nova casa

capa preta que se abria sobre um colete fechado de tecido escocês. No lugar da gravata comprida, dessa vez havia uma gravata-borboleta. Mas o que tornava sua roupa realmente curiosa eram um chapéu-coco e uma bengala com bastão de prata. De vez em quando, rodopiava-a no ar, fazendo graça.

Sofia continuava a sentir-se pouco à vontade, então insistiu em pegar a mala.

– Onde eu moro não passa ônibus, por isso teremos que andar um pouco – disse o professor.

Encaminharam-se para a rua que costeava o lago. Parecia que a confusão de Roma havia chegado até lá: buzinas tocando repetidamente, estridor de freios e fedor de gasolina. Sofia estava quase com medo. Não havia calçadas, assim, ela era obrigada a andar na beira da estrada, os braços dobrados para evitar que a mala encostasse no chão. O professor, por sua vez, avançava rápido.

Demorou muito, mas enfim chegaram a uma placa que proibia o acesso. Dali em diante, o tráfego desapareceu. Sofia tranquilizou-se um pouquinho. Parou um instante, pegou melhor a mala pela alça e começou a andar mais comodamente.

Depois de poucas centenas de metros, a rua que estavam percorrendo alargou-se no que devia ter sido um estacionamento no passado. Agora estava totalmente deserto, e, no chão, havia um tapete de folhas secas e podres. Sofia levantou o olhar à sua direita e viu uma impressionante parede de pedra que chegava a alturas vertiginosas. Arrepiou-se. Havia algo de terrível naquela visão.

Seu tutor olhou-a, sereno.

– Aqui antes era aberto ao tráfego. Depois, a parede de pedra começou a desmoronar. Então, a prefeitura decidiu fechar para os carros, e para mim começou a paz.

Sofia engoliu em seco. Realmente, não demorou muito para toparem com a primeira placa que indicava o perigo de queda de pedras. Dali em diante, encontraram diversas delas. Começou a observar a parede de pedra à sua direita. Era preta, composta por enormes rochas angulosas. Talvez fosse apenas impressão, mas lhe parecia que se mantinham de pé somente em virtude das raízes sinuosas das árvores que cresciam ali. Instintivamente, começou a respirar mais devagar.

Após uma boa meia hora de caminhada, quando as mãos já estavam geladas de frio, deparou-se com um estranho portão verde. Havia algumas catracas, que evidentemente estavam ali para não deixar passar as motos.

Uma estrada de terra estreita ladeada por samambaias e dominada por cipós que pendiam dos galhos das árvores desenrolava-se à frente deles como um fio esticado no centro exato do bosque. À esquerda, o lago deixava-se aparecer entre olmos contorcidos e carvalhos suspensos na água, enquanto, à direita, a parede de pedra obscurecia a luz do sol,

A nova casa

lançando uma sombra inquietante na trilha. Havia um quê de primitivo e selvagem naquela vegetação densa e escura, e Sofia arrepiou-se. Milhares de anos antes, quando o homem ainda não mandava e desmandava na natureza, os bosques deviam ter aquele aspecto. Era como se as plantas e as árvores reagissem com hostilidade à presença de outras criaturas, e quase imediatamente se sentiu vigiada. Aquele lugar parecia tolerar com dificuldade a presença das pessoas, como se a natureza, ferida fundo demais pelo contato com a humanidade, tivesse ficado desconfiada. Para Sofia, parecia que, de uma hora para outra, aconteceria algo ruim: a queda de uma rocha, só para começar, ou a aparição de algum animal estranho. Sentia claramente que, ali no meio, tanto ela quanto o professor estavam completamente nas mãos de uma vontade obscura; se chegassem sãos e salvos à meta seria apenas porque o bosque escolhera deliberadamente lhes conceder isso.

Schlafen avançou primeiro. Continuava a ultrapassar as pedras caídas sem amarrotar a roupa, e seus sapatos reluzentes brilhavam até no meio daquela terra toda, a bengala mal tocando o solo. De vez em quando, olhava-a com um sorriso, levantava os óculos e prosseguia.

Restos de troncos abatidos por desmoronamentos ou por violentos aguaceiros estavam espalhados por toda parte. A vida não devia ser fácil nem para as plantas por aquelas bandas.

Até o lago mudou de aspecto rapidamente. Enquanto no local aonde chegaram com o frescão havia uma margem bem baixa e inclinada, ali o limite entre terra e água era marcado por uma rampa íngreme de pedras que imergia, impetuosa. A água era de um azul tão claro e luminoso que parecia falso e deixava entrever, logo abaixo da superfície, o contorno de algas avermelhadas que subiam do fundo, ávidas de luz, em direção à superfície.

Sofia olhava ao redor com ansiedade. Não a tranquilizava ouvir o professor dizer que até o Papa mandara construir uma residência por aqueles lados para aproveitar o panorama. Limitava-se a concordar, mas não conseguia acreditar que uma pessoa quisesse ter uma casa em um lugar tão lúgubre.

Quando chegaram à primeira bifurcação, o panorama mudou novamente. A trilha elevava-se em uma ladeira íngreme, e as árvores, altas e frondosas, quase formavam um túnel natural que lançava a estrada na penumbra.

– Estou desolado por te fazer andar tanto assim, Sofia, mas como você vê não há outro meio, e, mesmo se houvesse, sinceramente eu não o usaria. Temos que respeitar a natureza, principalmente uma tão bonita.

– Claro – observou Sofia, ofegante. Começava a intuir onde estava a tapeação de toda aquela história. Agora, ela teria que ir morar em um lugar pelo menos tão isolado quanto o orfanato, em um bos-

A nova casa

que soturno que não deixava nada a desejar aos das fábulas e com um sujeito que queria se aproveitar dela para sabe-se lá qual trabalho. Escapou-lhe um gemido.

Por mais que tentasse mantê-la suspensa, sua mala traçava um rastro na terra, batendo de vez em quando nas rochas que brotavam da trilha. Quando tropeçou, caindo de cara no chão, o professor logo correu até ela. Saltitava de modo ágil como um íbis.

– Desculpe, desculpe! – disse com expressão contrita. – Eu tinha dito para você me dar a mala, pelo menos!

Apoiou a bolsona no chão e inclinou-se para ajudar Sofia a se levantar. Quando a menina estava novamente sobre as próprias pernas, tirou gentilmente as folhas secas do casaco dela com vigorosos tapinhas dados com a palma da mão.

– Não precisa... Eu... – Ela tentou protestar, mas inutilmente. Ficou vermelha como um pimentão. Não estava acostumada com contato físico. Nunca era tocada no orfanato, e, naquele momento, sentir nas costas as mãos de um desconhecido fez com que ela ficasse terrivelmente embaraçada. Felizmente a coisa não durou muito. O professor afastou-se quando ficou satisfeito com a obra e endireitou os óculos mais uma vez. Sofia levantou o olhar por um instante e ficou sem palavras.

A mansão aparecera diante dela de repente, inesperada. Era rodeada por grandes árvores, e uma até saía do telhado da casa, estendendo sobre ela a sombra de seus galhos. Na entrada, havia as estátuas de dois dragões enormes com as bocarras escancaradas, que serviam de moldura para uma casa em perfeito estilo século XIX. Sofia tinha certeza de ter visto em algum parque de diversões uma casa assombrada exatamente igual àquela. O exterior era de madeira, pintado com uma tinta cinza descascada em alguns pontos por causa da umidade. O telhado era um encaixe compacto de azulejos de cerâmica, enquanto as janelas tinham batentes verdes e estavam quase todas fechadas. Parecia não haver nenhum motivo para abri-las: havia pouquíssima luz, e mesmo ao meio-dia ela devia penetrar bem pouco através da densa abóbada de vegetação.

Pensou que aquele lugar não poderia ser de verdade. Parecia ter caído ali de outra época, e não pôde deixar de se sentir decepcionada. Primeiro, a casa principesca que esperava era, na realidade, uma mansão abandonada e perdida no nada. Além do mais, era inquietante. Quem poderia viver em um lugar tão estranho? Que raça de gente era Georg Schlafen, na verdade, e por que a queria com ele?

– Bem-vinda – disse o professor, que claramente não havia notado sua perturbação. Estava parado diante da porta de entrada com um grande sorriso que mostrava seus trinta e dois dentes.

Sofia avançou, mas muito lentamente. De perto, a mansão era ainda pior. Os descascados das pare-

A nova casa

des ficavam mais evidentes. Ao lado da porta, havia um botão de metal que devia ser uma campainha, e abaixo uma placa que dizia WILLKOMMEN, que quer dizer bem-vindo, mas ela não estava com estado de espírito para apreciar aquele augúrio. Aliás, pareceu-lhe um tipo de gozação.

– Toque, pode tocar – exortou-lhe o professor.

Sofia esticou timidamente o dedo. Assim que apertou o botão metálico, ouviu ressoar do outro lado o tinido de várias campainhas. A porta se abriu e apareceu um mordomo pomposo, que a olhou de cima a baixo. Como Schlafen, ele também parecia ser um homem do século passado. Era careca, mas tinha costeletas cinza que desciam quase até o queixo. Vestia um fraque preto impecável, com grandes botões de metal reluzentes, e uma camisa tão branca que fazia doer os olhos. Na cintura, usava uma faixa de pano larga e vermelha. Parecia uma daquelas estátuas de garçom que os restaurantes às vezes colocam na entrada.

– Bem-vinda, srta. Sofia – disse o homem em um modo sisudo e com forte sotaque alemão. – E bem-vindo, senhor – acrescentou com uma reverência profunda.

– À vontade, à vontade, Thomas – respondeu o professor, agitando a mão. – Venha, Sofia.

Estava empolgado; Sofia sentia isso em sua voz. Empurrou-a delicadamente para a frente, apoiando uma das mãos em suas costas, e ela não pôde deixar de opor resistência. O mordomo colocou-se de lado e, diante da menina, abriu-se um hall todo feito de tapetes e cortinas. Móveis maciços de ébano entalhado ocupavam a maior parte do espaço, mas o que mais a impressionou foram os dragões: estátuas de mármore, pinturas, enfeites. Parecia quase uma obsessão.

– Senhor, quer que eu acompanhe a senhorita? – perguntou Thomas, solícito.

– Não, não, obrigado, Thomas. Desta vez deixe comigo.

O professor empurrou Sofia até a primeira porta. Dali em diante, foi uma sucessão de cômodos escuros e cheios de livros. No chão, havia um carpete vermelho-escuro, e as paredes eram estofadas. Havia velas por toda parte, talvez para suprir a falta de luz elétrica, enquanto uma lareira em cada cômodo esquentava o ambiente. A semiescuridão daquele lugar era opressiva, até porque a planta da casa era realmente insólita, quase caótica. Os perímetros dos cômodos eram irregulares, os corredores, estreitos e tortuosos, enquanto os espelhos pendurados nas paredes multiplicavam cada ambiente de modo infinito, como se fosse um labirinto. A cor escura dos móveis e a pompa de seus desenhos certamente não suavizavam a atmosfera. Além disso, o cheiro frutado e intenso das velas que permeava cada canto lembrava-lhe o do incenso na capela do orfanato. Ele a deixava tonta.

– Esse é o meu escritório; amanhã explico o que você fará aqui dentro. Ah, aqui é a sala de música.

A nova casa

Você gosta de Bach? Eu adoro, uma música divina... Aqui é onde comemos. Bonito, não? Ah, a biblioteca, obviamente.

Sofia, que até então passara de um cômodo a outro concordando, confusa, dessa vez parou. Estavam em uma sala pentagonal, com as paredes completamente cobertas por estantes de madeira que chegavam até o teto. Por volta da metade de cada prateleira, havia uma cabeça de dragão finamente entalhada. Sofia sentiu-se quase intimidada por elas, mas, estranhamente, também atraída. E havia livros, livros, de toda forma e natureza: antigos, de capas pesadas com tachas, modernos, encadernados com papelão, presos por fivelas ou elásticos, pequenos e puídos. Era fantástico. Era a primeira coisa que não a amedrontava ou intimidava desde que pusera os pés naquela casa.

"Bem, alguém que ama livros tanto assim não pode ser má pessoa", disse para si mesma.

A coisa mais impressionante, porém, era a árvore. Sofia não errara quando a vira lá de fora. Encontrava-se no meio do cômodo, furava o chão e subia, desaparecendo no telhado. Um carvalho enorme e antiquíssimo, que parecia germinar dos alicerces. Ao redor dele, desenrolava-se uma escada em caracol que subia para o teto.

– Ah, bem – disse o professor, satisfeito. Então olhou para Sofia. – Gostou?

Ela concordou com um sorriso forçado. Realmente aquele cômodo a entusiasmava, mas a sensação de opressão que o restante da casa lhe passara ainda era forte demais.

– A casa foi construída em volta do carvalho. É tão esplêndido que achei uma pena cortá-lo – disse o professor com simplicidade, como se estivesse falando da coisa mais natural do mundo. – Seu quarto é lá em cima – disse, enfim.

Colocou o pé no primeiro degrau da escada que contornava o carvalho e segurou a mão de Sofia, sorrindo.

Ela ficou embasbacada por alguns instantes. Era como se tivesse ido parar em um livro, só que não entendia ainda se era um conto de terror ou uma história de fábulas. Então, seguiu-o. Foi ficando tonta enquanto sentia os degraus de madeira estalarem sob seus pés. Mantinha a mão apoiada na árvore, e a aspereza da casca sob a palma lhe transmitia quase uma sensação de calor, que a tranquilizou um pouco.

O professor esperou-a no alto da escada, lá onde a árvore, com os seus primeiros galhos, saía do teto. Sorria como uma criança às voltas com um brinquedo novo.

Abriu caminho para ela e mostrou-lhe uma porta embutida no fim de um corredor.

– Pode abrir, minha querida.

O coração de Sofia parou por um segundo. Colocou a mão na pesada maçaneta e empurrou.

A brancura cegou-a, deixando-a sem palavras. Diferentemente de todo o resto da mansão, aquele

A nova casa

lugar era muito luminoso. Havia uma janela ampla, a única que ela vira com as folhas abertas até aquele momento, que dava diretamente para o lago e oferecia uma vista esplêndida. O mármore fazia com que o quarto resplandecesse em uma candura indescritível. Sofia ficou sem palavras. Aquele lugar era a coisa mais próxima aos seus sonhos que ela já havia visto. Algo da cidade voadora estava ali. As colunas finas que sustentavam o dossel da cama, o branco que predominava sobre todas as coisas, assim como os dragões. Era absurdo, mas nunca se dera conta. Somente agora, que via o reflexo do próprio sonho naquele quarto, entendia. A cidade voadora era cheia de imagens de dragões: uma fonte com a água que saía justo das presas de um dragão, um mosaico em uma das ruas principais e também os capitéis das colunas.

– E aí? – o professor olhava-a com uma expressão estranhamente sonsa, como se estivesse estudando sua reação para ter a confirmação de ter visto bem. Um comportamento que Sofia não compreendia.

– É... É... Um sonho... – gaguejou, e ele sorriu imediatamente, levantando os óculos.

– Eu sabia – murmurou. Depois levantou a voz novamente, começando a exaltar as maravilhas daquele quarto. – O armário é todo seu, obviamente, e a escrivaninha... Tomei a liberdade de colocar dois livros em cima dela, com os quais você poderá iniciar sua formação. De todo modo, hoje é dia de descanso, amanhã pensaremos no trabalho. Você também tem um banheiro seu...

Sofia o escutava, confusa. Estava envolvida demais se perguntando como era possível aquela coincidência absurda. Era um acaso que aquele quarto correspondesse tanto aos seus sonhos? Ou havia algo por trás daquilo?

– ...Às 19 horas.

O professor calou-se de repente, e Sofia se sacudiu.

– Como?

– O almoço é ao meio-dia, o jantar, às 19 horas – repetiu ele. – Estava me despedindo. Suponho que você esteja com vontade de arrumar suas coisas, não é? Você deve estar querendo pegar familiaridade com seu quarto novo, senti-lo mais seu...

Sofia concordou, tentando parecer convicta, mas o turbilhão de pensamentos que tinha na cabeça fazia com que ela ficasse tímida. As palavras do professor Schlafen pareciam cheias de duplo sentido, mas certamente isso era apenas impressão. Ainda estava refletindo sobre essas coisas quando percebeu que o homem que a adotara saíra do quarto e a deixara sozinha.

7
Asas metálicas

Mattia fechara-se no banheiro e olhava-se no espelho. Suava e não conseguia se decidir.

– Com e sem, com e sem... – repetia em voz baixa, buscando coragem.

Já se imaginava sem queixo duplo e bochechas roliças. Finalmente teria um aspecto decente e um olhar decidido.

– E se Nida não for uma fada boa como me pareceu?

Demorou-se olhando o metal reluzente. Não, estava prestes a fazer uma besteira. Deixara-se sugestionar demais, e isso apenas porque estava convicto de que nunca encontraria forças para mudar, para se tornar melhor, alguém que pudesse agradar a Giada.

Isso, Giada. Viu-a novamente enquanto estalava aquele beijo na boca do namorado, e a lembrança apertou seu estômago em uma fisgada de desgosto e dor. Qual era o problema se estava perseguindo uma quimera? A única possibilidade de salvação era tentar acreditar naquele sonho. Na pior das hipóteses, nada aconteceria.

– Giada vale esse salto no escuro. Tenho que fazer isso por ela.

Apertou o punho sobre o objeto e o levou para trás da cabeça, como vira a fada fazer. Abriu lentamente os dedos, agarrou-o pelo dorso, depois, com a mão trêmula, aproximou-o da nuca. Será que machucaria? Não, quando vira Nida fazer isso, ela ficara impassível, como se a operação fosse completamente indolor.

Decidiu-se. Apoiou a pequena aranha de metal no pescoço e apertou os olhos com força. Alguns instantes se passaram, mas nada aconteceu.

– Aí está, milagres não existem. E eu tinha até acreditado...

Não teve nem tempo de pensar nisso, porque uma sensação de gelo absoluto percorreu-o da cabeça aos pés, paralisando-o. A aranha metálica afundou as patas em sua carne e, dali, elas se estenderam, alongando-se por toda a coluna vertebral.

Mattia colocou as mãos nas costas, tentou debater-se, mas não tinha voz, muito menos força, para reagir. Caiu no chão sobre os azulejos do banheiro, que, ao contato com a bochecha gelada, lhe pareceram quase quentes. Era o frio da morte. Não conseguia pensar em nada, estava aterrorizado. Teria chamado sua mãe, ou alguém, mas tudo o que conseguiu fazer foi ficar grudado no chão, sem poder mover um músculo.

– Que fim ridículo – pensou, com o último vestígio de consciência que havia sobrado. Depois tudo se apagou.

O corpo de Mattia levantou-se com calma. Olhou suas mãos, mexeu-as lentamente, como para experimentar sua força. Levantou a cabeça e contemplou-se no espelho. Seu rosto não revelava nenhuma emoção. Seu aspecto não mudara: a face ainda era redonda, as bochechas, gorduchas. Mas não era mais Mattia, simplesmente. Seu olhar era glacial, as pupilas, vermelhas e ardentes. Então, um chiado sutil. O casaco do pijama que vestia rasgou-se com violência, e de suas costas brotaram duas asas imponentes. Eram completamente metálicas e brilhavam, frias, à luz do neon acima do espelho. Tão grandes que mal cabiam no espaço apertado do banheiro de sua casa.

Virou-se repentinamente. Escutara passos vindos do outro quarto. Ouviu-os se arrastando, silenciosos e incertos, do lado de fora da porta. Ela abriu-se lentamente, e a figura de uma mulher de penhoar emergiu, os cabelos desarrumados e os olhos inchados de quem acordou de sobressalto. O corpo de Mattia a viu arregalar os olhos e escancarar a boca em um grito. Antes que pudesse emitir um único som, ele estendeu um braço. Das costas, uma ramificação metálica o encobriu, modelando, quase imediatamente, a cabeça de uma cobra feroz. Da garganta escancarada, serpenteou uma língua de ferro que atingiu a mulher, fazendo-a cair, exânime, no chão. O corpo de Mattia olhou-a, impassível. Depois, tentou mover as asas, como para estirá-las, mas não conseguiu porque as nervuras batiam nas paredes. Então dobrou-as e, com grande calma, foi em direção à janela. Levantou um punho, quebrou o vidro e subiu no parapeito. Um instante depois, estava no vazio.

Ninguém o viu nem ouviu. Movia-se silencioso na calada da noite, planando por entre os telhados das casas. Somente de vez em quando batia asas para se manter flutuando, e então se ouvia um leve sibilo. Sobrevoou o centro da cidade, depois a faixa luminosa da via marginal, distanciando-se lentamente até se perder nos campos da periferia. Foi ali que parou. Planou docemente, tocando a terra úmida de orvalho com os pés descalços. Deu dois passos para diminuir a corrida e ajoelhou-se, apoiando o punho na terra. As asas dobraram-se e desapareceram.

À sua frente, sob a luz pálida da lua, estava Nida. Ainda vestia o casaco de couro e a saia curta do dia em que se encontraram. Sorria, triunfante.

– Tinha certeza de que veria você de novo – disse-lhe, aproximando-se. – Achou que eu lhe daria a beleza sem pedir nada em troca? Pessoas como você são somente carne de abate. Quando o meu Senhor ainda pisava neste chão, vocês já eram nossos escravos. É esse o destino de vocês.

O servo ficou em silêncio.

Nida observou-o com desprezo, e então ficou de pé.

– Ouve meus comandos?

Como se respondesse a uma ordem, o corpo de Mattia levantou a cabeça, fixando os olhos vermelhos nos de sua senhora.

– Dê uma ordem e ela será cumprida – respondeu com a voz metálica de um autômato.

Nida concordou, satisfeita.

– Nosso Senhor sentiu que os tempos estão próximos. Seu poder cresce, e, assim, o nosso também. O lacre finalmente se enfraqueceu, mas não o bastante para nos permitir agir em primeira pessoa, ao menos por enquanto. – Olhou, desapontada, a própria mão fechada em punho. – Por isso, precisamos de você. Ele advertiu sobre a presença de uma Adormecida. Trata-se de uma menina chamada Sofia. É ruiva e tem na testa a marca da sua condenação. Até onde sabemos, vive com outros meninos, provavelmente se trata de um orfanato. Vá, encontre-a e mate-a.

Ele concordou mecanicamente. Colocou uma das mãos sobre o coração e Nida a imitou.

– Ao despertar do nosso Senhor – disseram ambos com voz átona e fria. Depois, outro sibilo, e o menino já estava no ar com as asas escancaradas.

Nida seguiu seu voo com um sorriso nos lábios.

Sofia jogou a enésima pedrinha no lago. Gostava de ficar lá fora sozinha. Mesmo agora, que não tinha mais o caos do orfanato em volta, continuava a apreciar a solidão. Com suas águas azuis transparentes e seu silêncio absorto, o lago parecia corresponder perfeitamente à doce melancolia que a estimulava a se isolar.

Vivia ali havia duas semanas. Estava incrivelmente bem, apesar do início difícil. Era estranho, porque aquela casa era fora do mundo e seu tutor, muito exigente.

Nos primeiros dias fora complicado. Sofia passava muitas horas fechada na biblioteca com ele, tirando o pó dos livros. Quase todos tinham títulos de que ela nunca havia ouvido falar: *O canto dos Dragões, A luta ancestral, Origem da Árvore do Mundo.*

O professor fazia com que ela os arrumasse e lhe pedia que copiasse alguns trechos. Muitos pareciam falar de outra realidade. Antigas estirpes e lutas pelo domínio do mundo eram a essência daqueles contos extraordinários.

– Não achava que o senhor gostasse do mesmo gênero de livro que eu – observou.

– Como assim? – replicou Schlafen, olhando-a de soslaio.

– Bem, o gênero de fantasia, as coisas que falam de magia.

Asas metálicas

O professor deu um sorriso atravessado e divertido.

– Isso não é magia, Sofia. Isso é História.

Todas as noites, dava-lhe algum texto para ler e, na manhã seguinte, a sabatinava. Sofia gostava daqueles livros, embora, às vezes, a linguagem pomposa a entediasse. O melhor de tudo era poder lê-los sem o medo de ser descoberta, como no orfanato.

Geralmente, depois do almoço, estudavam astronomia, mitologia e botânica. Mais que uma assistente, a garota sentia-se, para todos os efeitos, uma aluna. Era um pouco como ainda estar na escola, mas ao mesmo tempo diferente. Colocar os livros no lugar e encher páginas e páginas de anotações daquilo que o professor dizia eram apenas um pretexto para lhe ensinar algo. O objetivo, porém, não estava claro para ela.

Todas as manhãs, seu tutor a acordava ao alvorecer para um ritual absurdo. Nos primeiros dias havia sido meio chocante para Sofia. Junto com Thomas, encontravam-se na frente da árvore que surgia do centro da casa, ainda com sono e de roupão. Então, o mordomo dava ao patrão alguns pães de passa e um pouco de leite para o café da manhã e ele se ajoelhava em frente ao carvalho para rezar.

– Em memória dos doces frutos perdidos da Árvore do Mundo – dizia.

Obviamente, Sofia não entendia o motivo daquilo e também não sabia por que tinham que repetir aqueles gestos todas as manhãs. Chegou até a achar que caíra em uma daquelas estranhas seitas das quais falavam os jornais e de onde não poderia sair.

Foi o professor, um dia, que deixou de delongas.

– A cerimônia impressionou você? – perguntou.

Sofia corou até a raiz dos cabelos.

– A Árvore do Mundo sustenta a abóbada celeste e enterra suas raízes nos ínferos. O galo que está em seu topo anunciará o fim do mundo. Assim dizem as lendas nórdicas – explicou ele, com o rosto sério. – Cada planta e cada criatura viva devem à Arvore do Mundo sua vida. Eu agradeço ao bosque todas as manhãs com esse pequeno rito e, com essa árvore, agradeço à mãe desse lugar, a Árvore do Mundo. Digamos que é uma espécie de tributo às lendas dos meus antepassados.

No entanto, para Sofia, aquilo continuava a parecer estranho. Tudo bem quanto a respeitar as tradições, mas falar até com as plantas! Seu tutor tinha muitas delas em uma estufa ao lado da casa: plantas tropicais, em sua maioria, mas também plantas carnosas e uma coleção de orquídeas esplêndidas. Uma vez, ela o espiara da vidraça e o ouvira murmurando a cada uma palavras estranhas em alemão. Era uma espécie de cantiga melodiosa, quase hipnótica, que Sofia não compreendia. A coisa mais absurda, porém, era que parecia que as plantas gostavam daquela atenção. Todas cresciam exuberantes e pareciam se endireitar ao som daquelas palavras. Quando o professor confiou a ela a tarefa de cuidar da estufa, Sofia, inicialmente, não ficou feliz. Não sabia nada de jardinagem e, de certo modo, achava que as plantas iriam recusá-la. Mas, em vez disso, descobriu-se extraordinariamente capaz e, no fim das contas, tentou até imitar o professor, chamando-as pelo nome e falando com elas. Não que conseguisse grandes resultados, mas era válido se mostrar em sintonia com as estranhezas daquela sua nova família. No fundo, sentia dever isso a seu tutor. Era bizarro, sim, mas ele a quisera, fora ele que a levara embora do orfanato. Além do mais, nunca se aborrecia com ela, era paciente e gentil até quando trabalhavam juntos. Não a considerava invisível, como haviam feito todos os outros até ali; não apenas lhe dizia que era especial, como também se comportava como se ela realmente o fosse. Não lhe deixava faltar nada – foi bonito aquela vez em que ela encontrou flores frescas, compradas na feira da cidade, em seu quarto, ou quando ele lhe comprou um vestido de verdade, até o joelho, de moça – e a tratava de igual para igual, como se ela realmente fosse *alguém*. Os silêncios entre eles eram longos, mas nunca pesados. De alguma forma compartilhavam algo, eram parecidos. Sofia não saberia definir melhor aquela sensação, mas, quando estavam juntos, na beira do lago, olhando o pôr do sol, sabia que sentiam a mesma pungente nostalgia.

O único senão naquilo tudo era que o professor ficava desgraçadamente evasivo quando ela voltava ao assunto de seus pais. A ideia de saber quem eram e que fim eles levaram a atormentava. Mas ele nunca dava respostas precisas, como se não ficasse à vontade a esse respeito. Geralmente começava a gaguejar, levantava os óculos continuamente e depois tentava levar a conversa para outros assuntos. Sofia, então, se fechava em si mesma, e a atmosfera mágica se quebrava.

Porém, naquele dia, depois da enésima tentativa frustrada, saíra sozinha para o bosque. Queria saborear sua melancolia na solidão. Estava pensando justamente nisso quando Thomas a chamou.

Certamente, o professor queria recomeçar as aulas. A menina tirou as folhas secas que haviam grudado embaixo da calça e se levantou.

Entrou em casa e fechou a porta com cautela. Aprendera a arte do silêncio naqueles dias de permanência na casa de Schlafen. Em toda a mansão reinava uma atmosfera abafada, com aquela abundância de velas. No início, Sofia a achava opressiva, mas logo se acostumara a circular na penumbra, quase como em um sonho.

Estava atravessando o corredor quando notou por acaso um jornal sobre a mesinha. Era de Thomas, ela sabia. O professor não se interessava nem um pouco pelos fatos do mundo, enquanto o mordomo sofria um pouco por estar sempre entocado ali, na escuridão da casa do lago. Sem contar que ela fazia questão de melhorar seu italiano. Bastou uma olhada rápida para fazer seu coração parar. Pegou-o subitamente, lendo com pressa a breve matéria policial no fim da página.

Sentiu a boca ficar seca por causa da agitação e logo correu para a biblioteca, escancarando a porta com força.

O professor levantou um olhar interrogativo do livro de miniaturas que estava estudando.

– Aconteceu uma coisa terrível! – berrou Sofia.

Colocou o jornal sobre a mesa, indicando a matéria que acabara de ler.

INEXPLICÁVEL ATO DE VANDALISMO NO ORFANATO CASA FLORIDA

Ainda nenhuma explicação nem culpados pelo ataque feito por desconhecidos ontem à noite no Orfanato Casa Florida, uma estrutura administrada por religiosos no coração de Roma, que hospeda cerca de trinta crianças órfãs. Alguém invadiu o instituto à noite, deixando-o completamente no caos. Os intrusos parecem ter entrado pelo sótão, onde foi encontrada uma janela com o vidro estilhaçado. De lá, os vândalos se movimentaram por toda a estrutura, provocando danos em toda parte: mobílias em pedaços, armários e cristaleiras esvaziados, até estranhos riscos nas paredes, produzidos, dizem os especialistas, por um objeto metálico pontiagudo. A única testemunha é G., um menino de treze anos que foi o primeiro a dar o alarme. O menino, visivelmente em estado de choque, estava descansando junto com outros colegas no dormitório. Afirma ter visto debruçado sobre ele um menino dotado de enormes asas metálicas. Conta que o assustou com um grito e que depois o viu voar janela afora. Seu testemunho está agora sob o crivo dos psicólogos para que se verifique a veracidade. Enquanto isso, os investigadores estão analisando todas as pistas, embora até agora não se tenha chegado a nenhum resultado relevante. Das investigações emerge o fato de que o instituto e as pessoas que lá trabalham não têm inimigos.

O professor leu com atenção, enquanto seu rosto ficava cada vez mais sério. Sofia não sabia o que dizer. Em sua cabeça se misturavam imagens do orfanato, daquele lugar que, no geral, amava, e que por longos anos fora o único substituto de casa que lhe fora concedido. O medo sobrepunha àquelas lembranças imagens de devastação, em um quadro desolador que lhe causava arrepios. Giovanna estava bem? E irmã Prudenzia? Como havia encarado aquilo?

– Certamente foi um desajustado, nada além – concluiu o professor, mas seu rosto dizia outra coisa.

Sofia ficou perplexa.

Asas metálicas

– Mas Giacomo disse ter visto o sujeito! Eu conhecia bem Giacomo!

O professor sorriu, paternal.

– E você acha possível que exista um menino alado?

Sofia sentiu-se vagamente irritada com o tom debochado do professor.

– Não, claro que não, mas é estranho. Será que por acaso os drogaram? Será que os machucaram?

O professor deu uma nova e rápida lida no jornal.

– Não, deve ter sido só o susto, você vai ver...

Havia algo de estranhamente evasivo em seus comentários e a absoluta falta de preocupação que sua voz exprimia aumentava a angústia de Sofia, em vez de dissipá-la.

– Mas, com certeza, alguma coisa de ruim deve ter acontecido. Giacomo é durão, não se assusta tão facilmente. Estou com uma espécie de pressentimento, uma sensação... Quero ir até lá – concluiu, enfim. – Tenho que saber se estão bem!

O professor olhou-a, severo.

– O último ônibus partiu, você sabe... Além disso, logo estará escuro.

– Amanhã. Ou, pelo menos, tenho que ligar. Professor, eles foram a minha família... – Sofia sentiu na garganta o sabor das lágrimas.

Ele pareceu suavizar-se.

A Garota Dragão

– Amanhã de manhã pedirei que Thomas acompanhe você até o bar, está bem? Você liga de lá.

– Não posso ir logo? Não é longe...

– Não.

Aquele "não" foi tão seco e peremptório que de repente Sofia se sentiu gelar. Nunca havia notado em sua voz um tom parecido.

O professor deve ter percebido, porque mudou de expressão imediatamente.

– Melhor não. O bosque não é um lugar bonito à noite, e não confio que estará segura, mesmo se Thomas acompanhá-la.

Sofia soltou um leve gemido.

– Sim, mas... E se aquele desajustado voltar? E se dessa vez realmente machucar alguém?

O professor levantou-se. Tinha novamente no rosto aquele ar reconfortante que Sofia começara a amar.

– Não tenha medo, no jornal não falam de feridos, apenas de estragos. Entendo a sua dor, Sofia, mas todos os seus amigos estão bem, tenho certeza. Só levaram um grande susto. Devem ter sido delinquentes. Infelizmente eles existem no mundo, não é? E a polícia está cuidando disso. Estão todos em segurança. Foi uma brincadeira de mau gosto, você vai ver. Amanhã de manhã, assim que acordar, você sai com Thomas e dá o seu telefonema, tudo bem? Quando você quiser.

Deu-lhe uma piscadinha e Sofia esforçou-se para responder com um meio-sorriso. Não bastava para dissipar suas preocupações, mas estava feliz por ter alguém como o professor que, pelo menos, tentava tranquilizá-la. Amanhã de manhã. Amanhã de manhã ligaria. Na hora que quisesse, dissera, e ela tinha certeza de que seria muito cedo.

– Obrigada...

– Por quê? O importante é que você esteja se sentindo melhor.

Sofia concordou.

– Bem – concluiu o professor. – Fique tranquila, amanhã você falará com eles.

Assim que a porta se fechou, o professor Schlafen ficou sério e tenso. Chamou Thomas com um sininho. Nos poucos segundos de espera, fixou o olhar na árvore que imperava no centro do cômodo.

O mordomo entrou com uma reverência.

– Acho que chegou o momento que tanto temíamos, Thomas – disse-lhe, seco, o professor.

O mordomo levantou-se subitamente.

– Ele voltou?

O professor deu-lhe o jornal, indicando-lhe o artigo.

– Você não tinha lido?

O rosto do mordomo ficou pálido.

– Perdoe-me, senhor, deve ter me escapado...

O professor levantou a mão.

A Garota Dragão

– Não se preocupe, não o repreendo. Sofia quer falar com as pessoas do orfanato. Consegui convencê-la a não ir. Não acho que seja prudente, se isso for obra dele, como temo. Amanhã você a acompanhará para dar um telefonema. Mas, atenção: fique com os olhos bem abertos e, hoje à noite, mais vigilância.

– O senhor quer que eu ative a barreira?

– Sim, é melhor.

Seguiu-se um instante de silêncio.

– Não achei que veríamos esse dia – disse Thomas, triste.

– Infelizmente eu não tinha dúvidas. Assim que encontrei Sofia, senti que o momento chegaria logo – suspirou Schlafen. – Temo não poder esconder dela por muito tempo. De qualquer jeito, não está pronta ainda, protelarei o máximo que puder.

Thomas encarou as pontas dos sapatos.

– Vá agora, não tema. A luz é sempre mais forte do que as trevas, certo?

O mordomo sorriu suavemente, depois se curvou e saiu do cômodo.

8
Uma noite no circo

Ratatoskr estava sozinho no centro do cômodo escuro. A única luz que iluminava o chão de cimento era o pálido brilho da lua crescente que resplandecia naquela noite. Penetrava pela janela, vazia como a órbita de um crânio.

O lugar era uma velha fábrica em desuso, fechada desde que o proprietário havia falido. Pouco a pouco chegara o mato e, depois, os desesperados que não tinham outro lugar onde passar a noite. Eram os sem-teto, os enjeitados, os excluídos que a cidade recusava e escondia do olhar dos outros.

O menino saboreou o desespero daquele lugar. Havia visto aquelas pessoas dormirem no andar de baixo, enroladas em jornais ou cobertas por papelões. A dor impregnada naquele imóvel fazia-o sentir-se em casa. E seu Senhor também parecia gostar.

Passos leves interromperam o fio de seus pensamentos.

– Sempre meditando, não é, Ratatoskr?

Era a voz suave e irônica de Nida.

Ratatoskr virou-se em sua direção. Sob a luz clara da lua, a palidez da menina parecia brilhar com uma beleza obscura e indecifrável.

– E daí? – perguntou, apontando-lhe no rosto um olhar glacial.

O sorriso desapareceu de seus lábios.

– Temos que contatar nosso Senhor.

O menino assumiu imediatamente uma expressão de decepção e passou a mão nos cabelos, contrariado.

– Você falhou?

– Não pretendo contar duas vezes a mesma história. Vamos chamar nosso Senhor e você saberá tudo.

Ratatoskr bufou, pegou as mãos da companheira entre as suas e fechou os olhos.

– Da profundeza de seu cativeiro, o chamamos, ó Cobra Eterna. Responda à nossa súplica – cantarolaram em uníssono.

A escuridão ao redor deles ficou densa, e a luz da lua retirou-se lentamente do chão para dar lugar a um nada viscoso. Nida e Ratatoskr logo foram submergidos pela escuridão mais absoluta. Lentamente, o preto coagulou em uma mancha de contornos indefinidos, e dois pequenos pontos de luz brilharam naquele espaço sem tempo nem forma. Eram olhos. Olhos milenares, vermelhos como brasa, que ardiam de um ódio implacável.

Os dois tremeram em sua presença. Ali estava, portanto, o Pai deles, a criatura antiga e terrível que lhes havia dado vida. Eles eram apenas uma parte de seu espírito, que, separado do ser inicial, procurara moradia no mundo, tomando posse de seus corpos. Dois servos dotados de vontade própria e independentes, ainda que sujeitados ao seu poder. Ambos inclinaram a cabeça em sinal de respeito e obediência.

Nidhoggr estava novamente entre eles.

– Fiz como o Senhor pediu – disse Nida, quebrando o silêncio. – Ganhei um menino para a nossa causa e o mandei ir procurar a Adormecida.

Ouviu-se apenas um longo resmungo de assentimento. A menina engoliu. Agora vinha a pior parte. Seu companheiro certamente estava à espreita. Sabia tanto quanto ela que uma falha qualquer seria punida com severidade. Nida não queria lhe dar esse gostinho; no fim das contas, seria ela quem cairia nas graças de seu Senhor, havia jurado para si mesma.

– Nosso servo não a encontrou, meu Senhor.

Sentiu a cólera de Nidhoggr se propagar ao redor dela.

– Você está dizendo que falhou?

Nida levantou a cabeça, subitamente.

– Não, não, meu Senhor, eu juro! Preciso apenas de mais tempo, talvez a menina tenha se refugiado em outro lugar...

A Garota Dragão

Um rugido encheu o espaço e Nida colocou as mãos nos ouvidos, aterrorizada.

– Você sabe que não tolero nenhum atraso no cumprimento dos meus planos. Lembre-se: da mesma forma que lhe dei a vida, posso tirá-la de você.

A menina concordou, tremendo. Seguiu-se um silêncio longo e inquietante.

– Não sinto mais a presença da Adormecida.

– O Senhor acha que... Ela está com eles? – tentou dizer ela, gaguejando.

– Reze para que não esteja – respondeu seu Senhor com a voz que vibrava de raiva reprimida. – Quando eu ainda pisava esse chão, os Guardiões possuíam meios para ocultar dos meus olhos o que era importante para mim. Barreiras, encantos e outros truques que os malditos dragões ensinaram a eles. Mas uma Adormecida não pode viver escondida eternamente. Você a encontrará, estando ela nas mãos deles ou não.

Nida concordou, solícita.

– Caso contrário, sentirá o gosto da minha vingança.

Ela arregalou os olhos de medo, mas não teve tempo de esboçar uma resposta satisfatória. Ele a olhou, e Nida sentiu de imediato uma punhalada de dor percorrer seus membros. Era como se algo comprimisse seus ossos até despedaçá-los. Gritou com toda a voz que tinha no corpo. Depois, caiu de joelhos, ofegante.

– Isso é uma advertência.

Uma noite no circo

– Eu mereço... – murmurou ela, quase sem fôlego.
– Eu mereço...
Nidhoggr não acrescentou mais nada e dirigiu-se a Ratatoskr, que logo baixou os olhos.
– Você irá ao orfanato e investigará. Quando descobrir onde a garota está, mandará o servo matá-la.
– Não o decepcionarei, meu Senhor – respondeu o menino, com decisão.
Àquelas palavras, os olhos vermelhos se apagaram e a bolha de escuridão se dissolveu. Ratatoskr e Nida ficaram novamente sozinhos na fábrica abandonada.
Ela desabou no chão, completamente sem forças. Apertou o abdome com as mãos, mas a dor estava em toda parte.
Seu companheiro levantou-se, menosprezando seu sofrimento.
– Vou embora. Nos vemos aqui amanhã à noite – disse. Em seguida, inclinou-se em sua direção: – Espero que tenha servido de lição...
Reservou-lhe um sorriso maligno e foi embora. Nida olhou-o se distanciar, mordendo com violência os lábios.

– Esta noite, circo.
Assim sentenciou o professor, com o usual sorriso nos lábios. Sofia ficou perplexa. Desde que vivia na mansão no lago, fazia cerca de vinte dias, não houvera uma única noite em que colocaram os pés

fora. Geralmente, o professor ficava na biblioteca, ela em seu quarto, lendo, e Thomas folheando o jornal. Desde que houvera o ataque ao orfanato, então, ficou ainda pior. Seu tutor inventava continuamente desculpas para que ela não fosse sozinha ao lago: ou saíam juntos ou não saíam, e pronto. Os passeios no bosque tornaram-se esporádicos. Pensando bem, sentia quase saudade da escola. Queria encontrar outras pessoas, mas Schlafen repetira que nos arredores não havia institutos fáceis de alcançar.

– O mais perto é em Castel Gandolfo, e não existem meios de transporte que possam levá-la para lá rapidamente. Fazer você percorrer todo aquele caminho a pé todas as manhãs me parece uma crueldade inútil – dissera um dia. E acrescentara que não era nem um pouco necessário. Bastava ele de professor para ela; além do mais, em uma estrutura pública não lhe ensinariam coisas que ele considerava fundamentais para sua formação. Por isso, era melhor continuarem assim, e, no máximo – se ela realmente quisesse –, poderia fazer os exames finais como aluna particular, e a lei também seria cumprida.

Sofia engolia as explicações, mas sem muita convicção. Parecia que ele queria mantê-la em segurança de algum jeito, como se lá fora alguém ou alguma coisa estivesse de tocaia. Mas, afinal, o que podia fazer? Era uma boa sorte ter sido adotada na sua idade e, além do mais, por uma pessoa que a tratava muito bem e também era simpática.

— Você está surpresa? — perguntou o professor, sorrindo.

— Bem... Um pouco... É a primeira noite em que saímos...

— Qual ocasião seria melhor para exibir seu vestido novo?

A menina aceitou passivamente, mais para meter o nariz fora de casa que qualquer outra coisa. Nem soubera que o circo havia chegado; afinal, ia pouquíssimo à aldeia.

A grande tenda havia sido montada na larga clareira em frente ao lago que vira quando chegara a Albano. Tinha um ar bem modesto. As listras amarelas e azuis que a decoravam estavam desbotadas e, no conjunto, o circo não parecia tão grande. Sofia ficou com pena.

— Bonitinho, não é? — sorriu o professor.

Ela concordou para deixá-lo feliz. Não sabia muito sobre circos. Vira-os sempre e apenas na televisão, e o que ficara mais marcado nela era que os palhaços lhe incutiam uma mistura de antipatia e temor. Outro clássico das crianças medrosas, sempre pensara.

O professor comprou-lhe um algodão-doce enorme e Sofia enfiou a cara nele.

— Por que você não tira uma foto com o elefante? — perguntou-lhe, iluminando-se todo.

Sofia sentiu-se gelar. Animal, grande e desconhecido: três palavras que lhe davam aflição. Deu uma olhada para onde o bicho estava. Havia uma fila de crianças acompanhadas por pais entediados e um pobre elefante com um ar abatido e resignado. Não saberia dizer por quê, mas tinha certeza de que era velho e também de que estava bem chateado com a ideia de ter que se prestar àquela brincadeirinha.

Ao lado do animal, havia uma menina com uma fantasia chamativa e cabelos pretos compridíssimos, que ajudava as crianças a subir e cuidava para que não se machucassem.

Sofia fitou-a. Não, decididamente não estava com vontade.

– Não acho que seja uma boa ideia.

– E por que não?

Sofia perguntou-se se era o caso de ser sincera e dizer que estava com medo, além de se sentir ridícula por fazer algo que, evidentemente, apenas os menores de seis anos gostavam.

– Eu... Bem... Não...

Não teve jeito de dizer outra coisa, porque o professor já a havia arrastado para a fila.

– De verdade, professor, não me sinto à vontade, são todos pequenos aqui – tentou esboçar.

– Por favor, Sofia, não tenho nenhuma foto sua... Esta seria original!

É, ela dando uma de palhaça entre as orelhas de um elefante. Certamente seria original, mas não era exatamente o jeito que queria que sua imagem fosse transmitida no futuro.

Foram necessários vários minutos de espera. Sofia pôde estudar o animal e a menina, passando os olhos de um para o outro. O elefante parecia calmo, ela era lindíssima. Magra e atlética, tinha cabelos extraordinariamente brilhantes, de um preto rico de nuances, que chegavam até a metade de suas costas. Porém, o que mais impressionou Sofia foi o sinal que a menina tinha entre as sobrancelhas. Era de um vermelho escuro e se encontrava na mesma posição do seu. Um detalhe bizarro que as unia.

– O próximo.

Sua voz era bonita e harmoniosa, para não falar do sorriso perfeito. Entretanto, quando pousou os olhos em Sofia e no professor, em seu olhar passou uma nota de perturbação. Certamente se perguntava o que poderia levar uma menina de treze anos a tirar uma foto com o elefante.

– Pois não – acrescentou, com afetação exagerada. – Quem de vocês dois quer tirar a foto? – Sua atitude de deboche era evidente.

– Sofia – respondeu o professor com um sorriso, empurrando-a para a frente. Segurava-a pelos ombros, mostrando-a como se fosse uma espécie de troféu do qual se orgulhar. – E você, qual é o seu nome?

A menina exibiu-se em uma elegantíssima reverência.

– Lidja, ao seu dispor. Mas, Sofia...

Estendeu-lhe a mão. Ela pegou-a com hesitação. Deu uma olhada preocupada para o elefante, que retribuiu com uma evidente expressão de impaciência.

– É perigoso? – perguntou, com um fio de voz.

A Garota Dragão

Lidja riu abertamente.

– É muito bom, você vai ver. Coloque o pé no banquinho e depois se agarre na corda.

Sofia observou a elevação de madeira: nada além de um banquinho bambo de compensado. A essa altura, tinha que entrar no jogo.

Deu tudo de si, embora se sentisse atrapalhada. Tentou montar nele, mas sem grande sucesso.

– Olha, você tem que puxar com os braços, hein? – A voz de Lidja ficava cada vez mais divertida.

– Estou tentando...

O público de crianças e pais começou a se interessar cada vez mais pela cena. Sofia sentiu as orelhas arderem. Certamente ficaram roxas.

– Está precisando de uma ajuda? – perguntou Lidja com tom enigmático.

– Eu...

Bastou um assobio. Sofia sentiu algo duro embaixo dos pés e um impulso poderoso para o alto. Gritou, encobrindo um fundo de risadas que mal conseguia ouvir. O elefante a ajudara com a tromba, mas o resultado não foi o desejado. Sofia se viu simplesmente catapultada com o estômago sobre o dorso do animal e o traseiro lindamente para cima. Abriu os olhos apenas por um instante e viu um monte de desconhecidos que riam com gosto. Fechou-os imediatamente, o rosto queimando.

– Bem, estamos quase lá, não é? – disse Lidja, dirigindo-se ao público.

– Me deixe descer – implorou Sofia.

Uma noite no circo

– Vamos, para cima...
– Me deixe descer, eu suplico...
Sofia ouviu outro assobio e a tromba do animal entrando em ação.
– Quero descer!
– Ok, ok, como quiser – disse Lidja.
Com uma agilidade que Sofia nem podia sonhar, a menina pulou na garupa e colocou os braços ao redor de sua cintura.
– Apenas caia, eu te seguro.
Sorria divertida, e Sofia sentiu-se idiota. Jogou-se com cautela, como lhe foi dito, e o resultado foi que, esfregando-se no dorso do elefante, seu vestido se levantou até deixar aparecer um pedaço da calcinha de bolinhas que tivera a brilhante ideia de colocar. Outra explosão de risadas, último golpe no seu orgulho.
– Um belo aplauso para a nossa Sofia, que saiu ilesa da aventura!
As pessoas não esperaram que ela pedisse outra vez.
– Vamos embora... – implorou.
– Bem, sim, talvez seja melhor voltarmos – consentiu o professor.
Fizeram isso em silêncio, e também em silêncio se sentaram.
– Não aconteceu nada... Foi só um episódio engraçado – disse ele, pouco depois.
Sofia manteve os olhos pregados no chão.

– Você ficou chateada de verdade? Lidja estava brincando...

– Banquei a boba...

– Ah, não acho que alguém ali tenha pensado assim. – Seu tutor exibiu um sorriso aberto e gentil, que, no entanto, não conseguiu aquecê-la.

Sofia sentia-se humilhada, e a culpa também era do professor. Claro, ela decididamente havia contribuído para aquilo, com a sua maldita falta de jeito, mas ele podia ter entendido logo e evitado aquele papelão.

As luzes se apagaram, e o arauto fez sua entrada, entre toques de trompete.

– Perdoe-me – sussurrou-lhe no ouvido o professor, e por um instante ela esqueceu o episódio.

Era um circo pequeno e bem pobre também, mas Sofia se divertiu. Os palhaços eram extraordinariamente bons: capazes de fazer rir com uma única expressão do rosto. E o único elefante, o mesmo com o qual havia tentado desesperadamente tirar uma foto, parecia ter nascido para o picadeiro. Obediente e simpático, quase parecia se divertir. O mágico serrou uma velha senhora em duas e o malabarista surpreendeu a todos com um número com espadas.

Então, o holofote se concentrou no alto. Sofia levantou os olhos. Era ela, Lidja. Usava a mesma fantasia chamativa de antes, refinada por uma nuvem de tule verde que fazia-a parecer uma bailarina. Estava suspensa a mais de dez metros do chão e segurava nas mãos uma espécie de lenço branco comprido. Só de olhar para ela, Sofia suou frio. Imaginou como deveria ser estar lá em cima e olhar o vazio abaixo. Ficou tonta. Instintivamente, apertou a mão do professor com violência.

Um rufo de tambores anunciou o início do número. Lidja pegou um leve impulso e simplesmente voou. Seu corpo diminuto rodopiava com elegância indizível, pendurado apenas com a força das mãos naquele lenço comprido. Parecia que, para ela, a força da gravidade não existia. Era como se seu corpo não tivesse peso; o ar parecia seu elemento.

Sofia sentiu-se arrebatada com aquilo: aquela menina tinha a sua idade, mas fazia coisas extraordinárias.

No fim, Lidja enrolou-se estreitamente no tecido, quase alcançando o topo da tenda. Em seguida, largou-se no ar. O público murmurou, assustado, olhando-a cair junto com o lenço que se desenrolava ao redor de sua magra cintura. A um nada do chão, quando estava prestes a se espatifar, sua mão agarrou firmemente o tecido. Aterrissou com delicadeza sobre a ponta do pé direito, leve como uma pluma. O público explodiu em ovação, à qual Lidja respondeu com uma profunda reverência.

O professor estava entre os mais veementes a aplaudir.

– Extraordinária, não acha?
Sofia concordou, sem palavras.

Terminado o espetáculo, foram até os bastidores parabenizar a jovem acrobata. Sofia não estava com muita vontade – agora que a vira rodopiar, sentia-se ainda mais envergonhada pelo episódio ridículo de antes. Mas seu tutor não quis ouvir argumentos.

– Você esteve fabulosa lá em cima! – disse a Lidja assim que a viu. Ela estava com os olhos brilhando.

– Muito obrigada, mas geralmente faço melhor ainda – defendeu-se com falsa modéstia. Depois, dirigiu a Sofia um olhar de superioridade.

– É verdade, você foi ótima – disse Sofia. Corou e sentiu uma antipatia instintiva por aquela menina. Talvez fosse a lembrança do papel de boba que fizera, talvez fosse apenas inveja. Envergonhou-se daquele sentimento mesquinho.

Lidja sorriu, presunçosa.

– Até quando ficarão aqui? – perguntou o professor.

– Pelo menos um mês.

– Você podia vir nos visitar algumas vezes, o que acha?

Sofia virou-se subitamente para ele. Como tinha coragem de perguntar algo desse tipo? Então, não havia entendido minimamente seu estado de espírito de antes.

– Nós moramos na casa do lago. Bem, você seria bem-vinda. Sofia fica sempre sozinha, ela iria gostar de ter um pouco de companhia de uma menina da mesma idade.

Lidja olhou Sofia com ar sarcástico.

– Por que não?

– Então, está combinado. Depois de amanhã mando meu mordomo vir buscá-la. Agora, é melhor irmos.

Sofia despediu-se somente com um aceno de mão. Dessa vez, estava ressentida de verdade.

– Bem, você está feliz por ter uma amiga? – perguntou-lhe o professor no caminho de volta.

Sofia encolhia-se muda no sobretudo.

– Para falar a verdade, acabamos de nos conhecer. Talvez não tenha sido uma boa ideia convidá-la assim, tão rápido.

Arrependeu-se quase imediatamente do tom azedo de sua resposta.

– Ah, mas vocês logo se conhecerão melhor. Você vai ver, tenho certeza de que é muito simpática – replicou o professor.

Como poderia dirigir mesmo uma única palavra a alguém que, no fim das contas, a humilhara em público? E que, além do mais, era tão mais bonita, elegante e capaz do que ela? Sofia não entendia o porquê de tanta insistência, e constatar que o que dizia não era compreendido a amargurou terrivelmente.

9
A rival de Sofia

Lidja chegou pontualmente. Sofia a vira avançar de braços dados com Thomas pela íngreme passagem que conduzia à porta de entrada. O mordomo ria, divertindo-se, enquanto ela falava com desenvoltura.

Sofia não queria acreditar nos próprios olhos. O circunspecto Thomas nunca se permitira tanta intimidade com ela.

Assim que entraram em casa, teve início o calvário. Para começar, Lidja era linda, tinha os cabelos presos e uma flor enfeitando o penteado em um pequeno coque atrás da nuca. Seus modos eram educados e gentis, mas desenvoltos, como se não sentisse nenhum constrangimento no meio de estranhos. Até levara um doce, feito por ela própria, para agradecer ao professor o convite. Sofia ficou impressionada. Desde que chegara, ela nunca

A rival de Sofia

havia feito nada do tipo. Não que não tivesse vontade, simplesmente não sabia cozinhar.

Quando o professor acompanhou a hóspede em um passeio para lhe mostrar a casa, Sofia seguiu-os em silêncio. Era evidente que seu tutor tinha uma queda por aquela menina. E como poderia ser de outra maneira? Lidja era perfeita: elegante e refinada tanto no falar quanto na postura, sempre com a frase pronta.

Começava realmente a não suportá-la.

– Bom, eu diria que é o caso de deixar vocês um pouco sozinhas, certo? Sofia, por que não lhe mostra a biblioteca ou a leva ao lago? Thomas acompanhará vocês com prazer – disse o professor, a certa altura.

Sofia recobrou-se de seus pensamentos sombrios e concordou com vigor. Seu coração, enquanto isso, aumentava o ritmo. O que poderia inventar para diverti-la? Agora, seria ela a dona da casa. Começou a suar frio.

Porém, assim que o professor saiu da sala, Lidja pegou-a de surpresa.

– A biblioteca é por ali, não é?

Sofia mal conseguiu concordar e a menina já havia entrado pela porta na grande sala com a árvore no meio. Parou na soleira, estupefata.

– Mas é fantástica! – exclamou, virando-se para Sofia com os olhos brilhando.

– É... – respondeu ela, mas era inútil continuar. Lidja já estava pegando alguns volumes das prateleiras e os folheava com interesse.

A Garota Dragão

Passou-se assim uma hora inteira, sem que Sofia pudesse fazer ou dizer o que quer que fosse. Aquela menina parecia ter, dentro de si, um fogo que não parava de queimar; sua curiosidade era tão voraz que lhe fazia esquecer não apenas que era uma hóspede, mas que com ela havia outra pessoa também.

Quando Thomas lhes trouxe chocolate quente e docinhos, sentiu-se salva; pelo menos poderia afogar o embaraço na xícara.

– Você não sabe nada desses livros, não é?

Sofia estava na dela quando a pergunta impertinente surgiu.

– Olhe, eu...

– Thomas me disse que você está aqui há pouco tempo. Que sorte, daquele orfanato piolhento para cá, não é?

Sofia sentiu uma fisgada de raiva, mas tentou deixar de lado aquele jeito de se referir ao lugar onde havia passado sua infância.

– Sim, com certeza – respondeu, seca.

– Se eu morasse aqui, passaria todo o tempo entre esses livros, procurando as origens das lendas antigas e dos mitos: os dragões, as serpes...

Sofia ficou atenta.

– As serpes?

Lidja concordou presunçosa.

– Não sabe o que são? – perguntou-lhe.

Ela corou eloquentemente.

A rival de Sofia

Lidja tomou fôlego e assumiu um ar de professora:

– São criaturas parecidas com os dragões, mas têm duas patas em vez de quatro. Na verdade, nada mais são que uma espécie de serpentes aladas. Têm um rabo venenoso em forma de gancho. Na tradição heráldica, são o símbolo da peste, enquanto em outras tradições trazem desventura e calamidade. São bichos muito pouco simpáticos.

Àquela descrição, Sofia sentiu um curioso arrepio percorrer sua coluna. Havia algo de familiar naquela história. O ar vaidoso de Lidja, porém, fez com que superasse rapidamente aquele momento de atordoamento.

– Como você sabe de todas essas coisas?

Lidja sacudiu os ombros.

– Minha avó me falava sempre disso. Sabe, as histórias sobre a Árvore do Mundo e as outras lendas... Coisas de aldeias, resumindo, de tradição popular. Ela me contava essas histórias para me fazer dormir, em vez de fábulas. Eu gostava muito e à noite sempre sonhava com uma cidade branca voadora.

Sofia ficou paralisada, as mãos congeladas ao redor da xícara suspensa no ar.

– Uma... Cidade voadora?

– É, outra história da minha avó. Parece que existe uma cidade que há milhares de anos se soltou do chão e agora voa no céu. Ninguém sabe onde está, mas um dia reaparecerá com todo o seu esplendor.

Então os homens voltarão a viver em paz com a natureza.

Sofia baixou a xícara com cautela.

– E você sonha com essa cidade com frequência?

Lidja concordou.

– O que tem de estranho nisso? É um sonho como tantos outros.

Sofia ficou em silêncio. Perguntou-se em qual livro aquela lenda estaria registrada... Tinha que encontrá-lo.

– Vamos dar uma voltinha lá fora!

Sofia recobrou-se subitamente. Olhou o grande pêndulo em um canto. Dali a pouco estaria escuro.

– É tarde, o professor não nos deixará sair sozinhas, mesmo se Thomas nos acompanhar.

Lidja arregalou os olhos.

– Você está de brincadeira? Por quê?

Sofia levantou os ombros.

– Acho que tem algo a ver com o ataque de algum tempo atrás ao orfanato onde eu estava; desde aquele dia, ele não quer que eu saia à noite. Não sei, talvez tenha medo de que possa me acontecer algo...

Lidja apoiou o queixo nas mãos cruzadas.

– Droga... E uma voltinha no jardim?

– Não sei...

Lidja fez uma cara malandra.

– Você é obediente demais, Sofia... Venha.

Levou-a ao andar de cima e se deixou conduzir até o quarto dela. Assim que entrou, ficou aturdida

A rival de Sofia

por um instante. Sofia perguntou-se se tinha algo a ver com os sonhos que pareciam compartilhar, mas a menina recuperou-se bem rápido. Foi até a janela e abriu-a.

– Vou ver como está o caminho. Dependendo, chamo você para me seguir.

Sofia custou a entender, depois, viu-a pular para além do pequeno beiral e percebeu a situação em toda a sua tragicidade.

– Não acho que seja uma boa ideia! – berrou.

Porém, Lidja já havia ido.

Sofia correu em direção às folhas da janela, mas foi obrigada a parar a alguns centímetros de distância. Seus ouvidos começaram a zumbir, e a cabeça, a rodar. Não podia, absolutamente não podia.

Lidja despontou do telhado e olhou-a de cima a baixo, como se fosse a coisa mais normal do mundo. Subira até a claraboia e agora estava dependurada pelas pernas no beiral da janela.

– Não me parece difícil, você também pode conseguir, se... – Parou e olhou Sofia com uma mistura de curiosidade e preocupação. Sofia estava pálida como um lençol. – Mas o que você tem?

– O professor não quer... – murmurou ela com um fio de voz.

– Mas quem liga para isso! No fundo, você não está saindo sozinha. Aliás, continuará em casa, mas estará no telhado.

Sofia recuou.

– Eu...

Lidja ficou séria de repente. Endireitou-se com um golpe das costas e estava novamente dentro do quarto.

– Você tem medo? Eu a seguro, e melhor do que naquela noite, prometo. – Sofia apoiou-se na escrivaninha. – Feche a janela, estou pedindo, por favor...

– Tudo bem, tudo bem, fique calma. – Lidja obedeceu, mas sem tirar os olhos dela.

Apenas quando os vidros estavam fechados, Sofia conseguiu respirar de novo normalmente.

– Entendi! – Lidja apontou um dedo acusador para ela. – Claro, é evidente! Você sofre de vertigens!

Sofia enfiou a cabeça nos ombros, enquanto uma desagradável sensação de calor difundia-se de suas orelhas até o rosto.

– E assim se explica também a questão do elefante! Era alto demais para você... – Lidja riu de um jeito malvado.

– Não é culpa minha – replicou Sofia, ressentida.

– Ah, não, claro que não. Mas você é um pouco fracote, não é?

Continuava a tirar sarro dela, enquanto Sofia ficava imóvel em frente a ela, sem saber o que dizer. Queria achar um jeito de fazê-la parar. Ela deveria até ter um ponto fraco, todos têm um. Mas, na hora, não lhe veio nada à cabeça.

– Eu lhe asseguro que estar no ar é a coisa mais linda do mundo – insistiu Lidja. – E ver o vazio embaixo, bem... É fantástico. É como voar, como ser um pássaro. – Seus olhos brilhavam.

Mas Sofia suava frio só de ouvir aquelas palavras.

– Tenho medo de cair – disse simplesmente.

– Cair é voar. O problema não é se precipitar, mas saber aterrissar – replicou Lidja, com ar de quem entende do assunto. – De qualquer jeito, não tenha medo, não a levarei lá em cima do telhado se você não quiser. Aqui não tem ninguém que possa rir de seus números como no circo.

Sofia sentiu a raiva transbordar.

– Talvez não tenha sido a sua intenção, mas você foi ótima dois dias atrás. Devia trabalhar como palhaça.

Parecia séria, e isso irritou Sofia ainda mais.

– É melhor voltarmos lá para baixo – disse.

– Eu estava brincando – replicou Lidja. – Você não pode se irritar por qualquer coisa, a vida também tem que ser levada com leveza.

Sofia esboçou um sorriso pouco convicto.

– De qualquer jeito, preferiria voltar para a biblioteca.

Lidja encolheu os ombros.

– Como quiser.

À noite, o professor perguntou-lhe como havia sido. Sofia não sabia se era melhor lhe dizer a verdade ou fazê-lo feliz e mentir. Então, pensou que não seria gentil acabar com o seu entusiasmo lhe confessando que Lidja lhe parecera por demais segura de si, que detestava o jeito como tirava sarro dela e, mais ainda, lhe incomodava que se comportasse como se a casa fosse dela. Ah, além disso, não suportava mesmo como conseguia cativar a todos dando uma de dengosa.

– Bom, nada mal – respondeu, olhando para o outro lado.

O professor analisou-a um pouco, tentando entender o que aquelas palavras realmente queriam dizer.

– É órfã como você.

Sofia achou isso curioso. Não imaginava que um tipo vencedor como Lidja pudesse ter a mesma história dela nos ombros.

– Foi criada pela avó, uma cartomante. Depois, ela morreu e Lidja ficou sozinha. O circo é sua única família.

Sofia olhou o prato. Subitamente sentia-se cruel por achá-la tão antipática. No fim das contas, pareciam compartilhar muitas coisas.

– Você acha que gostaria de vê-la de novo?

Vê-la pular janela afora e ficar dependurada no beiral como um macaco? Ou vê-la de braços dados com Thomas e pôr a mão por toda parte na biblioteca? Não, decididamente não. Então, notou a expressão esperançosa do professor.

– Talvez de vez em quando... – concedeu-lhe.

A rival de Sofia

Ele sorriu para ela.

– Vocês têm muito em comum, minha querida, acredite em mim. Tenho certeza de que se tornarão ótimas amigas.

Naquela noite, Sofia não conseguiu dormir. Pensava e repensava naquela tarde, revia Lidja e a cara do professor enquanto falava com ela. Ele gostava dela, era evidente. Talvez por isso insistisse tanto para que as duas se tornassem amigas. Se isso acontecesse, Lidja viria à casa deles com mais frequência.

Os mármores cândidos de seu quarto brilhavam à luz da lua, e Sofia perguntou-se o que estava fazendo ali. O orfanato piolhento era o seu lugar. Certamente o professor errara, e talvez começasse a se dar conta disso. Talvez estivesse pensando em levá-la de volta para onde havia saído e em pegar aquela menina tão esperta e adorável em seu lugar. Ela, sim, que era especial. Saíra pela janela em um instante e estava pronta para desobedecer e fazer um passeio lá fora. Porque não havia nada a temer no bosque, ao contrário do que ela pensava. Nenhum segredo, somente um emaranhado selvagem de plantas, que a noite certamente não transformava em criaturas assustadoras.

Sofia levantou-se. Precisava do lago, sentia isso. Olhar a lua espelhando-se nas águas plácidas e talvez deixar o frio do inverno entrar nos ossos: era disso que precisava.

Quando colocou os pés descalços no chão, sentiu-se exatamente como no último dia em que estivera no orfanato. Apesar das aparências, nada mudara desde então, porque ela não mudara.

Desceu as escadas com calma, tentando controlar o estalido dos degraus de madeira sob seus pés. Faziam um barulho infernal, ou assim lhe parecia. Pensou que Lidja seria muito mais silenciosa, com sua elegância felina. Provavelmente desceria pelo tronco...

O sobretudo estava ao lado da porta. Sofia jogou-o diretamente em cima do pijama e enfiou um par de sapatos. Depois, encostou a mão na maçaneta e hesitou mais um instante. O professor não iria querer.

"Quem liga para isso?"

Assim dissera Lidja.

– Mas o bosque estará escuro, e o lago...

Sacudiu a cabeça com convicção. Era tudo bobagem.

Abriu a porta e o ar gelado a invadiu. Arrepiou-se, apertando o sobretudo no peito com a mão. Era uma noite de lua cheia, e o bosque aparecia como uma massa preta compacta que corrompia o céu límpido.

"O caminho é curto, é só correr."

Não se demorou mais. Fechou delicadamente a porta de entrada e lançou-se em disparada no bosque, fazendo o maior barulho possível para encobrir todos os chiados suspeitos e desconhecidos.

A rival de Sofia

Escorregou pelos últimos metros, até aterrissar no tapete de folhas secas na beira do lago.

E lá estava ele. Um espelho obscuro cortado em dois pelo reflexo da lua. A água estava calma, e o céu, estrelado. Órion, as Plêiades no alto, veladas. Sofia ficou sentada, as palmas das mãos na terra e o sobretudo já começando a ficar úmido.

Suspirou, depois levou os joelhos ao peito e fitou aquele panorama melancólico. Não sabia exatamente por quê, mas estava triste. Sentia-se como se houvesse falhado em tudo, como se a sorte que lhe havia caído em cima, de improviso, fosse imerecida. Mais cedo ou mais tarde, alguém se daria conta disso, e tudo se dissolveria como neve ao sol.

Estava prestes a abandonar-se no choro quando viu uma sombra. Estava longe e captou sua atenção porque voava baixo e emanava um estranho brilho.

Apertou os olhos para entender o que era, e foi como se subitamente o bosque tivesse mudado de cara. Tudo ao redor se encheu de estalidos sinistros e chiados obscuros, e Sofia ficou com medo. Estava sozinha, fora dos muros protetores da casa, e fazendo algo proibido.

Instintivamente, afastou-se da beira do lago. A figura longínqua continuava a se aproximar, e pouco a pouco a menina reconheceu um par de asas. Mas que raça de pássaro poderia ser?

Recuou, o coração começando a saltar em seu peito. Algo de muito ruim estava para acontecer, sentia isso. Quando o ser apareceu de repente a poucos metros da margem, Sofia teve vertigens. O absurdo da cena a aturdiu.

Na sua frente, estava um menino gorducho, usando um pijama meio rasgado. Os pés estavam descalços e tocavam de leve a água gelada, mas ele não dava sinais de se dar conta disso. Seu rosto estava impassível, como o de um morto, a não ser pelos profundos olhos vermelhos e arregalados. Nas costas, duas imensas asas metálicas moviam-se mecanicamente para mantê-lo no ar, e o sibilo que emitiam era baixo e constante. Sofia podia escutá-lo perfeitamente porque o silêncio baixou em tudo ao redor, quase como se o bosque estivesse à espera.

– Encontrei você – disse ele com voz inumana.

Então, levantou um braço em sua direção e fechou a mão em punho. O metal o encobriu, modelando-se em uma cabeça de cobra.

Sofia estava paralisada de medo.

"Nidhoggr!", pensou, de repente. Não tinha ideia do que significava aquele nome e de qual abismo de sua consciência havia emergido. Sabia apenas que era o mal.

– Morra!

A palavra era fria como uma lâmina e saiu, átona, dos lábios exangues do menino. Da boca da cobra serpenteou uma língua metálica em sua direção. Sofia berrou, desesperada, pensando na dor que

A rival de Sofia

logo a perfuraria. Mas ela não chegou. Em seu lugar, um estrondo e um incrível calor em sua testa.

Abriu os olhos, incrédula. Na sua frente, surgira do nada uma parede de cipós. A lâmina tentava abrir passagem, mas não conseguia.

A mão direita de Sofia estava esticada e aberta na direção daquele emaranhado vegetal, e sentia-a quente, quase entorpecida, enquanto seu sinal continuava a pulsar.

Não conseguia pensar. Estava com medo, um medo terrível. Quem era aquele menino? O que estava acontecendo? Por que ela estava naquela posição de defesa?

Fechou o punho e os cipós desapareceram, como se nunca tivessem existido. Em um lampejo, viu o rosto inexpressivo do menino, a terrível cabeça de cobra ainda esticada em sua direção.

Escapou com toda a força que tinha nas pernas. Tropeçou, mas se recuperou quase imediatamente e continuou a correr, impulsionada por um terror sem nome. Ao redor, sentia o sibilar da lâmina que fazia um talho no tronco das árvores. Era como se ela própria ficasse ferida. Ficava sem ar a cada golpe, sentia o bosque todo vibrar. No fim, caiu, derrotada pelo sofrimento. A língua metálica a atingiu em um braço e o fogo vivo entrou em sua carne. Berrou novamente, e os galhos das árvores próximas esticaram-se, as folhas viraram dedos e se enroscaram em torno das asas do agressor, paralisando-o em uma teia.

Sofia estava desconcertada. As asas moviam-se convulsivamente, tentando se libertar, mas o menino continuava a não mostrar nenhuma expressão. Apenas a fitava com seus olhos vermelhos.

– Socorro, socorro! – gritou ela, enquanto as lágrimas começavam a descer fervendo bochechas abaixo.

– Corra, rápido! Por aqui!

Não sabia de quem era aquela voz, mas a seguiu. Chorando, levantou-se de um pulo, segurando o braço ferido e não parou até alguém a agarrar firmemente, apertando-a em um abraço quente e seguro. Então, ouviu uma vibração baixa que a aturdiu.

– Está tudo bem, você está em segurança agora... A barreira está ativa. Tudo acabou.

Entre as lágrimas, Sofia viu o rosto tenso, mas sorridente, do professor. Em seguida, apertou-o contra si e chorou sem mais controle.

10
Uma história incrível

Sofia apertava uma xícara de chá fervente nas mãos. Embora estivesse com uma coberta em cima do corpo, continuava a tremer de frio.

Apenas o braço ainda ardia. Fora Thomas que a medicara. Não parecia um corte muito profundo, mas era bem extenso. O mordomo o limpara, depois passara um antisséptico que pinicava quase mais do que a ferida e, enfim, o enfaixara. Tudo em silêncio.

Sofia se perguntava se o professor estava com raiva; afinal, ela o desobedecera. Mas era um pensamento ocioso, porque sua mente estava totalmente dominada pelo que acontecera no bosque. O menino, seus terríveis olhos vermelhos, e *Nidhoggr*, aquele nome que não conseguia tirar da cabeça, junto com a imagem da cobra.

— Como está? — O professor estava sentado em frente a ela, muito sério, como nunca o havia visto.

Sofia não respondeu. Apenas continuava a tremer.

– Tome o chá, tenho certeza de que você se sentirá melhor.

A menina aproximou os lábios da xícara, mas parte do conteúdo caiu em cima dela. Estava sacudida por arrepios irrefreáveis.

– Deixe comigo. – O professor pegou a xícara e acompanhou delicadamente o movimento da nuca de Sofia. Ela fechou os olhos e deixou que ele lhe desse na boca como uma criança, saboreando o calor do chá que descia por sua garganta.

– Ele foi embora – sussurrou Schlafen. – Não pode ultrapassar a barreira, e acho que não voltará tão cedo. Você estragou uma asa dele.

Sofia ficou de olhos fechados. A imagem do monstro alado estava impressa no preto de suas pálpebras.

– O que era? – perguntou, enfim, arregalando os olhos.

Desejou que o professor sorrisse, que lhe dissesse que tudo havia sido um sonho ou uma visão boba. Em sua mente repetia a si mesma que aquilo não podia ser verdade, que deveria haver uma explicação lógica, racional.

Contudo, seu tutor afastou-se dela, deixando-lhe a xícara de chá nas mãos. Estava evidentemente preocupado.

– Um Sujeitado – respondeu.

Uma história incrível

Sofia achou ter entendido mal. Em que mundo tinha ido parar? Por acaso todos haviam enlouquecido?

– Os Sujeitados são pessoas normais que, um dia, são atiradas em um jogo maior do que elas; alguém apela para seus sentimentos de desforra, de ódio e de sofrimento e promete grandes poderes que mudarão aquilo que não funciona em suas vidas. Quando aceitam, são transformados como aquele menino; a vontade deles é anulada e se tornam um instrumento de quem os enganou.

Sofia escutou em silêncio. Era tudo absurdo. Coisas que se liam nos livros ou nas histórias em quadrinhos, mas a vida real é outra coisa; na vida real não existem meninos voadores com asas de metal. O professor, no entanto, não parecia estar brincando.

– Mas quem poderia fazer algo desse tipo?

Schlafen passou a mão entre os cabelos, depois olhou para o chão.

– Nidhoggr. Ele ou suas emanações terrenas.

Sofia olhou o chá na xícara. Viu-se refletida lá dentro, chocada e perdida.

– Quem é? Assim que vi aquele menino, pensei nesse nome, que me dá medo, me aterroriza. Mas não sei quem é.

– Você sabe, sim... – disse o professor com gravidade. – Claro, não conscientemente. Mas no fundo do seu coração, sim, por isso o teme.

Apoiou-se ao encosto da cadeira. Parecia cansadíssimo e triste.

– Há quase trinta mil anos, o mundo era muito diferente de hoje. O homem ainda vivia em contato com a natureza, e os dragões eram os senhores da Terra. Organizavam a vida dela e eram os guardiões dessa ordem. Ou seja, orientavam o comportamento do homem, a fim de que aquele mágico e perfeito mecanismo, que é a natureza, não emperrasse.

Sofia estava boquiaberta.

– Os dragões não existem... – disse obstinada, pronta para negar até a evidência, para não admitir que o mundo, como o conhecia, era pura ilusão.

Seu tutor sorriu com amargura.

– Acredite em mim, eles existem, e o fato de você estar aqui é uma prova disso. Porém, se você quiser entender, precisamos proceder por etapas. A guardiã da ordem na Terra era a Árvore do Mundo, uma planta secular e imensa, da qual fluía a energia que mantinha tudo vivo. Era ela que organizava o ciclo das estações do ano, que fazia germinar as plantas e desabrochar as flores. Seus frutos eram a expressão de sua ilimitada energia positiva. Cinco dragões, os Dragões da Guarda, a velavam, protegendo-a de qualquer mal. Era tudo perfeito, Sofia, perfeito e maravilhoso.

O professor parou para que ela pudesse beber outro gole da xícara.

– Mas nem todos amam a perfeição e a luz. Os guardiões das trevas, as serpes, eram os soberanos do frio e da noite. Durante séculos, cada um respeitou os próprios deveres, até que Nidhoggr se rebelou. Era a serpe mais poderosa e decidiu destruir a Árvore do Mundo. Parecia odiar o equilíbrio e a paz que reinavam na Terra e também os homens que a povoavam. Desejava ampliar o poder da sua espécie e queria domínio sobre tudo. Foi assim que começou a guerra.

Parecia nada mais que uma lenda, uma trama perfeita para um livro de fantasia. Provavelmente, Sofia gostaria da história se não fosse um dos personagens daquela narrativa absurda.

– As serpes, incitadas por Nidhoggr, entraram em guerra contra os dragões, e a luta foi devastadora, com perdas para ambos os lados. Então, quando viu que a batalha havia chegado a um ponto de impasse, Nidhoggr saqueou a Árvore do Mundo. Comeu suas raízes, e a planta, pouco a pouco, murchou, até perder os próprios frutos. Diante daquele massacre, os dragões sobreviventes desencadearam uma ofensiva sem precedentes. Até os homens foram envolvidos: Nidhoggr usava-os como instrumentos. Ao longo dos anos, desenvolvera uma espécie de obsessão insana pelo metal. Mandava que seus subordinados o extraíssem nas minas e o trabalhassem, e com ele criava armas, armaduras e estranhos enxertos que impunha aos homens para transformá-los em combatentes invencíveis. Quem recebia o enxerto perdia a vontade própria e adquiria poderes físicos extraordinários. Assim nasceram os Sujeitados, como o menino que agrediu você esta noite.

Sofia pensou novamente em seu rosto sem expressão e arrepiou-se.

– Os dragões, porém, escolheram outro caminho. Aliaram-se aos humanos que queriam manter o equilíbrio e instaurar novamente a paz, humanos que amavam a natureza e veneravam a Árvore do Mundo. As duas raças lutaram lado a lado. O entrosamento era tão grande que, quando tudo pareceu perdido e até os Dragões da Guarda foram derrotados, estes últimos decidiram se fundir com os humanos e transferir para eles seu próprio espírito. Os dragões possuem o Olho da Mente, uma espécie de pedra preciosa encaixada na testa.

Sofia engoliu, pensando instintivamente em seu sinal, que ainda sentia pulsar.

"Não tem nada a ver, não se deixe enganar", repetia-lhe uma voz interna. Ainda não queria se render, por isso continuava a escutar aquela história absurda ligada apenas pelo enredo, como se escutasse uma fábula.

O professor continuou:

– Foi por meio dessa pedra que infundiram seu espírito nos eleitos. Fizeram isso para permitir que, no futuro, alguém continuasse seu dever e levasse a resistência adiante.

Uma história incrível

Sofia sentiu uma dor surda no fundo do estômago. Aquela história lhe pertencia, sentia isso. Contra qualquer lógica, mas também contra qualquer possibilidade de negação, sentia que já a conhecia.

– Sou um deles? Tenho um dragão em mim? – perguntou, com um fio de voz.

O professor concordou seriamente.

– Você descende diretamente de Lung. Ele foi um humano criado no meio dos dragões, na cidade de Dracônia, a capital do Império dos Dragões. Combateu a vida toda ao lado deles e assistiu ao último embate. Thuban, o último e mais poderoso dragão de sua espécie, lutou até a morte contra Nidhoggr. Foi uma batalha tremenda, que sacudiu o mundo até as vísceras. Quando já não havia mais nada a fazer, Thuban usou suas últimas energias para lacrar o inimigo. Aprisionou-o sob a terra com um poderoso encanto, para impedi-lo de fazer o mal e se comunicar com o exterior. Esse lacre tem, ainda hoje, a função de negar-lhe o acesso a esse mundo com a plenitude dos próprios poderes e com o próprio corpo. Mas não durará para sempre. A força de Nidhoggr é enorme, e Thuban sabia desde o início que seu encanto estava destinado a enfraquecer cada vez mais, até se dissolver. Lentamente, Nidhoggr conseguiu influenciar o mundo com sua maldade e preparar o terreno para seu próximo retorno. O problema é que ele sabe que os dragões ainda não desapareceram e que moram, adormecidos, no corpo dos eleitos. Por isso, mandou um mensageiro seu para matá-la.

– E Thuban, que fim levou?

– Antes de morrer, fundiu-se com Lung, encarregando-lhe o dever de velar o lacre – respondeu o professor com tom aflito. – Sofia, Lung é um antepassado seu. Portanto, em você ainda vive o mais poderoso dos dragões da História.

Sofia colocou a mão no peito. Não sentia nada. Nenhum poder, nenhum calor estranho, nenhuma presença de qualquer tipo. Somente silêncio. Não, Thuban não estava ali, e o professor era um doido que tagarelava coisas sem sentido.

– Eu não o sinto, não há nada dentro de mim – disse com convicção.

Schlafen olhou-a com um sorriso triste.

– Sei que é difícil aceitar e que tudo aconteceu rápido demais...

Sofia sacudiu a cabeça.

– Não há nada a aceitar. O senhor está me contando uma história absurda, de filme!

O professor não acrescentou mais nada, simplesmente esticou um dedo, tocando seu sinal no meio da testa.

– Este é o Olho da Mente, Sofia. Lung não o tinha antes de se fundir com Thuban. Apareceu-lhe só depois e é a marca distintiva dos Draconianos. Não é um sinal como os outros, por acaso alguém já lhe disse isso?

Uma história incrível

Sofia tocou-o. Subitamente, ficou quente e duro.

– Um médico, quando eu estava no orfanato... Mas ele não prestou muita atenção.

O professor levantou-se, pegou algo de uma gaveta e voltou a se sentar. Estava com um espelho na mão. Levantou-o.

– Ele tinha razão. Apenas quando você desfruta de seus poderes de Draconiana o Olho da Mente revela sua verdadeira natureza.

Sofia observou a própria imagem refletida. No lugar do sinal usual, havia agora uma espécie de pedra verde brilhante que pulsava. Sentiu um terror gélido agarrar suas têmporas.

– Não é possível...

– É aí que está a essência de Thuban.

A menina acariciou a gema. Causava uma estranha impressão em sua cara abatida e comum, parecia quase não lhe pertencer.

– E se Thuban estivesse mesmo dentro de mim, o que mudaria?

O professor guardou o espelho.

– Primeiramente, você tem poderes. Hoje usou-os contra seu agressor. Você, Sofia, pode fazer as plantas crescerem. Aqueles cipós que paralisaram o menino, que quase despedaçaram uma asa dele, foram produzidos por você. É o poder da vida, Sofia, o poder da Árvore do Mundo.

Instintivamente, ela apertou um punho, como se, de uma hora para outra, pudesse brotar dele uma planta ou uma flor.

— Mas não é tudo. Seu corpo pode mudar. Você pode ter as asas dos dragões. E, se conseguir desfrutar completamente dos poderes de Thuban, pode possuir o corpo dele.

— Quer dizer que posso virar um dragão?

O professor concordou, fitando-a. Sofia engoliu em seco. Subitamente, não sabia mais quem era e, principalmente, sentia seu corpo físico como algo alheio que, de repente, pudesse escapar de seu controle.

— Porém, é necessário treinar duramente. Esta noite você agiu de forma impulsiva e, assim, pôde desfrutar apenas de uma parte de seus poderes. Quando conseguir acreditar em seu dom, poderá comandá-lo com a simples força da vontade.

Sofia estava confusa. Tudo o que sabia sobre o mundo até aquele dia agora se mostrava falso e parcial. Não se espantaria se, de repente, a casa começasse a voar ou os objetos se soltassem do chão. Tudo poderia acontecer em um mundo onde seres humanos normais escondiam dragões no próprio peito ou podiam ser possuídos por entidades malignas.

— Mas se Nidhoggr foi lacrado, quem comanda o menino que me atacou? — acrescentou, abandonando todas as defesas.

— Eu já mencionei que o lacre de Thuban não era definitivo. Nidhoggr deixou alguns filhos na Terra e, por intermédio deles, difunde sua vontade neste mundo. Eles são sua emanação terrena. Enquanto o lacre reprimir sua força, seus filhos também terão

Uma história incrível

poderes limitados. Tanto ele quanto sua prole se alimentam do mal e, todas as vezes em que conseguem envolver um ser humano, fazendo-o virar um Sujeitado, se nutrem de sua raiva para seguir em frente. Para isso, existem os Draconianos, para velar o encanto e tentar restaurar os frutos da Árvore do Mundo. No fim da guerra, a cidade se desprendeu do chão e começou a voar à deriva no céu, levando com ela a Árvore, que, desde aquele dia, porém, perdeu força e quase secou completamente.

– A cidade com a qual eu sonho! – exclamou Sofia, em um lampejo de compreensão. – Sonho continuamente com uma cidade branca!

– Eu sei – disse o professor. – Modelei seu quarto com base nela, na esperança de que, lentamente, você lembrasse sozinha sua origem. – Suspirou. – Infelizmente Nidhoggr chegou antes.

As peças começavam a se encaixar nos lugares certos, de um jeito terrivelmente coerente e lógico. Até a historinha contada por Lidja fazia sentido. Era tudo verdade. Malditamente verdade.

– Mas então Nidhoggr... Já está entre nós?

– Ainda não, mas sua maldade já abateu suas vítimas. Pode agir sobre este mundo, isso sim. Com muitas limitações, mas pode fazê-lo. Desde que a Árvore do Mundo murchou, as coisas pioraram pouco a pouco. A natureza não conta mais com sua proteção e está exposta aos ataques do homem. O homem soberbo, que acha que pode viver mesmo depois de ter cortado seus laços com a natureza, acha que pode ficar no lugar dela. Enquanto havia os dragões e a Árvore do Mundo, sua arrogância era atenuada, mas agora ele abusa da liberdade que lhe foi dada e se eleva a dominador do universo. Devagar, começou a violar as regras naturais, modificando cada vez mais o ambiente. Fazendo assim, compartilhou da mentalidade de Nidhoggr. A rebelião das serpes e a do homem têm a mesma matriz: ambos querem destruir a ordem natural, tentando conquistar papéis que não lhes cabem. Desse modo, com o tempo, provocaram feridas cada vez mais graves na natureza, e o lacre se enfraqueceu. Nidhoggr ainda é prisioneiro, mas as correntes estão cada vez mais frouxas.

Sofia começava a entender.

– E voltará?

– Antes do que imaginamos.

– E cabe a quem detê-lo? – perguntou, torturando as mãos.

– A você – respondeu o professor. – A você e aos outros Draconianos. É o momento de recuperar os frutos da Árvore do Mundo. A busca foi em vão por gerações. Ninguém tinha o poder necessário para encontrá-los. Mas agora é diferente. Agora Nidhoggr está prestes a voltar, e os poderes latentes dos Draconianos, doados a eles pela união com os Dragões da Guarda, estão prestes a despertar, prevendo a batalha final. E eu sinto que você tem essa capacidade.

Uma história incrível

Sofia olhou para o chão. A incredulidade lentamente dava lugar a algo novo, que remetia ao momento em que deveria prestar contas com a terrível realidade que o professor lhe revelava.

– É por isso, não é? O senhor nunca conheceu meu pai e, muito menos, minha mãe...

O professor calou-se por alguns instantes.

– Sabia quem era seu pai. Procurei-o por toda a vida. Veja, eu sou um Guardião. Assim como existiam os Dragões da Guarda, havia também um grupo de humanos que cuidavam da proteção da Árvore do Mundo: trata-se de um grupo de sacerdotes do qual faço parte. Eles também adormeceram quando Nidhoggr realizou seu massacre. Durante milênios, nossos poderes permaneceram entorpecidos, passando de geração em geração. Então, há mais de vinte anos, eu despertei e, desde então, procurei os Draconianos. Quando encontrei seu pai, era tarde demais.

– Diga a verdade – disse Sofia com os olhos úmidos. – Como ele morreu?

– Um Sujeitado o matou antes que despertasse. Aconteceu quando você era criança. Nidhoggr procura os Draconianos porque sabe que eles são os únicos capazes de detê-lo. Desde que conseguiu afrouxar as correntes que o prendem, sempre mandou seus emissários matá-los antes que despertassem.

– E minha mãe?

A Garota Dragão

— Sua mãe não era uma Draconiana.

Sofia esperou, em vão, que o professor continuasse.

— Tudo bem, então quem era? E onde está? Ela também morreu?

— Não sei, sinto muito.

Sofia apertou a xícara com força. Sentia uma estranha raiva crescer em seu peito.

— Por que o senhor é sempre evasivo quando pergunto dela?

O professor desviou o olhar.

— No início eu tinha medo de lhe dizer, Sofia. Quando ela soube a verdade sobre você e seu pai, a abandonou.

Sofia ficou gelada.

— O senhor nem tentou procurá-la?

— Meu dever é procurar os Draconianos e despertá-los.

— Então é por isso que veio ao orfanato? A história da dívida de gratidão, que eu sou especial... Tudo balela.

— Você é especial, Sofia! Você é uma Draconiana!

— O senhor me procurou porque era seu dever, me trouxe com você porque era obrigado!

— Por que você coloca nesses termos? Não é assim...

Sofia continuou, como se não tivesse escutado.

— E a sua gentileza, as roupas... Tudo porque era obrigado, certo?

Uma história incrível

O professor foi para perto dela.
– Você está transtornada agora, é compreensível, mas...
Sofia levantou-se repentinamente, afastando-se.
– Não toque em mim – disse, em um sopro.
O professor ficou parado em seu lugar, desiludido e amargurado.
– Sofia, não pense que estou fazendo tudo isso porque sou obrigado. Claro, procurei você porque sou um Guardião, mas, agora que a conheço, tenho como apreciar a pessoa maravilhosa que é.
A menina sentiu as lágrimas salgadas na garganta. Aquelas palavras lhe soavam falsas. A verdade, aquela terrível verdade que a confundia e a aturdia, dizia-lhe outra coisa. Colocou com calma a xícara já vazia sobre a mesa.
– Quero ir dormir.
O professor ficou de pé, com os braços largados ao longo dos quadris.
– Sofia, eu...
– Por favor.
Ele suspirou.
– Eu gosto de você de verdade.
Sofia simplesmente se virou e dirigiu-se ao andar de cima. Fechou com violência a porta atrás de si e jogou-se na cama. Tudo tinha outra forma, agora. Estava incrédula e desgostosa com o que acabara de descobrir, mas, apesar disso, outros pensamentos ocupavam-lhe a cabeça. Aquela casa sempre fora

uma prisão dourada, só que antes não sabia. Mas o quarto branco, que amara desde o início, fora simplesmente um pretexto para despertar nela o poder arcano narrado pelas lendas. Isso mesmo, lendas. Só podia ser uma brincadeira idiota, tinha certeza. Mas algo dentro dela queria convencê-la do contrário. Não podia acreditar no mundo de magia que lhe fora contado, sentia-se traída e confusa. Aquela casa, que até duas horas antes sentia como sua, havia, de repente, se tornado um lugar estranho.

11
Dias de confusão

O menino entrou pela janela. Uma das asas chocou-se contra a parede, emitindo um ruído violento e agudo. A batida o fez perder o equilíbrio, e ele caiu no chão, rolando por alguns metros.

O barulho obrigou Ratatoskr a sobressaltar-se em sua meditação. Levantou-se da posição do lótus e avançou em direção ao Sujeitado, que estava no chão com uma asa despedaçada – arfava, tentando desesperadamente levantar-se.

Ratatoskr abaixou-se até o seu nível. Contemplou a ferida e enrugou a testa.

– Bela encrenca, não?

Nida estava atrás dele, com os braços cruzados. O rapaz não precisou se virar para saber que, em seu rosto, havia um sorriso de triunfo. Ajeitou os cabelos com raiva e esticou a mão até a testa do menino, que se obstinava nos esforços para se levantar.

— Fique parado, idiota – murmurou. Fechou os olhos e rapidamente leu sua mente.

— Ele falhou, não precisa consultar suas memórias – disse Nida em tom sarcástico.

— A Adormecida despertou.

Nida enrijeceu-se.

Esse era um imprevisto absolutamente desnecessário. Nidhoggr não ficaria nada feliz. Se quisessem evitar sua ira, tinham que encontrar uma solução logo, e dessa vez não podiam errar. Bastou um olhar e os dois entenderam o que fazer.

Enquanto Nida fuçava nos bolsos de seu casaco, Ratatoskr desligou o dispositivo, apertando o centro do objeto. No rosto do menino surgiu uma careta de dor, em seguida, seu corpo deu um sobressalto, como acontece com quem volta à superfície depois de ter estado debaixo d'água tempo demais. Os olhos vermelhos esvaíram-se lentamente em uma anônima cor de avelã. Mattia voltara. Abandonou-se, exânime, no chão, a bochecha apoiada no cimento gelado. Bastaram-lhe poucos segundos, porém, para lembrar e despencar no terror. Tentou se virar de costas, mas uma pegada férrea o imobilizou no chão. Gritou, e seu grito morreu assim que uma mão lhe fechou a boca. No seu campo visual apareceu a fada, linda como nunca, com seu rosto de menina e os olhos límpidos. Olhava-o sorrindo, quase amigável.

Dias de confusão

– Shhhh... Tem gente dormindo, e nós não queremos acordá-la, não é?

Os olhos de Mattia ficaram brilhantes. Não tinha ideia de onde estava, nem de como chegara lá. Lembrava apenas de ter sido prisioneiro da escuridão, imerso em um gelo terrível, por longuíssimas horas.

– Assim não vai dar certo mesmo, meu querido. Ser abatido por uma Adormecida burra que usou somente um milésimo de seus poderes... – Nida sacudiu a cabeça. – Mas eu sou uma boa fada e vou lhe dar uma segunda chance.

Abriu a palma da mão, e, com horror, Mattia viu brilhar um estranho aparato, maior do que aquele que ela lhe dera da primeira vez. Tinha mais ou menos o mesmo formato, mas o corpo era maciço e as patinhas que surgiam ao lado eram mais numerosas e espessas. Parecia um inseto imundo, só que era de metal. Tentou se rebelar, mas alguém apertava seu joelho na escápula.

– Fique bonzinho aí. Por acaso você não queria virar um vencedor? Com isso, você terá tudo o que sempre quis. Mas muito cuidado para não me decepcionar de novo, ou vou deixar de ser gentil assim com você. – Nida aproximou-se tanto de seu ouvido que Mattia pôde sentir o sopro quente de sua respiração. – Se você falhar, a morte estará te esperando.

Afastou-se dele e deu-lhe um sorriso cheio de terríveis indiretas. Então se levantou, e Mattia sentiu o frio de sua pegada em volta do pescoço. Sabia perfeitamente o que aconteceria agora, e não queria. Tentou novamente se libertar, mas não havia nada a fazer. Sentiu os dentinhos de metal entrando em sua carne, depois tudo ficou preto novamente. Nida e Ratatoskr observaram a transformação, impassíveis. O aparato pareceu quase se animar, as patinhas colocaram-se em movimento, percorrendo rapidamente a espinha dorsal do menino. Assim que toda a coluna vertebral foi coberta, um pouco de metal líquido envolveu o tórax e, de lá, expandiu-se pelas pernas e pelos braços, até chegar à cabeça. Então, solidificou-se em uma verdadeira armadura, grossa e impenetrável, cujas várias partes eram conectadas por placas sólidas e articulações finas. Os olhos tornaram-se vermelhos novamente e, no fim, o Sujeitado ajoelhou-se em frente aos seus senhores.

Foi Nida quem deu alguns passos à frente e ordenou.

– A Adormecida despertou e daqui a pouco começará a caça aos frutos da Árvore do Mundo. Siga-a, descubra onde se encontram e pegue-os antes que ela tome posse deles.

A criatura limitou-se a concordar. Depois, abriu novamente as imensas asas e voou janela afora. Nida suspirou.

– Você sabe bem o que acontecerá se ele falhar – murmurou Ratatoskr. Estava com o rosto duro e contraído de quem teme uma punição severa.

Dias de confusão

— A Adormecida ainda não tem pleno controle de seus poderes. Nós estamos em vantagem – replicou ela com segurança. – Desta vez ele não vai falhar.

Sofia acordou com o sol inundando de luz o seu quarto. O mármore brilhava, cândido, e o ar cheirava a chocolate. Por alguns instantes, embeveceu-se naquela doce tepidez matinal, mas, assim que pensou nas vicissitudes do dia anterior, as cores esplêndidas daquele dia se desbotaram em um cinza indistinto. Nidhoggr, seu destino e todos os absurdos que o professor lhe contara voltaram a visitá-la como um pesadelo horrível.

— Bom dia!

Sofia levou os olhos na direção de onde provinha aquela voz jovial. Seu tutor estava em pé ao lado da cama, com uma bandeja na mão: de um lado havia um pote cheio de biscoitos; de outro, uma xícara fumegante.

Ela esboçou um sorriso, ainda com sono. Talvez tivesse sido mesmo um sonho.

— Bom dia – respondeu, levantando-se.

O professor sorria como em todas as manhãs, como se nada tivesse acontecido. Pousou a bandeja em seu colo.

— Thomas me assegurou de que esta manhã o chocolate está absolutamente fantástico.

Sofia olhou a xícara que fumegava convidativa, mas sentia seu estômago fechado. Mesmo assim, pegou-a nas mãos e encostou-a nos lábios.

Schlafen observou-a com aprovação.

– Muito bem. Depois do ataque no lago de ontem, você precisa recuperar as forças.

Sofia parou. Por que falara naquilo? Estava tudo tão absolutamente perfeito até aquele momento.

– E aí? O que há? Vamos, beba – exortou-lhe ele.

Sofia baixou a xícara.

– Não estou com vontade... – respondeu com tom ressentido.

– É algo que eu disse ou fiz? – tentou perguntar o professor.

Então ele não entendia mesmo, pensou Sofia. Mas era óbvio. Como podia não se dar conta de que estava lhe pedindo um esforço enorme? Confrontar-se com aquela realidade absurda significava, para ela, admitir que o tão amado professor não a tirara do orfanato porque gostava dela, mas somente porque *tinha que* fazê-lo, porque ela tinha aquele maldito *dom*. Só por desaforo, fechou-se em um silêncio obstinado.

O professor suspirou.

– Entendo que você esteja decepcionada e transtornada; eu também gostaria que as coisas fossem por outro caminho, mas infelizmente a situação se precipitou sem que eu pudesse controlá-la.

A menina não respondeu, limitando-se a olhar os biscoitos. Eram os que Thomas fazia. Até o dia anterior, vê-los sempre a comovia um pouco. Parecia-lhe estranho pensar que houvesse alguém que gostasse tanto dela naquela casa a ponto de lhe preparar o café da manhã.

– Como quiser – disse o professor. – Espero você na biblioteca, então. Temos muito para estudar.

– Eu não vou.

Àquelas palavras, Schlafen virou-se, contrariado.

– Sofia, a situação é grave, talvez você não esteja se dando conta. Os poderes de Nidhoggr estão se fortalecendo rapidamente e você ainda não sabe usar suas capacidades. Você está em perigo, entende?

Ela fechou os punhos. Não queria ceder.

– Hoje não – disse a contragosto. – Hoje não vou.

O professor ficou em silêncio por um instante.

– Entendo – replicou amargamente. – Você tem razão, é cedo, e é natural que esteja chateada comigo. – Levantou-se e encaminhou-se para a porta. – Porém, enquanto não aprender a se defender, me vejo obrigado a proibi-la de sair da casa. Temos uma barreira que nos torna invisível aos olhos do inimigo, mas funciona apenas no perímetro desta casa. O lago, e qualquer outro lugar fora do portão, não são protegidos. Lá você não está em segurança.

Sofia sentiu mais raiva do que nunca. Parecia uma espécie de chantagem, e ela ficou tentada a dizê-lo.

No entanto, o professor pareceu intuir o que lhe passava pela cabeça.

– Não quero trancá-la aqui dentro, é só para a sua segurança. Se quiser sair, fale com Thomas, ele acompanhará você aonde quiser ir.

A Garota Dragão

Foi embora sem olhar para ela e sem acrescentar mais nenhuma palavra. A porta fechou-se atrás dele e Sofia sentiu-se terrivelmente sozinha. O chocolate na bandeja parecia chamá-la. Mas não seria suficiente bebê-lo para colocar tudo no lugar. A essa altura, tudo estava irremediavelmente diferente. Colocou a bandeja na mesinha de cabeceira e se escondeu debaixo das cobertas.

Por toda a semana seguinte Schlafen continuou a lhe levar o café da manhã na cama. Os biscoitos eram diferentes a cada dia, acompanhados com frequência por uma flor, uma vez até por dois croissants quentes. Geralmente entrava sorrindo, desejava-lhe bom-dia e então se sentava a seu lado. Entretanto, Sofia perseverava em sua mudez. Todas as vezes, antes de ir embora, ele lhe perguntava se iria à biblioteca, mas ela continuava a se recusar.

Na segunda-feira seguinte, foi Thomas quem levou a bandeja. Sofia ficou quase aliviada. Àquela altura, ver seu tutor lhe fazia mal. Não que ele houvesse mudado o comportamento em relação a ela; era ela, agora, que via tudo por outro ponto de vista. Ele falara daquele mundo absurdo onde ela estava presa, e olhá-lo significava, toda vez, afundar novamente no pesadelo. Por que não lhe dizia que era tudo uma mentira? Mesmo se tivesse dito que ela estava louca teria sido melhor. Sim, ela inventara tudo, o monstro na beira do lago era apenas uma alucinação. Mas, para os loucos, sempre há a esperança da cura, não é? E se a realidade não for mais real, que esperança existe?

Além disso, estava desiludida com o falso afeto dele em relação a ela. Agora que entendera isso, aquela não era mais sua casa. Começou a se perguntar se não era o caso de ir embora. Claro, ouvindo-o falar, os inimigos a esperavam na esquina; mas se lhes dissesse com todas as letras que aquela história não lhe interessava? Que, mesmo se fosse verdadeira, ela queria ignorá-la porque não sabia o que fazer com aqueles presumidos poderes?

Provavelmente tudo se resolveria, e ela poderia voltar ao orfanato. Inimigos como os que o professor mencionara eram apenas fruto de sua obsessão por mundos antigos e histórias folclóricas. Logo, era plausível que houvesse contado a ela somente um monte de lorotas para acalmá-la. Ou melhor, para fazê-la sentir-se como queria ser, ou seja, *especial*. Ele que pegasse Lidja também, já que ela parecia acreditar naquele tipo de mentira! Ela, por sua vez, ficaria no instituto para sempre e, dali a alguns anos, começaria a trabalhar junto com Giovanna. Uma vida chata e sem ambições, claro, mas pelo menos entre pessoas que a aceitavam pelo que ela era e não lhe impunham responsabilidades absurdas. Outras pessoas salvariam o mundo. Ela continuaria a viver na realidade que conhecia, sem monstros ou dragões. Uma realidade apagada, mas tranquilizadora.

Só lhe restava dizer isso ao professor Schlafen.

Nos dias que se seguiram, a casa ficou estranhamente silenciosa. O professor perambulava entre a biblioteca e o escritório, e Sofia o evitava com cuidado. No almoço e no jantar, ficava com a cabeça inclinada sobre o prato e passava o restante do tempo em seu quarto, olhando o lago ao longe. Sentia falta dele, mas não tinha vontade de ir até Thomas para lhe pedir para sair. Era de solidão que ela precisava, não de um guarda que a seguisse passo a passo.

Começou a estudar. Não conseguia admitir nem para si mesma, mas se sentia atraída por aquela história. Queria, mais do que qualquer coisa, entender. Repetia mentalmente que era apenas vontade de ler alguns livros de fantasia de que gostava, mas não era só isso. A verdade é que seu destino começara a envolvê-la inexoravelmente em sua rede.

Começou a ir com frequência à biblioteca quando o professor Schlafen não estava. Porém, achar os livros que falavam do que lhe interessava era uma tarefa quase impossível. Por isso, decidiu escolher ao acaso, principalmente volumes de história.

Todas as noites, quando ouvia os passos do professor pelo corredor em frente ao seu quarto, achava que deveria sair para lhe comunicar as próprias intenções e lhe dizer adeus, mas algo a freava.

Dias de confusão

Então, um dia, chegou Lidja. Assim que a viu de braços dados com Thomas, Sofia sentiu uma onda de ciúmes apertar-lhe o estômago. A situação já estava bem complicada sem que aquela dengosa se metesse no meio. Quando descobriu que não viera por ela, entristeceu-se ainda mais.

Do topo da escadaria, espiou o professor dando-lhe as boas-vindas sorrindo, antes de acompanhá-la até a biblioteca. Após duas horas de um silêncio abafado, Lidja saiu com uma expressão transtornada no rosto. Não se despediu de ninguém, nem do professor, e o único barulho foi a porta da casa se fechando com força.

A partir daquele dia, ela veio todas as tardes. Chegava com o rosto fechado, toda tomada por sabe-se lá que pensamentos. Em seguida, fechava-se na biblioteca e saía de lá só à noite. Nunca ficava para o jantar e nunca passava para cumprimentá-la. Sofia começou a se roer de curiosidade. O que ela vinha fazer? Sobre o que ela e o professor falavam? Uma coisa era certa, ela havia visto bem: o professor adorava-a e a queria com ele naquela casa. Era Lidja o tipo de filha que desejava, não alguém como ela, que fora apenas uma necessidade. Lidja, por sua vez, era uma escolha.

Sofia ficou cada vez mais melancólica. Olhava as árvores descoloridas pelo inverno e quase desejava subir no telhado, para curtir plenamente aquele panorama pungente.

Então, uma noite, o professor decidiu quebrar o silêncio.

— Eu refleti, Sofia, e agora a entendo. Me perdoe se demorei tanto.

Havia uma sinceridade terrível naquelas palavras, terrível e triste. Porém, ela não levantou a cabeça.

— Você ainda é muito jovem e eu a sobrecarreguei com o peso de uma responsabilidade grande demais. Não é justo que não tenha escolha. Lung, seu antepassado, teve escolha, e você também tem que ter.

Sofia não entendia aonde ele queria chegar com aquela conversa.

— É evidente que você não quer esse fardo, e eu aceito isso. Então, não tenha medo, não lhe pedirei mais nada. É um direito seu rejeitar Thuban e desfrutar de uma vida normal.

A menina sentiu que ela deveria preencher o silêncio que se seguiu, mas não conseguia achar nada para dizer. Não achava que as coisas iriam naquela direção; imaginara aquela cena de um jeito completamente diferente.

— Você não é a única Draconiana, e, mesmo se fosse, bem, eu sou um Guardião, não sou totalmente inútil. De qualquer maneira, já existe uma pessoa que aceitou o dragão que existe nela. Você não é mais obrigada a fazer nada, haverá outra pessoa no seu lugar.

Sofia não conseguiu mais se segurar. Levantou a cabeça de uma só vez.

– Lidja? – perguntou.

O professor Schlafen limitou-se a concordar.

Agora, sim, todas as peças se encaixavam. Por isso insistira tanto para que se tornassem amigas, e todas as suas alusões e as visitas daqueles dias estavam explicadas.

– Portanto... tenho que ir embora?

Posso, era "posso" o verbo certo a usar, mas, por algum motivo, o substituíra.

– Não! – respondeu impulsivamente o professor.

Seu tom decidido dissolveu a tensão que se instalara no quarto.

– Eu não quero que você vá embora e, além do mais, lá fora é perigoso para você, pelo menos no estado atual das coisas. – Fez uma breve pausa. – Em todo caso... Se desejar ir porque para você aqui não é mais a sua casa, encontraremos um jeito. Você está livre, Sofia, como quiser interpretar essa palavra.

Ela sentiu com clareza que resposta deveria dar, e isso lhe deu raiva. Nas mil vezes que havia repassado na cabeça aquela cena, pegava as malas e atravessava a porta sem dizer uma palavra. Era assim que se comportava.

– Quero pensar – disse, entretanto.

O professor pareceu empalidecer levemente.

– Como preferir. Preciso aceitar meu engano.

Aquelas palavras lhe fizeram um mal terrível. Lembrou a primeira vez que se viram e sentiu-se inundada de nostalgia.

O professor estava para sair do quarto, mas, no fim, parou na soleira. Sofia observou suas costas curvadas.

– Quero apenas que você saiba que gosto de você. Sua presença aqui se tornou indispensável para mim. Por isso lhe peço para ficar.

Em seguida, foi embora.

A margem do lago estava úmida e fria. Cinco minutos. Fora o que combinara com Thomas. Estava em pé atrás dela e segurava um guarda-chuva sobre sua cabeça. A chuva caía, fina e gelada, ondulando somente um pouco a superfície prateada da água. Sofia queria poder se molhar. Era daquilo que precisava. No fundo, queria ficar doente. Ela estava merecendo, no fim das contas. Assim, daria um fim em toda aquela confusão. Até a noite anterior à conversa, sabia bem o que deveria fazer: ir embora, sem lamentos demais. Certo, havia o obstáculo dos inimigos que a procuravam, mas, pelo menos, sabia o que queria. Porém, desde que o professor lhe pedira para ficar, todos os seus planos se dissiparam, não sabia mais nada.

"É um truque. Ele quer que você fique para você cumprir seu dever", sussurrava-lhe uma voz maldosa.

"É sincero. Ele gosta mesmo de você. Afinal, ninguém o obrigava a ser tão gentil e simpático com você; seu dever de Guardião era apenas dizer a verdade, não levar você para passear em Roma nem tratá-la com tanto carinho", murmurava, convincente, outra voz.

Sofia estava suspensa entre esses dois pensamentos e tinha a clara percepção de escapar. Treze anos desejando ser diferente, um pouquinho especial, quem sabe, e, agora que o era, que tinha até o destino do mundo em suas mãos, dava para trás. Por que sempre tinha que ter medo de tudo?

– O tempo acabou, me desculpe. Não é prudente ficar mais aqui fora.

A voz de Thomas parecia sinceramente constrangida. Sofia levantou-se, dando um último olhar ao lago.

– Coragem – disse-lhe o mordomo com um sorriso. – Sei que não é fácil, mas, apesar de você não acreditar, posso assegurar que não está sozinha.

Em frente à porta de casa, encontraram Lidja com os cabelos molhados e sem guarda-chuva. Vestia um sobretudo de tecido roxo e tinha o rosto sério de quem decidiu seu caminho.

– Estava esperando por você.

Sofia enrijeceu.

– Me esperando?

– Sim – Lidja pegou-lhe à força por um braço e arrastou-a para dentro. – Vou roubá-la de você um pouco – disse com voz firme a Thomas.

Levou-a escada acima sem lhe dar nem tempo de reclamar, depois abriu a porta de seu quarto e aproximou-se da janela.

– O que...

De um só golpe, abriu os vidros e colocou um joelho sobre o pequeno parapeito.

– Preciso falar com você sozinha, e aqui fora é o lugar mais tranquilo.

Sofia balançou a cabeça violentamente, enquanto o enjoo começava a agredi-la.

– Não, não, lhe peço! Não quero.

– Não me interessa o que você quer – disse Lidja, azeda.

Arrastou-a para fora, e o vento, apesar de plácido e pouco teso, acometeu Sofia, dando-lhe a claríssima sensação de estar no vazio.

– Eu imploro, lhe suplico! – Sofia estava prestes a começar a chorar.

– Eu seguro você, deixe de bobeira.

Apertou os braços em volta do peito dela e içou-a ao telhado inclinado que havia logo abaixo do parapeito. Sofia sentiu os sapatos deslizarem nas telhas desconjuntadas e escorregadias. Estava aterrorizada, sua cabeça rodava de um jeito incontrolável e, embora tentasse manter os olhos fechados, podia imaginar o panorama sob seus pés com clareza até demais.

Vazio.

– Me deixe!

Dias de confusão

Lidja sequer respondeu. Arrastou-a pelos braços e conduziu-a até o pequeno telhado da mansarda, fazendo-a se sentar. Sofia sentiu o frio do barro, mas não tinha coragem de olhar. Em seguida, ouviu um barulho de passos e o chiado do revestimento. Estava mal, a chuva batia delicadamente em seus cabelos, e as gotas lhe escorriam pelas bochechas, misturando-se às lágrimas. Estava quase sem fôlego de medo e, no fim, cobriu o rosto com as mãos.

Lidja não se preocupou com os bons modos e, com um puxão, afastou seus braços dela. A náusea a atingiu quase de imediato, e Sofia apertou mais ainda os joelhos em volta do telhado, automaticamente. Quando abriu um pouco os olhos, viu que ambas estavam sentadas naquela parte saliente da qual surgia a janela de seu quarto. Lidja estava à sua frente, ocupando quase todo o campo visual. Atrás de seu rosto lindo e sério, conseguia ver apenas o pedaço de um céu pesado, iluminado pelos brilhos vermelhos do pôr do sol. Segurou-a convulsamente e tentou manter as vertigens sob controle.

– Não dê uma de chorona. Você não pode cair. Está imobilizada pelo meu corpo.

Sofia levantou o nariz.

– Por que você está fazendo isso comigo? Por que sempre me trata mal? Você só me humilha, desde que nos conhecemos!

Levou um tapa violento, que a deixou sem fôlego. Cruzou com o olhar fervente de Lidja. Estava realmente com raiva.

– E você? Por que está fazendo isso consigo mesma? Por que também está arrastando o professor na sua comiseração?

Sofia arregalou os olhos. O que estava acontecendo com todo mundo?

– Você não entende que é uma medrosa? Que não é nada além disso? Até seu medo de subir aqui, de falar comigo, de aceitar o afeto do professor: você tem medo.

Sofia estava estupefata, mas também irritada. Aliás, enraivecida, diabos. Mas o que Lidja sabia sobre como as pessoas estavam? Sobre como se sentem ao serem ignoradas e levadas em consideração apenas para ser ridicularizadas? O que ela sabia sobre o medo, de como ele paralisa, ocupando cada centímetro de sua vida?

– Você não sabe absolutamente nada – murmurou.

– É aí que você se engana. Sei tudo. Sobre mim, sobre você, sobre sua recusa. Você disse não, certo? Decidiu recusar seu dever.

Sofia aborreceu-se.

– Não é meu dever. É uma obrigação imposta por outros. Bem, eu não sinto esse dragão, esse Thuban. Acho que ele desapareceu, e, além do mais, por que ele desejaria estar em uma pessoa que não serve para nada, como eu?

Dias de confusão

— De novo com essa mania barata de se fazer de vítima. — A expressão de Lidja estava sinceramente enjoada. — Não existe um porquê. Você é descendente de Lung, e esse é o único porquê. Eu também não escolhi Rastaban, mas ele me escolheu e eu o aceitei. Eu também estou com medo, você acha que não?

— Você nunca tem medo — murmurou Sofia. — Como alguém que faz as coisas que você faz, que voa, pode ter medo?

— Todos têm medo — interrompeu-a Lidja com desprezo. Você acha que todos são perfeitos, menos você? Estou com medo, sim, muito, e todas aquelas coisas que o professor me contou me aterrorizam, não as entendo, e também gostaria de fugir, simplesmente voltar ao meu circo e continuar fazendo o que sempre fiz. Mas não posso. Alguém me deu um dom, um dom terrível: colocou em mim esse germe, esses poderes estranhos que me assustam. Não posso jogá-los fora, tenho que dar um sentido a eles. Por isso, eu os usarei e farei o que meus antepassados escolheram para mim.

É verdade, parecia fácil. Mas Sofia pensou que ela certamente não saberia usá-los, que devia haver um engano, que não era a pessoa certa.

— Não preciso de você para fazer o que tenho que fazer e não estou falando com você para convencê-la a me ajudar. Mas você me dá raiva, uma raiva imensa. O professor lhe quer bem de verdade, você finalmente iluminou a solidão dele, e para ele você é especial.

Sofia balançou a cabeça.

– Você não entende, não pode me entender...

– É você que não entende a si mesma. Se preferir continuar assim, se contentando em sobreviver no orfanato como um rato em uma gaiola, está livre para fazê-lo. Mas quero que saiba que não lhe falta nada e que é você que está recusando tudo: a possibilidade de fazer algo grande, algo útil, e o carinho de uma pessoa que gosta de você, que está abrindo mão de seus deveres por você. Entende? O professor está faltando com suas obrigações de Guardião, e isso só porque lhe quer bem.

Sofia afundou a cabeça nos ombros e deixou que a náusea a dominasse completamente. Nunca se sentira tão mal em toda a vida, e não era apenas por causa das vertigens.

– Leve-me lá para baixo – disse com um fio de voz.

Lidja praguejou em voz baixa.

– Medrosa de uma figa.

Apertou os braços em sua cintura e delicadamente a levou para baixo, segurando-a inerte até a janela e, então, dentro do quarto. Sofia sentou-se no chão, o rosto virado para baixo.

– Você fez a sua escolha – disse Lidja com um tom gélido, enquanto se dirigia para a porta. – Pelo menos aguente as consequências.

12
Segredos subterrâneos

Após ter discutido com Lidja, Sofia não tinha tanta certeza de que queria recusar seu dever. A determinação daquela menina e seu olhar de desprezo tocaram em seu ponto fraco. Embora fosse duro admitir, Lidja era um exemplo a ser seguido.

Por isso, Sofia ficara parada tantas vezes em frente à porta da biblioteca. Queria pedir desculpas ao professor, dizer-lhe que estava pronta para voltar atrás sobre suas decisões, apesar de ainda achar impossível que a última herdeira de Lung fosse justamente ela. Talvez tivesse sido apenas o acaso a entregar um dom tão grande à pessoa menos adequada a aproveitá-lo. Sabia bem que tentar encontrar uma resposta para aquele desígnio era somente uma tentativa patética de retardar a própria decisão. Mas outra menina de sua idade, diante da mesma situação, não havia pestanejado.

O que a impedia de fazer o mesmo? O medo? Mas Lidja também estava com medo. Ou era porque se sentia desajeitada e insignificante? Desculpas. Apenas desculpas. A verdade era que alguém havia pedido sua ajuda e ela não podia dar para trás sem se sentir um verme. O professor precisava dela, e – pelo que ele disse – o mundo inteiro também. Quando havia recusado a se comprometer, ele não lhe dissera para ir embora; pelo contrário, pedira-lhe que ficasse, porque gostava dela. Assim dissera, e não podia negar isso. Talvez valesse a pena mudar, para provar outra vez na vida o que significava ser amada de verdade. O professor havia feito um sacrifício por ela, e não apenas lhe dissera o quanto gostava de tê-la a seu lado, mas também lhe demonstrara isso. Agora não chegara sua vez?

Naquela noite, Sofia decidiu ir em frente. Estava cansada de todas aquelas dúvidas e era inútil retardar mais o confronto. Por isso, parou na soleira do escritório e bateu. A voz que lhe respondeu da biblioteca era absorta e baixa. Com a mão tremendo, rodou a maçaneta e entrou timidamente. O professor estava inclinado sobre os livros e percorria com o dedo um antigo volume com as páginas que crepitavam.
– Hoje nada de chá, Thomas, prefiro não tomar...
Levantou o olhar ao terminar a frase e, quando viu Sofia, ficou surpreso. A menina parou por alguns

instantes, depois se aproximou e sentou-se em silêncio. Pensou que seria bom se ele entendesse tudo sem que ela precisasse realmente falar. Mas a expressão do professor se tornara séria, tirara os óculos e massageara a parte inferior do nariz com o dedão e o indicador. Parecia cansado.

– Suponho que você queira me dizer que vai embora, não é?

Àquelas palavras, Sofia sentiu um golpe no coração.

– Não se preocupe, eu já imaginava. – Ele sorriu tristemente. – Não se pode aprender o ofício de pai, e eu teria que limitar a desempenhar meu dever de Guardião, sem me adentrar em territórios que não competem a mim. – Ajeitou os óculos duas vezes com nervosismo. – Levarei você de volta ao orfanato o mais rápido possível, tentarei inventar uma desculpa plausível que não a deixe constrangida. Aliás, tentarei fazer algo para que possa ser adotada logo, porque você merece uma família...

– Vou ficar.

Saiu como um sopro, e, assim que disse isso, parecia que Sofia tirara um peso de si mesma. O professor olhou-a, embasbacado.

– E farei o que devo fazer – acrescentou ela, com mais convicção. – Pensei no assunto e não quero fugir. Tenho um dever a cumprir e, se coube a mim, deve haver um motivo, não é?

Schlafen fitou-a com seus olhos azuis e límpidos.

– Não quero obrigá-la. Até alguns dias atrás era um fardo para você, e não pretendo...

– Tenho certeza do que digo – interrompeu-o Sofia.

"Talvez", acrescentou uma voz dentro dela.

"O suficiente para escolher", disse outra.

– É o que eu quero.

O professor pegou-a nos braços e a apertou-a com força.

– Estarei sempre com você, Sofia, nunca a deixarei sozinha e não permitirei que nada de mal lhe aconteça.

Dessa vez, Sofia não recusou aquele contato físico. Agora, mais do que nunca, queria senti-lo perto dela. Ela também colocou os braços em volta do pescoço dele e deixou-se levar. Juntos, poderiam conseguir.

O professor arrebatou-a já a partir do dia seguinte. Tinham que recuperar o tempo perdido, por isso seguiram um quadro de atividades extenuante. Horas e mais horas passadas sobre os livros estudando, depois mais histórias, lendas e anedotas sobre Nidhoggr e as serpes, sobre Thuban e os outros dragões. Logo, logo Sofia perdeu o fio da meada. Eram informações demais para guardar na cabeça e, quanto mais ia em frente, mais se sentia confusa.

Quando o professor a sabatinava, era pior do que no orfanato. Ali, não se tratava de tirar uma nota baixa: se não lembrava uma coisa, colocava em sério perigo a própria vida e a missão inteira. Resumindo, era outro grau de responsabilidade.

– Você não tem que se preocupar. Tudo aconteceu rápido, e agora somos obrigados a correr. Mas você vai ver que, daqui a pouco, ficará melhor – repetia-lhe continuamente seu tutor para animá-la.

Sofia concordava, mas com pouca convicção. Sabia que muito em breve deveria começar o treinamento físico propriamente dito e não alimentava grandes esperanças a respeito. Tinha certeza de que faria um papelão: educação física nunca fora o seu forte.

Quando, uma noite, o professor a levou pela mão à biblioteca, entendeu que o momento havia chegado. Seu tutor estava com um comportamento misterioso e indicou-lhe um ponto preciso na perna da mesa de madeira que estava perto da árvore.

– Esta casa é muito maior do que parece – disse-lhe, e, assim que fez pressão com o dedo naquela estranha protuberância escondida, todo o chão ao redor do tronco da árvore abriu-se com um som abafado, descobrindo uma cavidade escura, na qual se viam alguns degraus.

Schlafen analisou o rosto espantado de Sofia e sorriu, sonso.

– Venha.

Conduziu-a por aquela escada sombria e úmida. Sofia arrepiou-se instintivamente.

— Não há o que temer. É o nosso mundo, Sofia, aquele que se abre sob a terra, abaixo do mundo dos homens normais.

Em seguida, pegou uma tocha da parede e acendeu-a com um estopim que se encontrava em uma cavidade dela. O fogo clareou com uma luz tênue os degraus que se perdiam no vazio mais escuro. O professor movia-se com passos rápidos e decididos, como quem já percorreu aquele caminho milhares de vezes. Sofia o seguia de perto, quase grudada em suas costas, as mãos fixas na parede. Os degraus eram escorregadios e ela fazia o possível para não cair.

— Era aqui que o senhor vinha com Lidja?

— Eu diria que é hora de parar com esse "senhor", não? – disse o professor, virando-se. – De todo modo, sim, é aqui que treinamos.

Sofia sentiu uma pontada de ciúmes. Não era a primeira, portanto, que visitava aquele lugar misterioso.

No fim da escada, viu-se diante de um verdadeiro labirinto subterrâneo, um *calabouço* como os que imaginara, lendo seus livros preferidos. Vê-lo ao vivo era algo diferente e causou-lhe uma impressão estranha. O lugar onde se encontravam dava uma forte sensação de claustrofobia. O teto era baixo, e o ambiente, sombrio. O musgo havia colonizado as paredes de pedra até os capitéis que sustentavam as abóbadas cilíndricas. Por todo lado havia ornamentos de dragões de diversos formatos e tamanhos.

Schlafen virou-se para ela.

– Escute bem as minhas palavras agora. Aqui se encontra a fonte dos meus poderes de Guardião, além da única coisa que mantém de pé a barreira que impede os nossos inimigos de virem até aqui e sentir a nossa presença. Mesmo se alguém penetrar aqui, nunca deverá conseguir descobri-la. Para isso, foi construído um labirinto complicado e cheio de armadilhas. Se por acaso você se perder, até para mim seria difícil achá-la. Por isso, fique perto de mim e faça as mesmas coisas que eu fizer.

Sofia concordou.

O professor começou a avançar com passos rápidos. Sofia moveu-se atrás dele, custando a acreditar que aqueles fossem os calabouços da casa. A ideia de se perder ali a aterrorizava.

Percorreram dezenas de corredores, todos idênticos entre si, diferentes apenas pela disposição das teias de aranha nos cantos. De vez em quando, grandes aranhas pretas se retraíam diante da luz. Sofia apertou a mão no colete do professor à sua frente.

Subitamente, ele parou e virou-se com a cara séria.

– Agora você tem que colocar os pés exatamente onde eu colocar os meus, atenção.

Sofia olhou-o, preocupada.

– O que acontece se eu por acaso errar? – perguntou com um fio de voz.

O professor deu de ombros com um gesto de indiferença.

– Ativa-se um dispositivo pelo qual o chão se abre e despenca no vazio.

Virou-se como se tivesse acabado de dizer a coisa mais normal do mundo e prosseguiu, deixando Sofia paralisada atrás dele. Diferentemente de antes, o chão não era de terra batida, mas composto por uma série de ladrilhos, alguns mais escuros e outros mais claros. Sofia olhou-os com horror.

– Você vai ver, não é difícil... Dois à direita no preto, aí reto no branco, depois três à esquerda no preto... – e, enquanto dizia isso, o professor movia-se com agilidade sobre as pernas ligeiras. Sofia custava a conseguir ficar atrás dele, com passos desiguais e incertos. Era como se estivesse suspensa sobre um abismo, e tentava não pensar no que poderia acontecer se escorregasse ou se colocasse o pé na beira do ladrilho errado.

Quando finalmente chegaram ao outro lado, deu um suspiro profundo de alívio, enxugando a testa perolada de suor.

– Tudo claro, não? – disse o professor com um sorriso.

Sofia olhou-o, transtornada.

– Bom... – continuou ele, girando-se.

Pouco distante deles havia uma grande porta coberta de veludo vermelho. A menina olhou-a como

Segredos subterrâneos

a miragem de um oásis no deserto. Era a coisa mais parecida com o resto da casa que via desde quando se enfiaram debaixo da terra.

– É aqui – anunciou o professor com a voz emocionada.

Tirou do bolso da calça uma chave dourada com um desenho bastante complexo.

– Você também vai ter uma – disse-lhe, sorrindo. Enfiou-a no buraco da fechadura e deu cinco voltas.

O barulho dos ferrolhos que giravam desativando o sistema de segurança retumbou no corredor todo. No fim, a porta destrancou-se e abriu alguns milímetros.

– Esta é a parte mais difícil... – afirmou o professor, e começou a empurrar com todas as suas forças. Sofia não entendeu de cara, porque a porta em si não parecia mais pesada que as que existiam na casa. Enquanto se movia, notou o enorme tambor de aço, como aqueles usados nos subsolos dos bancos. Aquela passagem devia realmente proteger algo muito precioso.

Enfiaram-se na abertura estreita e encontraram-se em um quartinho bem simples. Diante deles, uma mísera porta de madeira. Sofia olhou o professor com ar interrogativo.

– A última prova a ser superada – declarou ele. – Esta porta é capaz de reconhecer Draconianos e Guardiões, e deixa passar somente eles. Abre-se com uma palavra de ordem específica conhecida apenas por nós.

Calou-se. Sofia esperou em vão que a palavra de ordem citada fosse pronunciada. O professor continuava a olhá-la, como se estivesse à espera, ajeitando os óculos de vez em quando.

– E? – perguntou ela em um sussurro.

– É com você – disse ele, indicando a porta.

– Mas eu não conheço a palavra...

– Conhece, sim.

Schlafen sorriu misteriosamente.

– É... É impossível. Até pouco tempo eu nem sabia que era Draconiana.

– A palavra está em você, Thuban a conhece. Você deve apenas confiar nele.

Então, Sofia tentou fechar os olhos. Talvez fosse somente uma questão de concentração, mas um turbilhão de pensamentos bobos encheu sua mente. No fim se rendeu.

– Lamento muito, eu não sinto Thuban. Bem, sei que existe porque o senhor me disse... Aliás, porque *você* me disse. Mas eu nunca o senti.

– Tem certeza disso?

Sofia ficou mais um pouco na escuta, tentou sondar novamente seu coração, mas o silêncio era absoluto.

– Mas foi ele que sugeriu o nome do seu inimigo quando você enfrentou aquele menino. E foi ele que guiou as suas mãos quando você lançou os encantos.

Segredos subterrâneos

Quando você precisa de ajuda, ele chega, é simples. Portanto, pare de ter medo e deixe que ele lhe dê uma ajuda.

Sofia voltou a olhar a porta. A madeira estava mofada, e a fechadura era apenas um buraco cavado de um jeito tosco. Aqui e ali havia algumas farpas que interrompiam a superfície lisa. Então, um desenho já desbotado pelo tempo capturou sua atenção. Parecia uma matilha de cachorros, que no conjunto formava o rabo de um dragão. Sofia apertou os olhos para seguir melhor as figuras. Elas tomaram consistência na madeira, desenhando-se com uma clareza cada vez maior, como se as cores já desbotadas retomassem consistência pouco a pouco. Foi iluminada por um lampejo de compreensão. Algo lhe viera à cabeça, nada além de um som ao qual não conseguia dar um sentido. *Adib*. Por que não tentar?

– Fale na fechadura, em voz baixa – aconselhou-lhe o professor, atrás dela.

Sofia abaixou-se, uniu as mãos e apoiou a boca na fechadura. Então, com um fio de voz, finalmente pronunciou:

– Adib!

Nada aconteceu. A porta permaneceu parada no lugar, e Sofia por um instante se perguntou se o professor não se enganara, se Thuban não estava em outro lugar em vez de estar nela. Esse pensamento fugaz por um lado a reconfortava, por outro lhe causava uma estranha amargura. Em seguida, a porta destrancou-se e abriu-se, rangendo.

Era verdade. Tudo verdade. Thuban havia acabado de falar com ela. Sofia sentiu uma mão pousar em seu ombro.

– Lembre-se dela, será necessária para entrar outras vezes.

Sofia virou a cabeça e encontrou o olhar reconfortante do professor.

– Aqui estamos – disse ele.

Deu-lhe um leve empurrão atrás das costas para encorajá-la a entrar, e ela avançou.

Era tudo diferente do *calabouço*. A sala que se abria diante deles era vasta e luminosa. Contava pelo menos uma dezena de metros de altura, tinha uma ampla abóbada cilíndrica e era inteiramente decorada em mármore. Lembrava muito o quarto de Sofia e, portanto, a cidade voadora de Dracônia. A abóbada era sustentada por numerosas colunas, nas paredes abriam-se nichos que continham várias estátuas de dragões. Mas, em uma delas, um homem estava representado, ou melhor, um rapaz com o olhar triste e orgulhoso, com uma pedra preciosa redonda encaixada na testa. Todo o espaço se revelava em torno da zona central, onde, suspensa no ar em uma coisa que parecia apenas uma bolha de luz, brilhava algo.

– Aquele é Lung – disse o professor, indicando a estátua. – E ali está o nosso maior tesouro.

Avançou em direção àquele ponto luminoso, conduzindo Sofia pela mão também. Quanto mais se aproximavam, mais os contornos do objeto suspenso se definiam. Tratava-se de um pequeno ramo cuja ponta se esvaía em um verde suave. Era dali que se irradiava toda aquela luz.

Sofia espremeu os olhos, tentando não ser cegada pelo revérbero. Foi aí que conseguiu distinguir com certa clareza que na ponta do pequeno ramo havia uma pedra preciosa minúscula, da qual mal saíam algumas folhas novas.

Ficou admirada. Nunca vira algo tão bonito. Embora se tratasse somente do ramo de uma árvore, sabia que aquele era especial e diferente de todos os outros. Não tanto pela luz extraordinária que emanava, mas porque representava uma esperança. Uma esperança da qual ela sentia precisar.

– Esta é a última pedra da Árvore do Mundo, Sofia – disse o professor. – Não existem outras. Lung a apanhou quando Thuban morreu. Nela, há parte da vida da Árvore, o resto está em seus frutos perdidos, que cabe a você e aos outros Draconianos encontrar. Os Guardiões a transmitiram uns aos outros por todos esses séculos e, para nós, sempre representou a origem da nossa fé. Vê-la brilhar me ajudou nos anos em que procurei você. Quando estava sem esperanças, quando achava que nunca teria êxito no meu dever, vinha aqui embaixo e entendia que a história não acabara, porque eu servia a um poder que gerava uma nova vida.

A Garota Dragão

Sofia sentiu as lágrimas pinicarem seus olhos. Entendia e compartilhava profundamente aquelas palavras como nunca antes.

– É a Pedra que protege essa casa. Seu poder dá energia à barreira. Ela disfarça nossa presença para que Nidhoggr não possa percebê-la, mas faz ainda mais: ninguém que esteja conectado com as serpes pode atravessar a soleira dela. É perto desse ramo que nós treinaremos. Ajudará você a entrar em contato com seus poderes.

Sofia virou-se para o professor. Subitamente sentia-se cheia de vontade, pronta para enfrentar qualquer sacrifício. Tudo por aquela resplandecente mas frágil esperança que via encarnada diante de seus olhos.

– Quando começamos?

O professor sorriu.

– Agora.

13
A visão

Sofia jogou-se na cama ainda vestida. Estava quase amanhecendo e ficara acordada a noite toda. Seus ouvidos assobiavam levemente, mas o professor havia dito que era o efeito colateral que a Pedra tinha sobre todos os Draconianos. Era normal e não havia com o que se preocupar. Virou-se de barriga para cima e contemplou o teto. Não era nem um pouco fácil. Já fazia duas semanas que treinava, mas tinha a impressão de estar sempre no mesmo ponto ou, no máximo, de fazer progressos a passos de lesma.

Quando vira a Pedra, sentira-se cheia de confiança e decidira dar tudo de si. Os resultados daquele dia, porém, não tinham sido nada encorajadores.

O professor tentara fazer com que ela sentisse Thuban, tentara ajudá-la a senti-lo nos momentos de dificuldade. No início, achava que fosse apenas uma questão de concentração, como no episódio da porta, mas não foi assim. Uma coisa era receber a inspiração de Thuban sem sequer pedi-la, outra era fazê-lo surgir sob seu comando. Tinha que sondar profundamente sua alma, e isso sugava suas forças.

A primeira vez que conseguiu, porém, foi fantástica. Sentira uma espécie de calor que desceu da testa para depois se expandir por todo o corpo. Naquele instante, uma paz ilimitada e desconhecida preencheu seu espírito, e ela percebeu uma luz verde e brilhante acompanhá-la naquele percurso de conhecimento. Em seguida, tudo desapareceu em um lampejo e ela reabriu os olhos.

– É muito devagar – disse ao professor, desconsolada. – Se Thuban tiver que me ajudar na batalha, certamente estarei morta antes de conseguir evocá-lo.

– Não se abata. Vai ver que demorará cada vez menos, se tornará uma coisa natural. Quando você começou a andar também era lenta e insegura, não?

Talvez. Sofia não conseguia deixar de pensar que certamente Lidja aprendera com mais agilidade do que ela. Sabe-se lá o que sabia fazer agora. Disparar raios pelos olhos? Voar? Evocar tempestades monumentais?

Junto com os exercícios de meditação, o professor começou a treiná-la para o combate propriamente dito. Primeiro de tudo, ginástica.

Quando lhe disse isso, mostrando-lhe uma salinha perto da sala da Pedra equipada com alguns

A visão

pesos e dois pequenos tapetes, Sofia sentiu o mundo desabar sobre ela. As últimas lembranças que tinha de ginástica eram as da hora da educação física na escola: jogava-se vôlei, mas ela era uma negação.

– É realmente necessário? – perguntou, olhando o professor, abatida.

– Absolutamente – respondeu ele. – Os inimigos têm próteses que multiplicam, sem limites, força e agilidade. Você também tem que ficar mais atlética. Seus poderes não são suficientes para salvá-la.

Assim, ao cansaço mental começou a se somar o cansaço físico. Abdominais, pulinhos com a corda, corrida. Em suas bermudas que deixavam as gordurinhas das pernas excessivamente à mostra, Sofia suava em bicas.

Além disso, havia os poderes. Aprender a usar os poderes e as fórmulas.

– Cada Draconiano tem um poder característico. Você tem o dom de dar a vida, como já teve a oportunidade de se conectar com as plantas, e...

Sofia não conseguiu se segurar.

– E qual é o poder de Lidja?

– Telepatia e telecinesia.

Bem, óbvio. Uma faculdade completamente de outro nível. A ela, porém, coubera um poder de jardineiro.

– Não menospreze seus talentos. Você derrotou o menino, lembra? E com a plenitude de suas forças poderá cuidar das feridas.

Isso já era mais interessante.

A parte difícil foi quando começou a combater e a usar os poderes ao mesmo tempo. Ou se concentrava demais, e no fim ficava descoberta e o professor a atingia; ou se defendia com todas as suas forças, mas aí não conseguia atacar. Por outro lado, diferentemente daquela noite fatídica, de suas mãos não saíam nem paredes de árvores nem teias de cipó. Somente folhinhas inócuas.

– Sou incapaz.

– Por que tem que pensar assim? – protestou o professor, contrariado. – Não é nada fácil! Você vai ver que daqui a pouco vai conseguir.

Então, aconteceu a tragédia.

– A partir de amanhã, você treinará com Lidja.

Foi como se um vento gelado tivesse se levantado, como se os gelos tivessem invadido a sala. Não, não, não. Isso não era nem um pouco necessário.

– Preferiria continuar com você, professor...

– Eu não tenho poderes, como você já deve ter notado. Posso, no máximo, atacá-la com a espada de madeira do treinamento, mas você lidará com pessoas dotadas dos seus mesmos talentos. Tem que treinar com Lidja. E, além disso, vocês têm que aprender a trabalhar em dupla, só assim poderão conseguir.

Assim, uma noite, desceram juntas ao labirinto, e Sofia descobriu que Lidja já conhecia muito bem o caminho.

A visão

Colocaram-se uma diante da outra, sob o controle do professor.

– Diria para começarmos com a evocação dos dragões.

Lidja levou meio segundo. Fechou os olhos e algo de luminoso começou a pulsar em sua testa, até que apareceu uma esplêndida pedra rosa. Rastaban, seu dragão, fora evocado. Sofia levou uma hora, como de costume. Quanto mais tentava se concentrar, menos conseguia.

– Fique calma, você tem simplesmente que ficar calma – dizia-lhe seu tutor.

Uma palavra. Era impossível. Percebia sobre ela o olhar impertinente de Lidja e sentia não estar à sua altura. Além disso, havia o professor: queria lhe causar uma boa impressão, mostrar-lhe que não errara ao trazê-la com ele.

– Quer que eu vá para lá, quer ficar sozinha? – disse-lhe de repente Lidja com um tom condescendente.

– Não! – exclamou Sofia com vigor. – Agora vou conseguir.

E realmente conseguiu. Mas o combate foi uma catástrofe. Sofia tentou atacar com uma série de cipós para prender Lidja – saíram dela apenas quatro caules de grama finos como canudos. Mas à companheira bastou somente piscar as pálpebras, e um pano que estava colocado de lado, em uma cadeira, acabou nos olhos de Sofia. Ela ainda estava tentando se livrar dele e a outra já estava em cima dela, derrubando-a.

Sofia corou.

Lidja deve ter tido pena dela, porque admitiu:

– Bem, a minha preparação atlética é obviamente superior à sua. Além do mais, também treino há mais tempo.

Sofia não se sentiu nem um pouco consolada.

Foi assim por dois dias. Então, uma noite, decidiram treinar sozinhas.

– A presença do professor atrapalha você – disse Lidja.

– Não, do que você está falando?

– É que você se empenha tanto em impressioná-lo, em demonstrar o quanto é capaz. Assim, você se agita e não segue mais em frente.

Sofia ficou surpresa com o quanto aquela menina era perspicaz.

– Preocupo-me em não o decepcionar e não acho que isso seja um mal – respondeu à altura.

O sorriso de Lidja foi compreensivo, e, pela primeira vez desde que se conheciam, Sofia sentiu-se aquecida. Sim, entendia-a.

– Não tema, agora estamos somente eu e você. Vai ser melhor.

Mas não foi melhor. Sofia conseguia evocar os cipós, mas o alcance era sempre curto demais. Lidja a abatia com facilidade, fazendo voar os objetos com

A visão

o pensamento. E pulava tão alto, era tão rápida, ágil e bonita, que... que... era perfeita, droga!

– Você não tem que se abater – disse-lhe diante da porta, antes de ir embora. – Eu também penei no início.

Sofia concordou, mas somente por gentileza. Lidja pegou seu queixo entre os dedos e levantou seu rosto, obrigando-a a olhá-la nos olhos.

– Sofia, você se lembra da conversa que tivemos no telhado?

E como poderia esquecê-la?

– Bem, quero acreditar que tenha sido também graças àquilo que agora você está aqui e não no orfanato. O que eu disse, portanto, continua valendo. Você não é inferior a mim. E é em você que está o dragão mais potente, entende? Você será a líder um dia. Para isso, tem que acreditar. Eu e o professor vemos em você um monte de coisas e, você, sequer uma.

Sofia quase chorou ao ouvir aquelas palavras. Não sabia exatamente por quê, mas se sentia mal, pequena e inútil.

– Tente acreditar em você mesma só um pouquinho, o que acha? Você vai tentar?

Gostaria de dizer que sim, porque era a coisa certa a dizer, óbvio. Mas não conseguia. Não tinha força. Então, levantou os ombros, e Lidja mostrou-se evidentemente decepcionada.

– Quero continuar achando que um dia você vai tentar.

Sofia sentiu uma lágrima descer pela bochecha. Perguntou-se por que seu caminho tinha que ser sempre uma subida. Por que algumas coisas não podiam simplesmente chegar? Por que todos sempre diziam que dependia dela? Era isso o que a assustava. A responsabilidade colocava-a diante de sua total falta de vontade.

Sentiu suas pernas moles pelo cansaço e foi para a cama. Antes de adormecer, pensou que era muito melhor quando Lidja era antipática com ela. Agora que havia visto de relance a sua generosidade, sentia-se ainda mais culpada por invejá-la tanto.

Durante toda aquela primeira fase do treinamento, Sofia não colocou o nariz para fora. Ainda estava muito fraca, seus poderes não estavam totalmente desenvolvidos. Se o menino alado voltasse, não conseguiria derrotá-lo novamente. Thomas, por outro lado, dizia ter notado um movimento estranho, principalmente à noite e de manhã, nos arredores do lago. Talvez inimigos à espreita, quem sabe. Sofia não acreditou muito nisso. Achava que eram pretextos para mantê-la presa ali.

Por isso, até tentou protestar.

– Lidja está lá fora e não acontece nada com ela!

A resposta que o professor lhe deu era amplamente previsível.

– Lidja está mais avançada que você, saberia se defender melhor. Além disso, ela já sabe como

A visão

esconder os próprios poderes do inimigo. Com você, prefiro ser prudente.

Sofia disse a si mesma que aquilo devia ser um estímulo para melhorar. Quanto antes aprendesse, antes sairia ao ar livre. E, de fato, o professor lhe dizia que estava melhorando. Mas ela não achava nada disso.

Por muitos dias, viu o lago apenas de longe, ou, no máximo, com Thomas ao lado. A margem era o único lugar do mundo exterior acessível a ela. Nada mais de Castel Gandolfo nem de Roma. Nem o circo de Lidja lhe era permitido. Sentia-se como no orfanato. Segregada. Essa parecia ser a história de sua vida. Qualquer que fosse o curso do destino, ela acabava trancada entre quatro paredes. Não era sempre prisioneira? E em um amanhã, quando fosse suficientemente forte para sair mundo afora, não seria prisioneira, de qualquer jeito, do próprio destino ou da própria missão? Balançou a cabeça para expulsar aquele pensamento.

Uma noite, enquanto treinava com Lidja como de costume, sentiu algo na boca do estômago. Uma sensação estranha, como quando se está emocionado. Parou de repente, a mão ainda estendida por causa do encanto.

– Algum problema? – perguntou-lhe Lidja.

Sofia não soube responder. Virou-se na direção da Pedra. Parecia-lhe que a estava chamando.

– A Pedra...

– A Pedra, o quê?
Sofia olhou a companheira.
– Não a ouve?
– O que deveria ouvir?
Sofia levantou-se e andou até o invólucro de vidro. Era como atender a um chamado, uma voz sem palavras que, todavia, a chamava, e ela deveria responder.

A Pedra não brilhava como de costume. Aliás, parecia pulsar fracamente, com uma luz que, do amarelo ambarino, mudava para um azul pálido.

– Por que está assim? – perguntou Sofia.
Lidja olhou-a, desconcertada.
– Está como de costume, idêntica às outras vezes. Não vejo nada de estranho nela...
Sofia sentiu uma estranha fisgada no coração.
– Mas como, você não a vê pulsar?
Lidja não perdeu tempo.
– Vou chamar o professor.

Sofia permaneceu ali, encantada, sem fazer nada. Por que ela via aquele fenômeno estranho e Lidja, não? As pulsações da Pedra começaram a hipnotizá-la. O tempo ficou em suspenso. Teve uma visão. Dracônia se realçava em um céu pesado e carregado de chuva. Então, afundou-se nas águas do lago, cujas profundezas se fundiram com as bases da cidade, criando um só corpo. As ruas, antes desertas, começaram a se povoar, os dragões apareceram no céu, tocando os bastiões em planeio. Sofia voou

A visão

com eles, sem medo, depois se lançou no centro da cidade, atravessou o palácio real até chegar debaixo da terra, lá onde – ela sabia – pulsava um coração secreto.

Ainda está lá, disse-lhe uma voz. *Cabe a você encontrá-lo.*

– Sofia! Sofia!

Voltou a si. Sabe-se lá como, estava no chão, deitada, e no seu campo de visão estavam o professor, com um ar decididamente preocupado, e Lidja, com o rosto tenso e sério. Schlafen suspirou, ajeitando os óculos repetidamente.

– Tudo bem? – perguntou, apertando-lhe a mão.

Ela concordou fracamente.

– Acho que sim. – Então ele a ajudou a sentar-se. – Como vim parar no chão? – perguntou.

Foi Lidja quem respondeu.

– Não sabemos. Assim que você me falou da Pedra, corri até o professor. Quando chegamos, você estava no chão.

Sofia não entendia. Virou-se para a Pedra. Brilhava com a luz amarela de sempre, fixa.

– Você é que tem que nos explicar o que aconteceu – acrescentou Lidja.

Ela olhou o rosto do professor. Estava ansioso e esperava uma resposta. Disse-lhe tudo assim como vira. Explicou que não se dera conta de ter caído, contou da visão, referiu as palavras que ouvira. À medida que falava, o rosto do homem se distendia, exprimindo cada vez mais uma espécie de exultação sufocada.

Quando Sofia terminou, ele a fez levantar-se.

— Acho que não há mais necessidade de você ficar aqui. Você está decididamente pronta.

Sofia continuava a não entender, nem Lidja, a julgar pela cara dela.

O professor esfregou as mãos.

— Parabéns, Sofia, você acabou de usar os seus poderes para encontrar o primeiro dos frutos.

Schlafen explicou tudo fora do *calabouço*, diante de um belo chocolate quente para as duas. Sofia bebia em pequenos goles, ainda tonta por causa do acontecido. Conseguira fazer uma coisa útil. Ainda por cima, antes de Lidja. Parecia-lhe inconcebível. De vez em quando, lançava um olhar à amiga, para ver se ela também estava perplexa. Mas Lidja se mostrava concentrada como de costume. Estava escutando e não parecia nada surpresa.

— Era algo que queria ensinar mais para frente, quando tivesse certeza dos poderes de vocês. Mas você se antecipou a mim, Sofia.

O professor sorriu, e ela corou. Era a primeira vez que lhe acontecia de ter sucesso.

— Portanto a Pedra serve para isso? — perguntou Lidja.

— Também. A Árvore do Mundo está há séculos em busca de seus frutos. Ela os deseja muito, porque

A visão

somente eles podem lhe devolver a vida perdida; e, por sua vez, os frutos readquirem os próprios poderes apenas quando se encontram em seus galhos. Longe da árvore, são somente pedras. A Pedra sente a presença deles e pode ajudar a encontrá-los. Por séculos, os Draconianos tentaram se comunicar com a Pedra de todos os jeitos, tentando localizar os frutos, mas sem êxito. Sofia, você foi a primeira a entrar em contato com o nosso único tesouro.

Sofia escondeu o embaraço e o espanto na xícara de chocolate. Estava invadida por um curioso sentimento de exaltação, algo nunca antes experimentado.

– Tinha certeza de que os tempos haviam chegado. O poder de Nidhoggr desperta e, com ele, os Adormecidos como vocês. O embate está próximo. – O professor suspirou.

– E agora? – tentou dizer Sofia. – O que significa tudo aquilo que vi? Que existe um fruto debaixo do lago?

– Provavelmente.

O coração começou a tamborilar em seu peito com violência.

– Como vamos lá embaixo? Precisamos do equipamento adequado, e, depois, o lago é grande... – observou Lidja, que parecia já ter se inserido perfeitamente na missão.

– Todas essas coisas não me faltam – disse o professor. – Não se preocupem, agora que o lugar foi encontrado, o principal está feito.

– Então iremos lá... Mergulharemos? – perguntou Sofia.

O tutor concordou.

Ela mal conseguia boiar, pensou Sofia com um sentimento de pânico, e nunca havia feito mergulho. Tentou ser forte. Tinha que se mostrar segura de si.

– Será amanhã à noite – concluiu o professor. – Teremos mais liberdade de movimento com a escuridão.

14
Debaixo do lago

Sofia passou todo o dia seguinte angustiada. A ideia de mergulhar no lago à noite arrepiava-a de frio e de medo. O lago era fascinante, mas somente na superfície. Quem sabe se debaixo d'água existiam peixes enormes ou bosques inteiros daquelas algas vermelhas que entrevia na margem. A profundidade devia ser grande, porque o declive era muito acentuado. A ideia de ter que mergulhar para procurar pedras não era nem um pouco sedutora.

Não apenas aquela era a sua primeira vez, mas também não poderia contar com o professor, que as acompanharia somente até certo ponto. Dissera que os frutos podiam ser vistos exclusivamente por pessoas especiais e os Guardiões não tinham esse poder; além do mais, ele mesmo já havia pesquisado no fundo do lago, sem achar nada.

Todavia, ele tinha certeza de que, uma vez lá embaixo, o fruto da Árvore do Mundo as protegeria. Mas, para Sofia, interessava apenas não ficar no escuro.

Na noite do grande dia, jantaram todos juntos em um silêncio religioso. Por precaução, o professor decidiu sair somente por volta de meia-noite. Durante a espera, ele, Lidja e Sofia reuniram-se na biblioteca, tentando pensar em outra coisa. Sofia, obviamente, já estava com as mãos suadas por causa da agitação. Só conseguia fitar as manchas de luz que a lua cheia projetava entre os galhos do lado de fora da janela, enquanto o pêndulo batia, lúgubre, o passar dos minutos.

Então, o barulho seco de um livro fechado.

— Está na hora.

Desceram ao *calabouço* mais uma vez. Porém, passaram por caminhos que nem Lidja nem Sofia conheciam.

— A casa tem uma saída privada para o lago, que evita atravessarmos a praia. De lá, será mais cômodo mergulhar, pelo menos com os nossos meios — explicou o professor.

Após um longo peregrinar por cômodos e corredores, nos quais as duas meninas tinham dificuldade para se orientar, acabaram em uma ampla sala na qual havia uma enorme porta de metal trancada por uma manivela redonda. Lá, Thomas os esperava. Ele os cumprimentou com uma reverência. A seu lado, três uniformes de mergulhador. Sofia os vira apenas nos filmes. Achava que mergulhariam com macacões de mergulho normais, e aquele espetáculo pegou-a desprevenida.

– Uau, mas são escafandros! – exclamou Lidja, excitada, jogando-se em cima de algo que, para Sofia, parecia material bélico antidilúvio reutilizado.

– Exatamente. Relíquias de família – disse o professor.

Eram reluzentes, pareciam novos, como recém-saídos da fábrica. Tinham o mesmo aspecto deliciosamente retrô que caracterizava todas as coisas do professor.

Sofia engoliu. Não tinha certeza de poder confiar naquelas engenhocas.

– O submarino está pronto?

– Sim, senhor, tudo preparado.

Sofia virou-se repentinamente.

– Submarino?

Lidja fez eco quase imediatamente.

O professor concordou com um ar imperturbável. Colocou os óculos no lugar, assumiu um semblante didático e explicou:

– Um velho meio de transporte que comprei há vários anos. Eu e Thomas o deixamos como novo. Na verdade, nunca o usamos antes, mas aqueles objetos eram feitos para durar, como todas as coisas antigas também.

Sofia sentiu-se ainda menos segura daquilo que estava prestes a fazer.

Colocaram os uniformes por cima das roupas.

– Os escafandros não isolam muito do frio, então é melhor estarmos bem protegidos lá embaixo – disse o professor.

Os macacões eram absolutamente assustadores. O tecido era emborrachado por dentro e rígido de um jeito incômodo. Sofia sentiu-se logo embalsamada e reparou que, só para dobrar os braços, era preciso um esforço notável. Animou-se ao ver que Lidja e o professor também tinham as mesmas dificuldades, embora dessem muito menos na vista do que ela. Além de tudo, as mangas terminavam nos pulsos com elásticos apertadíssimos. Evidentemente, serviam para não deixar a água passar, mas se perguntou se não acabavam detendo o sangue também. Os dedos começaram logo a formigar. Viu os outros dois pegarem o capacete nas mãos e inclinou-se para fazer o mesmo. Ficou paralisada onde estava. Era pesadíssimo.

Thomas veio em seu socorro.

– Na água não é tão pesado – tranquilizou-a, e o colocou em sua mão. Sofia teve que apertá-lo com força no peito para não o deixar cair.

– Ah, bem, diria que estamos prontos – anunciou o professor com ar um satisfeito. – Thomas, faça as honras...

O mordomo aproximou-se da grande manivela que bloqueava a enorme escotilha e a abriu. A testa perolou-se de suor e seu rosto ficou vermelho por causa do esforço. Após as duas primeiras voltas, pareceu fazer menos esforço, e a porta se escancarou, rangendo.

Foi o professor o primeiro a atravessá-la. Lidja, que parecia empolgadíssima com a ideia daquela aventura noturna, o seguiu logo, enquanto Sofia entrou por último e não sem certo temor. Porém, assim que atravessou a soleira, ficou sem palavras. Na sala em frente a ela, havia um pequeno submarino de bronze. Era brilhante e esplendente. Tinha três metros de altura e pelo menos seis de comprimento, e assemelhava-se vagamente a um peixe. Duas pinhas saíam dos lados, junto com uma pequena crista no topo. O rabo era, na verdade, uma hélice, e nela refulgiam lindíssimos reflexos acobreados. Os olhos, tão grandes que se tornavam engraçados, eram nada mais que duas grandes janelas que permitiam olhar para o exterior. Lá dentro, o espaço parecia apertado, mas havia lugar para quatro assentos de couro e um grande maquinário que ocupava toda a parte da frente.

– Mas é esplêndido! – exclamou Lidja, tocando a superfície do submarino com a ponta dos dedos.

O professor recebeu o elogio, satisfeito.

– Bem, sim, estava quase estragado quando eu e Thomas o pegamos, mas trabalhamos muito nele, e devo dizer que ficou bom mesmo, não?

Sofia só podia concordar. Bonito era, mas também terrível.

Com alguma dificuldade, enfiou-se pela porta lateral e, uma vez lá dentro, apoiou o capacete no chão com certo alívio. Um par de botinas de metal, aparentemente muito pesadas, estava apoiado perto dos assentos. Só de pensar que elas também faziam parte do equipamento, sentiu-se mal. Tentou não pensar nisso e decidiu olhar em torno para tomar familiaridade com aquele estranho meio de transporte. Mal havia espaço para se mexer, mas, em compensação, a visão era ótima. As janelas permitiam olhar para todos os lados, e, pelo menos, aquele era um ponto favorável. Se por acaso houvesse perigo – e certamente haveria –, poderiam percebê-lo imediatamente.

Quando o professor e Lidja se acomodaram nos assentos da frente, Sofia exultou em silêncio. Preferia estar na segunda fileira, até porque era o único lugar onde se tinha um pouco mais de espaço. O mordomo arrumou as últimas coisas, depois se despediu com um sorriso e fechou a porta com um estrondo sinistro.

– Prontas para partir? – disse o professor virando-se.

Sofia sentiu todo o medo desabar em cima dela em um instante. Suas mãos ficaram geladas e começou a bater os dentes.

– Perfeito, daqui a pouco estaremos na água – anunciou Schlafen.

Debaixo do lago

As luzes apagaram-se de repente, e o antro precipitou-se na escuridão. O coração de Sofia deu uma cambalhota. Sua garganta ficou seca em um segundo. Em seguida, houve um *clique* reconfortante, e uma luz quente se acendeu na cabine.

– Agora só faltam os faróis – disse o professor, mas sua voz foi encoberta pelo rangido pesado de uma porta de metal que estava se abrindo diante deles. As luzes acenderam-se e Sofia viu a roda imensa da escotilha girando. Aos poucos, a água começou a vazar através das juntas, escorrendo pelo chão com um doce barulho gorgolejante. O fluxo ficou cada vez mais intenso, e a água láctea do lago começou a subir pelas janelas.

– Você está muito pálida, Sofia – observou Lidja com um sorriso malicioso. – Vai dizer que você sofre de enjoo no mar?

Ela balançou a cabeça, mas não conseguiu articular uma palavra.

O professor virou-se.

– Não se preocupe, nas primeiras vezes é normal ter um pouco de medo.

No fim, a porta cedeu. Escancarou-se, e a água entrou toda em um piscar de olhos, alagando completamente o local. O submarino foi empurrado contra a parede, suspenso do chão de repente e começou a boiar. Por causa do golpe, acabaram batendo numa das paredes, e o barulho do estouro retumbou demoradamente na cabine.

Sofia berrou.

– É tudo normal! É tudo normal! – apressou-se em dizer o professor, debatendo-se com uma série de pequenas alavancas que havia atrás do timão. Até Lidja perdera o colorido e apertava freneticamente o assento de couro.

Um zumbido, mais dois embalos, e o submarino encontrou o caminho. Saiu devagar e entrou no lago. Lidja suspirou, abandonando-se no assento, enquanto Sofia ficou grudada no encosto sem ousar se mexer. Lá fora, a água era preta como petróleo. Os faróis a iluminavam por um trecho, antes de terminarem engolidos pela escuridão dois metros mais adiante. Naquele cone de luz, delineavam-se algas vermelhas compridas, que flutuavam, lúgubres, na corrente. A luz fazia brilhar tudo o que se encontrava suspenso na água. Sofia pensou que era pior do que havia imaginado. Era uma paisagem lunar, absurda, estranha. Estava com o estômago comprimido, e seus ouvidos pulsavam. Era como se toda aquela história não fosse real.

– Eu diria que é o caso de percorrer o lago sistematicamente, a não ser que Sofia tenha algumas indicações a nos dar sobre aonde ir.

Ela sequer escutara o que o professor dissera.

– Sofia?

Estremeceu.

– Hein?

– Você ouviu?

Balançou a cabeça, confusa, e seu tutor olhou-a.

– Está tudo bem, tente ficar calma.

Sofia fechou os olhos por um instante. Quando os reabriu, um peixe gordo e com as barbatanas amarelas passou correndo diante do submarino. Dali a pouco, ela também estaria lá fora e ninguém poderia mais protegê-la.

– Ok – disse com um fio de voz.

– Então, você tem ideia de aonde temos que ir? Não sei, talvez haja algum detalhe na visão que você teve que poderia nos indicar o caminho. Você sente algo agora?

Sofia piscou as pálpebras duas vezes, procurando se concentrar.

– Vi o centro da cidade, era lá que estava. Então... não sei... suponho que temos que ir em direção ao centro do lago...

O professor concordou.

– E assim o faremos.

O zumbido intensificou-se, e o submarino partiu em velocidade mais intensa, afundando.

As algas vermelhas desapareceram pouco depois; e, no lugar delas, estranhas formações vegetais, parecidas com ramos de abeto, povoaram o declive do lago. Tinham uma cor realmente pouco atraente, entre o marrom e o bordô, e, ocasionalmente, entre os filamentos, se viam de relance pequenos peixes evanescentes que nadavam sossegados. A luz parecia incomodá-los e, quando os faróis cruzavam a rota deles, desviavam nervosamente para o lado.

Sofia estava tomada pelo que via e mais ainda pela ideia do que seria obrigada a fazer em breve; mas também sentia que seus pensamentos começavam a ir embora, voando para longe dali, sem saber para onde.

– Aqui.

Disse por impulso, sem refletir. Nem se deu conta de que Lidja dissera a mesma coisa. O professor parou os motores e ouviu-se um claro *clangor* provir do fundo do submarino. A âncora, evidentemente.

Lá fora, havia uma espécie de bolha azulada. Era imensa, com pelo menos uma centena de metros de raio, e continha algo com a forma indistinta.

– Vocês têm certeza? – perguntou o professor.

– Você quer dizer que não vê a bolha? – disse Lidja, incrédula.

O professor sorriu amargamente.

– Vocês são Draconianas, eu, um simples Guardião. Existem mistérios aos quais não posso ter acesso.

Sofia sentiu um golpe no coração. Então, aquele era o limite. O professor as acompanhara até ali, mas não podia ir além.

– Parece um invólucro transparente, e dentro dele existe algo... – explicou Lidja, apertando os olhos para ver melhor.

O professor concordou.

– Vocês têm que sair.

– Mas você virá com a gente, não é? – Sofia já sabia a resposta, mas não pôde deixar de perguntar.

– Aonde? A um lugar que nem posso ver? Além do mais, alguém tem que ficar aqui para bombear ar para vocês.

Lidja já estava pronta. Levantou-se agilmente do assento e sentou-se no chão, tentando enfiar as pesadas botinas. Sofia olhou-a. Como conseguia ser tão segura, diabos?! Dirigiu um olhar suplicante para o professor, mas ele não percebeu.

– Você não vai se preparar? – disse-lhe.

Sofia levantou-se e fez como Lidja. Teve que suar e muito para enfiar aquelas botas bizarras e, quando colocou o capacete na cabeça, sentiu-se sufocar.

O professor aparafusou um tubo que levava ar atrás da cabeça das duas. Estava conectado ao maquinário que se encontrava no fundo do submarino.

– Isso dará a vocês todo o oxigênio de que precisarão. Se quiserem, podemos nos comunicar. Coloquei um microfone nos capacetes, será útil para vocês falarem também. Resumindo, eu estou com vocês, está claro? A qualquer sinal de perigo, deem dois puxões na corda que está presa na sua cintura, um curto e um comprido, e as trarei de volta.

Seu rosto fez-se subitamente sério. Depois, inclinou-se e levantou uma alça no chão. Abriu-se um alçapão de um metro de largura, na medida exata para passar com o escafandro no corpo. A água chacoalhou pelas bordas. Era um barulho reconfortante em qualquer outra ocasião, mas, naquela circunstância específica, gelou o sangue nas veias de Sofia.

– Deixe que eu vou na frente, porque você está um pouco pálida – disse Lidja com uma ponta de deboche.

Sofia não reagiu e permitiu que ela passasse à frente.

Lidja deixou-se escorregar para baixo. A água engoliu-a com um barulho surdo. Sofia contemplou o tubo de ar que corria para baixo, desenrolando-se de uma grande manivela.

O professor colocou as mãos em seus ombros.

– Não tenha medo, eu estou aqui. Lembre-se de tudo o que aprendeu, e nunca se esqueça da força de Thuban. Ele combate com você.

Sofia concordou. Em seguida, sentou-se com as pernas na água. O frio do lago passou quase instantaneamente através do macacão. Felizmente, ela estava usando calças pesadas por baixo.

– E cuidado – murmurou seu tutor, enfim.

Ela olhou-o com olhos brilhantes e concordou. Baixou o olhar sobre os pés que boiavam na água e se deixou ir. O lago a engoliu imediatamente, arrastando-a com força para baixo. Ouviu o barulho do tubo que se desenrolava e começou a respirar forte, com ânsia.

Debaixo do lago

– Fique calma, você vai ver que tudo vai dar certo – sussurrou-lhe, longe e um pouco estridente, a voz do professor.

Era uma palavra. Pelo que conseguia ver, estava simplesmente afundando em direção ao nada. A luz do submarino se enfraquecia, e a escuridão avançava, inexorável. Felizmente ela estava com uma lanterna amarrada na cintura com uma cordinha comprida o suficiente para lhe permitir pegá-la na mão. Com movimentos atrapalhados, agarrou-a e, após duas tentativas em vão, conseguiu acendê-la. A bolha estava perto dela. Ela a via, abaixo dela: uma espécie de enorme embrião do qual, como um cordão umbilical, saía o tubo de Lidja. Ela já devia estar lá dentro.

A superfície da bolha aproximou-se, e Sofia começou a respirar mais forte. Seus pés tocaram a superfície. Foi por um instante. Sentiu-se sugada para baixo e começou a despencar. Gritou com todo o fôlego de seus pulmões, até que algo freou a queda.

– Sofia, tudo bem? Sofia! – À voz do professor somou-se, quase imediatamente, outra mais fraca.

– Eu seguro você. – Era Lidja.

– Sofia! – gritava o professor desesperado.

– Tudo... Tudo bem, estou viva – disse Sofia com a voz trêmula.

– O que aconteceu? – perguntou ele.

Foi Lidja quem respondeu.

— Estamos em uma bolha de ar debaixo d'água, professor. Sofia estava caindo, mas agora eu estou segurando-a nos braços. Estou voando!

Era verdade. Sofia estava nos braços de Lidja, que estava planando docemente para baixo.

O professor suspirou.

— As asas de Rastaban brotaram em você?

— Não, não há metamorfose, mas eu voo assim mesmo.

— É Rastaban, é o seu poder.

Sofia não se surpreendeu que não tivesse acontecido com ela. Tudo na norma. Apertou as mãos em volta do pescoço de Lidja. As vertigens lhe comprimiam a boca do estômago. Fechou os olhos.

— Sofia, se continuar assim, você vai me estrangular – disse a amiga com uma careta.

Sofia tentou afrouxar a pegada.

— Desculpe – murmurou.

A descida pareceu-lhe eterna, mas provavelmente não durou mais que alguns minutos. O leve baque das botinas de Lidja que tocavam o chão a avisaram que haviam chegado. Soltou os dedos do pescoço da amiga e colocou-se de pé.

Em volta delas havia ar.

Foi Lidja a primeira a tirar o capacete. Inspirou a plenos pulmões.

— Ar – disse surpresa. – Vamos, tire o seu também.

Sofia olhou-a.

Debaixo do lago

– Mas assim não podemos nos comunicar com o professor!

– Se algo não der certo nós temos a corda. Vamos...

Sofia segurou o capacete nas mãos e, com certa dificuldade, conseguiu tirá-lo. O ar tinha um cheiro bom e fresco, um cheiro que ela conhecia bem; sentira-o uma infinidade de vezes em seus próprios sonhos. Era o perfume de Dracônia.

Olhou ao redor. Encontravam-se em uma espécie de planície rochosa quase toda circular. Era como estar em terra firme, se não fosse a cobertura brilhante de água que tinham sobre a cabeça. Sofia sentiu uma nostalgia enorme invadir seu peito. Sabia, ou melhor, *sentia* que aquela fora sua casa um tempo. Ali, em uma época anterior, havia palácios enormes, os becos fervilhavam de vida, enquanto agora há apenas espaço para as lembranças e para um vazio sem tempo.

As lágrimas subiram em seus olhos por causa do peso enorme daqueles pensamentos que sequer eram realmente seus. Eram de Thuban, e ela agora via aquela terra através de seus olhos. Um menino corria pelas ruas estreitas, enquanto os Guardiões no templo cultivavam o segredo da existência ao redor de uma árvore magnífica e imensa. O esplendor de seus frutos nos galhos era comovente, o verde absoluto de seus brotos, impressionante. O menino alcançava o palácio de mármore branco e ia se sentar, estudando por horas em sua presença. Lung. Os voos no céu terso e límpido, os dias ensolarados de verão preenchidos pela beleza e pela vitalidade da Árvore do Mundo. Sem sequer perceber, Sofia começara a chorar. Ao seu lado, Lidja também estava comovida.

– Você se lembra, não é, do esplendor do templo? E dos ritos ao redor da Árvore... Depois ele chegou, e tudo se dissolveu em uma nuvem cinza.

A voz com a qual Lidja falou não era a sua, mas a de Rastaban. Dentro de Sofia, alguém respondeu àquelas lembranças. Thuban estava com ela, e com ele lembrou-se da morte do amigo, suas asas despedaçadas e a garganta aberta, buscando o ar da última respiração.

– Não era um vulcão – disse Sofia. – No lugar do lago, estava Dracônia. Quando se suspendeu no ar, deixou uma cratera enorme, que ao longo dos séculos se transformou no lago de Albano.

Lidja concordou com tristeza, olhando ao redor. Não havia vento, somente a calma rasa de um lugar que, sabe-se lá como, permanecera inalterado ao longo dos milênios, como se o curso do tempo houvesse somente tocado nele, sem conseguir afetá-lo.

Enxugou as lágrimas do rosto.

– É hora de ir, temos que procurar o fruto.

Sofia voltou a si bruscamente. Claro, tinham uma missão. Não havia tempo para se entristecer.

Colocaram os capacetes no chão e encaminharam-se pela planície erodida. As botas metálicas produziam um som estridente e surdo sobre a rocha.

Debaixo do lago

Além do mais, levantá-las custava a elas um esforço enorme. Sofia concentrou-se por alguns instantes naquele som, até que parou de repente.

– O que está acontecendo com você?

Sofia não sabia. Uma sensação estranha, um barulho que destoava dos outros, algo indefinível.

– Nada. Vamos.

Atrás de uma rocha, uma sombra de olhos vermelhos moveu-se, rápida.

15
Uma bússola

Sofia e Lidja não caminharam por muito tempo. O problema eram as botinas. Foi Lidja quem as tirou primeiro e as deixou no chão.

— Mas precisamos delas para voltar ao submarino! — observou Sofia.

— Os capacetes também. Mas aqui ninguém vai roubá-los, não acha? Pegamos tudo de volta quando tivermos terminado.

Sofia suspirou e também as tirou. Andar apenas de meia nas rochas, porém, não era muito melhor do que usar aquelas botas torturantes. Já que haviam começado, decidiram tirar também os macacões: mover-se com aquele troço em cima tornava-se cada vez mais complicado, e precisavam ser ágeis. Prosseguiram, seguras e conscientes de que ambas sabiam exatamente aonde ir. Uma voz dentro delas guiava-as, como se conhecessem aquele lugar bem

Uma bússola

até demais. A planície começou rapidamente a declinar, imergindo em uma espécie de poço com as paredes bastante íngremes. No fundo, havia o que parecia um templo em ruínas: colunas dispostas em círculo, branquíssimas, embora cheias de rachaduras e de buracos, sustentavam um tímpano circular coberto por telhas avermelhadas.

Lidja parou, perplexa.

– Não me lembro desse lugar...

Sofia engoliu.

– Eu, sim – disse em um sopro. – Foi erguido quando os dragões já haviam desaparecido e Thuban já estava morto. Foi Lung que o fez.

Perguntou-se por que se lembrava daquele lugar e sua companheira, não. Talvez nela estivessem vivas não somente as lembranças de Thuban, mas também as de Lung e dos muitos antepassados que a precederam, conservando no coração a força do dragão.

– Há algo naquele templo, mas eu tenho uma sensação estranha. Como se sentisse um influxo maléfico – observou Lidja.

– Estamos em cima de Nidhoggr – disse Sofia. Lidja olhou-a, estupefata. – Foi lacrado por Thuban aqui embaixo... Muito embaixo, obviamente – apressou-se em acrescentar. – Mas aquele santuário marca o lugar onde o dragão pronunciou o encanto para lacrar seu inimigo. Foi aqui que aconteceu o último embate.

Estava com a garganta seca. As lembranças de Thuban e Lung invadiam-lhe a mente, colocando em seu coração sentimentos obscuros, que confundiam suas ideias. Sentia as pernas pesadas e começava a ver tudo dobrado. O inimigo que havia sentido durante o embate com o menino estava lá embaixo. Quilômetros de rocha os separavam, mas ainda estava presente.

Lidja começou a descer primeiro.

– Você não vem?

Sofia olhou a parede íngreme. Não tinha ideia de onde colocar os pés.

– Nunca escalei... – disse, incerta.

– Faça o que eu fizer e fique na minha vertical. Se estiver em dificuldade, estarei embaixo de você para dar uma ajuda.

Assim fizeram. Sofia tentou manter os olhos grudados na parede de rocha que tinha à sua frente. O desnível não era alto, mas as vertigens haviam ganhado vantagem mesmo assim.

Pouco depois, sentiu a rocha se tornar macia como pão sob seus dedos; dava-lhe a impressão de que, de uma hora para outra, ela cederia, fazendo-a precipitar. A voz de Lidja a guiava, dizendo-lhe como proceder em segurança.

– Falta pouco! Estamos quase chegando.

Talvez fosse a falsa sensação de já estar em segurança. A mão direita de Sofia errou a pegada por poucos centímetros, e o terror capturou-a com toda a sua força. Como em um pesadelo, a outra mão também perdeu o apoio e ela se encontrou suspensa no vazio

Uma bússola

com a consciência devastadora de que dali a pouco cairia, arrastando consigo Lidja. Nem se deu conta disso, o acima ficou para baixo, a náusea arrebatou-a e, depois de uma fração de segundo, encontrou-se no chão com a cabeça doendo por causa do impacto com a pedra. Estava atordoada e não entendia nada. Viu somente Lidja levantando-se de um jeito incerto e verificando os danos. Felizmente, a essa altura, já haviam chegado à base da parede, e o pulo que deram não foi desastroso demais.

– Talvez você devesse se dedicar mais à ginástica... – disse a amiga, enquanto massageava as costas doloridas.

Enquanto isso, Sofia tentava fazer um inventário dos ossos quebrados, porque todos doíam, sem exceção. Corou imediatamente.

– Perdoe-me, eu...

Lidja estendeu-lhe a mão.

– Não fique sempre se humilhando – disse, aborrecida. Então, com um dedo, indicou algo diante dela. – Olhe, chegamos!

O templo realmente estava em mau estado. Parte da cúpula havia desabado em mil pedaços, e seu aspecto decadente inquietou Sofia. Havia algo além daquelas ruínas, algo vivo que parecia espreitá-la. Lidja atravessou a porta sem problemas, e ela a seguiu quase imediatamente a fim de não ficar para trás.

Lá dentro, a escuridão era cerrada e densa. Ambas haviam tirado as lanternas dos macacões e as trouxeram. Sofia ligou a sua e, antes que Lidja abrisse caminho, deteve-a, pegando-a por um braço.

– O chão aqui desce, tome cuidado – sussurrou-lhe.

Era estanho. Aquelas lembranças voltavam à sua mente com uma facilidade extraordinária agora.

Lidja dirigiu o feixe de luz para baixo. Era verdade. O chão se transformava em uma espécie de turbilhão que prosseguia em uma espiral de pedra até um ponto no centro exato da sala circular. Lá havia algo.

– O fruto... – murmurou, em um sopro.

Sofia teve o mesmo pensamento, mas não conseguia se alegrar com isso. Sentia-se inquieta, como se o barulho que ouvira lá fora tivesse ficado grudado em seus ouvidos. Um perigo as ameaçava, sentia isso com clareza. Mas o quê? Talvez fosse somente o fascínio habitual, que lhe fazia viajar com sua imaginação.

Lidja começou a percorrer com atenção a espiral, prosseguindo, decidida, em direção ao centro; Sofia fez como ela. Bastaram poucos passos para chegarem ao fundo. Ambas ajoelharam-se nas bordas de uma placa de pedra preta, com uma dezena de centímetros de largura. Era luzidio e quente, quase incandescente. Porém, não havia mais nada.

Lidja procurou tudo ao redor com o olhar.

– Mas tem que estar aqui! Nós duas o sentimos!

Uma bússola

Sofia não sabia o que dizer. Suas lembranças não vinham em seu socorro. Lung construíra aquele lugar, mas não lembrava se havia um fruto por ali. E a visão, então, que sentido tinha?

– Não está aqui... – disse, desconsolada.

– Tem que estar! Ou então, por que a Pedra teria falado com você?

Sofia sentiu-se subitamente vazia. Era verdade, estavam ali embaixo graças à sua visão. Ela confiara no que vira, achara que a Pedra a tivesse escolhido para revelar a posição do fruto. Evidentemente errara e não entendera a mensagem.

Lidja continuou a procurar, enquanto Sofia mantinha o olhar fixo na pedra preta e lisa. Era tudo o que restava do lacre de Thuban, sua marca terrena. Por um lado, podia-se dizer que aquela pedra era a única coisa que ainda segurava Nidhoggr em sua prisão. Arrepiou-se. Estava a um sopro de seu eterno inimigo, um inimigo de quem sequer conhecia o rosto, mas que temia loucamente. Então, seu olhar foi atraído por algo. Uma espécie de faísca colorida, reluzente. Apontou a lanterna para aquele ponto. Aguçou a vista. Parecia uma correntinha dourada, presa a algo encaixado na pedra. Esticou as mãos para tocá-la sem pensar. O calor feriu seus dedos imediatamente e a fez berrar.

Lidja acudiu.

– Que diabos você está fazendo? A pedra está fervendo!

Sofia cerrou os dentes e, ignorando a dor, apontou novamente a luz para a pedra.

– Está vendo? – disse com o fôlego que lhe restava. – Há algo...

Lidja aproximou-se e pareceu notar a correntinha também. Observou-a por alguns instantes e depois começou a mexer no casaco de felpo que estava usando. Puxou uma das mangas de modo que lhe cobrisse completamente a mão. Aproximou-se da pedra e agarrou a correntinha com a mão protegida. A manga começou a fumegar quase imediatamente, mas ela aguentou firme, puxando com todas as suas forças. Enfim, ouviu-se um *tlim* firme, e Lidja caiu sentada. Nas mãos, segurava uma correntinha onde estava preso um pingente transparente.

As duas o analisaram por um longo tempo. Nenhuma delas tinha lembranças a respeito: nada além de um colarzinho, e a pedra transparente parecia um vidro barato.

– Talvez seja o fruto...

– Acho que o reconheceríamos, se fosse. A Pedra falou com a gente, não é? Acho que com os frutos será a mesma coisa.

Sofia considerou sensata a observação.

– E se for uma parte dele?

Lidja deu de ombros.

Uma bússola

– Não tenho a menor ideia... Acho que deveríamos levá-lo ao professor, talvez ele saiba mais do que nós.

Sofia sentiu-se subitamente aliviada com a ideia de voltar até seu tutor. Estava cansada de toda aquela escuridão, e a passagem súbita do frio da bolha de ar ao calor que emanava da pedra fazia sua cabeça rodar. Além disso, havia aquela contínua sensação de tensão que não a abandonara mais desde quando colocaram os pés lá embaixo. Concordou com vigor, ficando de pé.

Assim que saíram, as coisas tomaram um rumo inesperado. O pingente que Lidja colocara no pescoço se iluminou de repente, cegando-as. Então, sua luz se concentrou em um único raio luminoso, que indicava uma direção bem precisa.

– Que diabos...

Sofia observava a luz arrebatadora. Era um feixe incrivelmente potente, que não se enfraquecia na água e que se via a uma grande distância.

Lidja fechou os olhos.

– Vejo algo.

Sofia sentiu uma fisgada de medo. Em um instante, todos os seus presságios tornaram-se concretos.

– Vejo um lugar em ruínas, parecido com esse em alguns aspectos... e... e o fruto! O fruto, Sofia! Esse negócio é uma espécie de bússola!

– Temos que ir – disse Sofia com um fio de voz.

— Parecem ruínas romanas... há tanta grama...

— Lidja, há algo de errado... — Um suor gelado começou a percorrer sua testa.

— Espere, que droga!

Então, tudo mudou. Houve um deslocamento de ar repentino e um barulho metálico que Sofia conhecia bem até demais. Uma sombra elevou-se por cima dela e atingiu Lidja, fazendo-a cair. O pingente saiu de seu pescoço, ficando um pouco afastado, mas ainda brilhante.

Sofia sentiu-se perdida. Viu sua companheira no chão, a cintilação do pingente entre as rochas, mas, principalmente, o viu. Era enorme, como se naqueles dias em que havia conseguido escapar dele tivesse crescido. Seu poder aumentara desmedidamente, podia perceber isso com clareza. Era o menino e ao mesmo tempo não parecia mais ele. Os olhos vermelhos eram os mesmos, e também aquele pedaço de rosto que conseguia ver de relance. Mas o resto do corpo estava coberto de metal, como se um robô horrível o tivesse engolido pela metade. Seus dedos eram garras afiadas como lâminas, suas pernas, um emaranhado de cabos metálicos. As asas eram imensas, vibrantes. Olhava-a sem nenhuma expressão, mas tudo nele transpirava ódio. Sofia recuou, aterrorizada.

Lidja conseguiu se levantar sobre os cotovelos e, quando se ergueu, cruzando a criatura com o olhar, ficou congelada no mesmo lugar. Mas reagiu logo.

Uma bússola

– Sofia, o pingente! – gritou, preparando-se para o ataque.

O Sujeitado não foi menos rápido que ela. Disparou para a frente, levantando voo, mas Lidja foi veloz ao interceptá-lo e jogá-lo no chão. Rolaram por alguns metros, em seguida, a menina foi arremessada longe. A monstruosa criatura levantou-se como se nada tivesse acontecido e apontou uma das garras na direção de Lidja. A cabeça de uma cobra desenhou-se em seu braço naquele instante, pronta para atacar, lançando a pontiaguda língua de metal.

Sofia estremeceu.

– Não! – berrou, mas sua companheira desviou para o lado, evitando o golpe.

– Sofia, agora! Mexa-se! – gritou Lidja, fora de si. Agitou as mãos, e uma das pedras que estavam no chão voou no ar, arremessando-se com decisão em direção ao agressor. Ele simplesmente fechou as asas em torno do próprio corpo para se defender e partir a pedra.

Sofia não conseguia se mexer. Sabia exatamente quais eram as alternativas entre as quais deveria escolher. Pegar o pingente e fugir, ou ficar ali e combater, evocar Thuban e colocar em prática tudo o que aprendera. Mas era impossível para ela. O medo paralisava sua mente; voltara a ser a menina boba de sempre, desprovida de qualquer poder e coragem. Observava, aterrorizada, a amiga, que, apenas com a força do pensamento, erguia pedras sobre pedras para deter o menino que tentava atingi-la. A pedra em sua testa brilhava, e seu corpo parecia rodeado de luz enquanto combatia. Era tudo absurdo, inacreditável. Como podia ter ido parar em um pesadelo daqueles? Aquele não era o seu lugar, muito menos o seu destino.

Somente quando viu um dos golpes atingirem o alvo, desenhando no braço de Lidja um corte vermelho, voltou a si.

– Vá embora! – berrou ela.

Sofia sentiu as pernas lhe obedecerem. Pularam quase contra a sua vontade, enquanto os dedos apertavam convulsamente o pingente. Começou a correr com todo o fôlego que tinha no corpo. Não sabia exatamente aonde ir, mas tinha que alcançar o professor e, para fazê-lo, precisava recolocar o capacete e lhe explicar que viesse buscá-las. Era uma loucura, mas era a única coisa que lhe parecia plausível no momento.

Estava quase no ponto mais alto da planície quando um dos tornozelos travou. Sofia caiu deitada, batendo com violência o rosto na rocha. O mundo explodiu em uma infinidade de estilhaços pretos, enquanto a dor a aniquilava. A correntinha escapou-lhe da mão. Quando se recuperou, viu o monstro se inclinando sobre o pingente, pegando-o com uma das línguas repugnantes com as quais atacara Lidja. A outra estava apertada em volta de seu tornozelo, e, quando a desenroscou, Sofia notou que estava suja de sangue.

– Lidja, não!

Tentou olhar ao redor para encontrar a companheira, mas o tamanho do Sujeitado cobria sua visão. Tinha que usar Thuban, mas sua mente estava uma tábula rasa. Não se lembrava de nada. Tomada pelo mais total desespero, tentou estender a mão contra o inimigo, mas o sinal em sua testa permanecia inerte. Sem sequer saber o que estava fazendo, pulou em pé, berrando com uma voz que não lhe pareceu a sua. Correu e jogou-se sobre o menino com todo o seu peso, sentindo o gelado do metal sob os dedos. As articulações da armadura a arranharam, mas ela nem ligou para isso. Esticou a mão até tocar a correntinha.

– Peguei, peguei!

Então, as asas do Sujeitado se abriram, e Sofia perdeu a luta. Caiu dolorosamente de costas e ficou sem fôlego. Uma dor lancinante em um ombro a fez desmaiar, e viu ao redor de si apenas o vermelho intenso dos olhos do menino. Nidhoggr estava escondido por trás daquele olhar. Olhava-a com uma risadinha triunfante, e ela sentiu ter em sua frente o mal absoluto. Depois, tudo foi engolido por um nada pastoso e frio, e o silêncio a circundou.

16
Convalescença

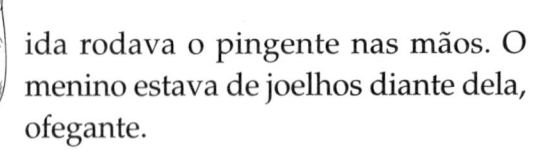

Nida rodava o pingente nas mãos. O menino estava de joelhos diante dela, ofegante.

– Seu corpo sente os efeitos dos aparatos, não resistirá muito – observou Ratatoskr com calma.

Nida sequer respondeu. Sabia muito bem que os humanos mal suportavam aparatos potentes como aquele e que seus corpos tendiam a se deteriorar rapidamente quando colocados em contato com poderes tão grandes. Mas não tinha nenhuma importância. Sabia que aquele menino viveria pouco desde quando o escolhera, nas margens do Tibre. Se morresse antes de completar a missão, bastaria pegar outro.

– Talvez você devesse deixá-lo descansar um pouco, ou não estará forte o suficiente para sobreviver ao embate.

Convalescença

Nida finalmente parou de examinar o pingente. Bufou, entediada, e olhou Ratatoskr de forma maligna.

– É inútil você tentar diminuir o meu sucesso. Eu venci, Ratatoskr, totalmente, e o meu Senhor sabe disso.

Seu companheiro arreganhou os dentes.

– É uma vitória *nossa*, não sua. Pensamos juntos na estratégia a ser adotada.

Nida balançou o pingente, deixando que a luz da lua o iluminasse em partes.

– Vamos ver o que dirá o nosso Senhor...

Ratatoskr sentou-se, desapontado. Fora Nida quem dera a ordem de seguir a Adormecida e não a matar, para roubar dela qualquer coisa que pudesse encontrar. Tomou aquela decisão quando entendera que era melhor esperar que a presa deles saísse e se expusesse, em vez de procurá-la inutilmente. Era óbvio, a essa altura, que estava se escondendo em um lugar ao qual eles não podiam ter acesso; tinham, portanto, que aproveitar a situação em vantagem própria e agir no momento mais oportuno. Por isso, colocara o servo à espreita no lugar do último embate. Mais cedo ou mais tarde, a Adormecida chegaria, ele a notaria e eles entrariam em ação. Nisso tudo, Ratatoskr não tivera nenhum papel.

– Pelo menos você sabe o que é? – disse ele, indicando o pingente com a cabeça.

Nida parou subitamente de balançá-lo.

— Algo muito importante.
— Ou seja?
Apenas o silêncio respondeu.
Ratatoskr riu malignamente.
— Então você não sabe...
— Li as lembranças do menino. Emite uma luz, deve ter a ver com o fruto. Sem contar que agora sabemos que as Adormecidas são duas. A missão foi um sucesso.
Ratatoskr não parou de provocá-la.
— Sim, mas você não sabe fazer aquele treco funcionar, e não sabe nem o que é.
Nida levantou-se repentinamente, enfurecida. Seus saltos ressoaram no chão de cimento enquanto avançava em direção à janela. Apoiou as mãos no parapeito e curvou-se à luz da lua.
Ratatoskr ouviu sua voz murmurar algo e sua sombra se estender no chão como uma mancha de tinta. Ele também pulou de pé.
— Você não vai querer evocá-lo sozinha?! — Até então, sempre fizeram isso juntos. De resto, compartilhavam a mesma essência e a mesma missão. Mas agora, evidentemente, Nida queria ficar com a vitória toda para ela e levar o mérito. A bolha de escuridão o englobou rapidamente também, dissolvendo os contornos de tudo o que estava ao redor. Então, a escuridão se acendeu do vermelho vivo dos olhos de Nidhoggr.
— E então?

Convalescença

Ratatoskr prostrou-se no chão, a testa apertada no cimento.

Nida, por sua vez, simplesmente ajoelhou-se, a cabeça levemente inclinada. Sentia-se forte pelo próprio sucesso.

– Tenho boas-novas, meu Senhor – disse, e sua voz estava colorida com uma nota de exultação. Levantou a cabeça e mostrou o pingente à escuridão.

Seguiu-se um silêncio denso e absorto; depois, uma risada fina, da garganta, apenas esboçada. A escuridão se encheu daquele som gorgolejante, e ambos os servos o tomaram como um bom sinal.

– Minha pequena Nidafjoll, minha filha inapta, mas tão devota, fiz bem em puni-la, então. No fim das contas, você deu o melhor de si.

– Fico lisonjeada, meu Senhor – disse ela, com falsa modéstia.

Nidhoggr estava satisfeito, e seu contentamento se derramou no corpo da menina, enchendo-a de energia nova. Ratatoskr observava em silêncio, excluído daquela troca de poderes.

Os olhos de brasa tornaram-se finos, cheios de prazer.

– Você me trouxe um dom precioso. Tão precioso que, por enquanto, podemos deixar de lado as Adormecidas.

Em seguida, virou-se para Ratatoskr, e o jovem sentiu-se gelar até os ossos.

– Vocês são uma dupla porque conheço a inaptidão de vocês e contava que fossem capazes de suprir um as faltas do outro. Ratatoskr, onde você estava enquanto Nida se empenhava em trazer o que eu desejava?

O menino inclinou a cabeça em sinal de contrição.

– Foi ideia de ambos, meu Senhor.

A dor o dilacerou naquele instante. Caiu no chão tremendo.

– Não minta, eu leio a sua mente.

– Meu Senhor... – O mal se tornou intolerável. Nida observou a cena, saboreando a vingança.

– Dei-lhe a vida porque você é necessário para mim. Não faça eu me arrepender de ter feito isso.

O silêncio desceu pesadamente na escuridão. Ratatoskr respirava forte, tentando se recuperar.

– Com isso em mãos, logo teremos o fruto de Rastaban. Quando for nosso, poderemos varrer os inimigos. O dever dessa missão é seu, Nidafjoll, não falhe. Que a punição de seu companheiro lhe sirva de exemplo!

A risadinha se transformou em uma risada plena, e o espaço se encheu de vibrações vermelhas.

Foi a náusea que acordou Sofia. Sentia o estômago embrulhado e curvou-se para um lado, dominada pela ânsia de vômito. Quando abriu os olhos, viu apenas o macio carpete bordô. Custou a entender

Convalescença

onde estava. A última lembrança era muito confusa e estava ligada a um forte cheiro metálico.

– Não, não! Fique virada para cima!

Duas mãos a pegaram delicadamente pelos ombros e a obrigaram a apoiar as costas nos travesseiros macios. Uma fisgada dolorosa no ombro pregou-a na cama. Sofia deixou escapar um gemido.

– Está tudo bem, é apenas um corte feio.

Diante dela estava o professor, com olheiras e o rosto esgotado. Atrás, Thomas com uma bandeja na mão. Estava em seu quarto, reconhecia o mármore brilhoso. Aquela visão tranquilizou-a por um instante, depois a dor voltou.

– O que aconteceu? – perguntou com voz rouca.

O professor suspirou.

– Você foi ferida pelo Sujeitado, ou pelo menos foi isso que Lidja me contou. Eu não estava presente, você sabe. – Passou a mão no rosto. Parecia destruído.

As lembranças lentamente voltaram a aflorar. Primeiro o menino, depois Lidja combatendo e, enfim, sua fuga desesperada.

– Como ela está? – sussurrou Sofia.

– Está com várias contusões e um corte em uma perna, mas está melhor que você. Foi ela que te salvou. Ao que parece, o Sujeitado estava interessado apenas no pingente, porque, assim que nocauteou vocês duas, foi embora. Foi Lidja que a arrastou inerte até o lugar onde vocês deixaram os capacetes, me

A Garota Dragão

avisou e me permitiu trazer vocês a salvo. Está lá embaixo, agora, estudando.

A cabeça de serpente suja de sangue, pensou Sofia. Olhou as cobertas e acariciou os lençóis de algodão macios, cobertos por um fofo edredom vermelho. À medida que se lembrava, uma sensação de derrota apontava em seu coração. Perdera completamente. Lembrava-se bem do menino apertando o pingente nas mãos, antes de feri-la.

– Desculpe, ele o pegou.

– Pare de dizer bobagens – protestou o professor. – Lidja me contou como você se jogou em cima do Sujeitado com todas as suas forças e como tentou defender o pingente de todo jeito.

– Não consegui evocar Thuban, não consegui declamar nenhum encanto. Fiquei um tempão olhando Lidja combatendo por nós duas!

As lágrimas começaram a descer, rápidas, pelas bochechas. Sentia-se desesperada. Era culpa sua se Lidja fora ferida e o pingente, perdido.

Seu tutor olhava-a com os olhos brilhando.

– Não diga isso nem de brincadeira! O erro foi meu. Você fez tudo o que estava a seu alcance. Você teve coragem, partiu mesmo ainda não estando pronta para uma missão desse tipo.

– Mas Lidja, sim.

Sofia viu-a novamente enquanto combatia como um leão. Uma cena épica, na qual ainda custava a acreditar. Até aquele momento, havia visto somente

Convalescença

nas histórias em quadrinhos pessoas que faziam as coisas voarem.

Apoiou a cabeça na cabeceira da cama, tentando se acalmar.

– É apenas uma batalha, a primeira, ainda por cima. Nem tudo está perdido – disse o professor com convicção.

Sofia olhou-o de soslaio. Dessa vez, sua gentileza pacata não a ajudava a se sentir melhor.

A lâmina do Sujeitado havia atravessado seu ombro. Fora um milagre não ter quebrado o osso. Além disso, o professor lhe explicara que o metal dos enxertos era tóxico para os Draconianos. Por isso se sentia tão mal.

– E o pingente, servia para quê? – perguntou Sofia.

Ainda estava na cama, mas sentada, porque se sentia um pouco melhor. O professor estava ao seu lado e Lidja sentara-se no colchão, com a muleta ao alcance das mãos. Reuniram-se para discutir detalhadamente a situação. Fora a própria Sofia que insistira para que o fizessem o quanto antes, jurando que se sentia bem e que podia suportar o peso de uma conversa provavelmente longa e também deprimente.

O professor pegou o livro que levara consigo. Abriu-o em uma página que mostrava um desenho. Em cores esplêndidas e com um nível de detalhe espantoso, para dizer o mínimo, estava representado o pingente. Sofia reconheceu-o imediatamente. Afinal, a cena do menino pegando-o com uma de suas lâminas ficara impressa indelevelmente em sua memória.

— É a Estrela Fulgente, um antigo artefato feito com a seiva da Árvore do Mundo. Alguns Draconianos o criaram há cerca de trinta mil anos. Na época, o despertar de Nidhoggr parecia estar próximo, mas entre os Draconianos ninguém conseguia perceber os frutos. Por esse motivo, usaram uma das relíquias da Árvore para construir algo que os ajudasse na busca. Pegaram um pouco de resina seca e construíram esse objeto, na esperança de que indicasse a eles a posição dos frutos. Porém, ele nunca foi usado, porque pouco depois de sua produção o lacre pareceu ceder e os Draconianos usaram o pingente para reforçá-lo. Por isso vocês o encontraram cravado naquela rocha.

— Você quer dizer que tirando-o de lá nós enfraquecemos o lacre que mantém Nidhoggr recluso? – exclamou Sofia preocupada.

— A verdade é exatamente o contrário – replicou o professor. – Como Nidhoggr começou a despertar, o lacre se enfraqueceu a tal ponto que vocês puderam arrancá-lo da pedra.

— Portanto, aquilo que Lidja viu...

O professor concordou seriamente.

— A pedra fez seu próprio dever: indicou a Lidja o lugar onde está guardado o fruto de Rastaban.

Convalescença

As peças começavam a se encaixar na mente de Sofia.

– Mas apenas nós, Draconianos, podemos usá-lo, não é? Enfim, nas mãos erradas é somente um pingente estúpido qualquer.

– Não – foi Lidja quem respondeu dessa vez. – O artefato também parece ter poderes nas mãos de pessoas normais.

– E, de qualquer maneira, Nidhoggr e os seus certamente não são pessoas normais – acrescentou o professor.

– Mas são os malvados! Afinal, o pingente não sente a maldade deles?

– Sofia, serpes como Nidhoggr compartilham muito da natureza dos dragões. Não são tão diferentes deles.

– E agora? – perguntou ela em um sopro.

– Agora é necessário encontrar o fruto o quanto antes. Nossos inimigos sabem onde está, e irão imediatamente até lá. Temos que precedê-los – respondeu Lidja em tom decidido.

– Tudo bem. Estou pronta.

Sua segurança topou com o olhar do professor.

– Agora vocês não podem. Estão feridas e têm que ficar curadas antes. Como fariam para enfrentar o inimigo? – disse, olhando para o chão, desconsolado. – Poderia tentar ir eu mesmo, mas não tenho a força para me opor sequer aos gregários de Nidhoggr. Não há nada que possamos fazer, a não ser esperar.

A Garota Dragão

Sofia apertou a coberta entre os punhos. Teria bastado pouco. Teria bastado simplesmente conseguir despertar Thuban. De resto, fizera-o durante o treinamento. Teria bastado não ficar embasbacada diante do inimigo, mas agir, e tudo teria sido diferente: o pingente seria deles e teriam pegado o fruto sem problemas. Sentiu dentro de si uma raiva ilimitada.

– De todo modo, a Pedra nos ajudará a encurtar os tempos.

Foi Lidja quem esclareceu aquela frase do professor.

– Podemos ser expostas ao seu poder de cura algumas horas por dia. Não demais, ou sua força não será suficiente para manter a barreira. Eu já estive lá, e você também, enquanto estava inconsciente.

Sofia sentiu o peso que tinha no estômago despertar um pouquinho.

– E quanto tempo levará com esse método?

– Dois, três dias.

Seus ombros murcharam novamente. Era muito tempo, de qualquer jeito. Três dias de inatividade, passados olhando as cobertas e esperando.

– E se os inimigos pegarem o fruto, o que acontecerá?

– Sofia, não faz sentido se preocupar. Não podemos fazer nada mesmo, certo? De qualquer maneira, as visões da pedra são confusas, provavelmente fazem referências apenas a lembranças que somente

Convalescença

os Draconianos têm... Talvez isso possa nos dar uma vantagem.

Era uma frágil esperança, mas era tudo o que tinham. Sofia abandonou-se nos travesseiros. Sentia-se cansada, mas, mais ainda, enraivecida. Não conseguia se perdoar.

O professor levantou-se.

– É melhor que vocês duas descansem agora – disse com um sorriso forçado, mas sincero. – Vocês vão ver, tudo vai dar certo. Mais tarde passaremos para pegá-la, Sofia, e a levaremos lá embaixo.

Ela limitou-se a concordar e olhou-os sair em silêncio. Lidja mancava, mas sua expressão deixava transparecer que não se rendera de modo algum.

A Pedra tinha um estranho efeito sobre as feridas. Parecia esquentá-las. Sofia contemplava o buraco no ombro, estupefata. Nunca havia visto uma ferida daquele tipo. Na primeira vez em que a olhara, sentira enjoo. Agora havia superado aquela fase e observava-a como se não lhe pertencesse, como se fosse algo alheio ao seu corpo. A Pedra iluminava-a, e a pele se aquecia lá onde o poder da relíquia a tocava. Era uma sensação prazerosa e estranha, irreal. Pena que não existisse algo similar para as feridas do espírito.

Sofia, de fato, não se dava paz. As horas pareciam não passar nunca, e os inimigos estavam cada vez mais perto da vitória.

A Garota Dragão

Lidja estava ao seu lado, imóvel, o amplo corte na perna exposto aos influxos da Pedra. Em muitos pontos já estava fechado, e tudo o que sobrava da ferida era apenas uma marca esbranquiçada. Não falava. Estava de olhos fechados aproveitando aquele poder.

Não lhe disse nada desde quando a aventura debaixo do lago acabou. Falaram apenas durante aquela reunião em seu quarto. Sofia perguntava-se se estava com raiva dela, se a considerava responsável. Porém, olhava-a sem ter coragem de perguntar nada.

– Você está se sentindo melhor? – disse-lhe, somente para quebrar o silêncio.

Lidja limitou-se a concordar, sem abrir os olhos.

Sofia suspirou. Estava com raiva dela, certamente.

– Sinto muito mesmo – disse de um fôlego só. – Sei que fui um desastre.

Lidja abriu os olhos lentamente e fixou-os, gélidos, nos seus. Era exatamente o olhar que Sofia esperava: frio e acusatório.

– Você acha que o mundo gira ao seu redor?

Sofia não previra isso.

– Você espera que eu brigue como se fosse sua mãe, que fique com raiva, ou que a abrace e lhe diga que está tudo bem, como o professor?

– Não... Queria apenas mostrar que reconheço que é culpa minha.

Convalescença

A sombra de uma irritação repentina passou nos olhos de Lidja.

– É sempre a mesma história, Sofia, a mesma. E eu estou começando a me encher.

Sofia sentiu-se menor. Talvez o ataque de fúria que esperava estivesse prestes a acontecer.

– Não estou com raiva de você – disse Lidja, em vez disso.

– Deveria. Deixei você combater sozinha lá, fiquei embasbacada e...

Lidja levantou um dedo, calando-a.

– Você gosta de ser tratada mal. Não sei por quê. Não tenho ideia do que lhe aconteceu nos anos em que passou no orfanato, mas você parece quase *querer* que as pessoas lhe digam que você é uma nulidade. Mas eu não estou com raiva porque o pingente foi perdido. Você lutou para evitar isso e, de qualquer forma, eu e você deveríamos ser um time, deveríamos nos dar força quando as coisas não dão certo e trabalhar em dupla. Mas você se coloca sempre em um estado de inferioridade em relação a mim, assim pode provar para você mesma e para os outros que não presta para nada.

Sofia escondeu a cabeça entre os braços. Era uma conversa que já haviam tido e que a deixava constrangida exatamente como da primeira vez.

– Você poderia conseguir, Sofia. O fato é que você não quer ter confiança em si mesma.

A Garota Dragão

Sofia gaguejou algumas desculpas apenas sussurradas.

– Quieta – impôs Lidja, séria. – Você me irrita quando faz isso... Pense somente em uma coisa: sem uma arma sequer e sem o poder de Thuban, você enfrentou de mãos vazias aquele menino. Tentou. E isso a exime de qualquer culpa. Você não fugiu. Você tentou. Foi um ato de grande coragem.

Era estranho, mas a aprovação de Lidja, naquele momento, valia mais do que todo o resto, quase mais do que a do professor. Era a admiração de uma pessoa que Sofia sempre sentiu imensamente distante.

– Portanto, pare de se extasiar com sentimentos de culpa absurdos. Eu não acuso você de nada, a não ser de ser sempre uma maldita derrotista. Mas não foi culpa sua. Aconteceu. Vamos reparar.

Sofia sentiu uma lágrima escapar do seu rígido autocontrole. Lentamente, encontrando coragem sabe-se lá onde, esticou sua mão até a de Lidja e tocou com os seus os dedos bem torneados da amiga. Suas mãos apertaram-se em uma pegada firme e decidida. Sofia sorriu, enquanto outra lágrima ia fazer companhia à primeira, descendo pelo pescoço.

– Obrigada – murmurou. – Juro que da próxima vez tentarei acreditar, juro.

Lidja olhou-a de soslaio e sorriu, marota.

– Eu sei – disse em um sopro. – E sei onde está o fruto – acrescentou em voz mais alta.

Sofia levantou a cabeça subitamente.

Convalescença

– Eu estava pegando inspiração com a Pedra quando você me interrompeu com o seu blá-blá-blá.

Sorriu novamente, e Sofia notou um vestígio de esperança.

– Onde? – perguntou, simplesmente.

– Não longe daqui, em uma mansão romana – exclamou Lidja triunfante.

17
Missão secreta

Lidja falava rapidamente, toda empolgada.

– Vi a direção onde se encontram as ruínas e o ambiente que as circunda, e tudo... Enfim, sei levar vocês até lá! Sei onde está o fruto – concluiu, com a respiração ofegante.

O professor olhava-a, massageando lentamente o cavanhaque no queixo. Não parecia agitado; pelo contrário, ostentava aquela calma ponderada que era seu traço distintivo. Ao final daquele discurso gaguejante, ajeitou os óculos com solenidade.

– Você simplesmente interrogou as lembranças do que viu quando estava com o pingente no pescoço? – perguntou-lhe.

Lidja concordou.

– Achei que a Pedra poderia me ajudar a entender melhor aquelas visões, a interpretá-las, e foi exatamente assim.

Missão secreta

– Então iremos o quanto antes – concluiu ele.

– Temos que ir imediatamente – cortou Lidja. – Se eu cheguei até lá, nossos inimigos também podem chegar. Cada instante que esperamos é uma vantagem que oferecemos a Nidhoggr.

O rosto do professor ficou preocupado.

– Eu sei, você tem razão, mas já falamos sobre isso. Aonde vocês podem ir nessas condições? Não são capazes de combater.

– Mas se formos rápidas, se formos escondidas antes deles... – tentou dizer Sofia, entusiasmada com a possibilidade de reparar o próprio erro.

O professor sacudiu a cabeça.

– Não quero arriscar. De todo modo, Lidja, você mesma reconhece que entendeu onde está o fruto graças à Pedra, certo? Nidhoggr não pode confiar em nenhum dos poderes da Árvore do Mundo; logo, é provável que demore muito mais do que nós para encontrar o lugar certo. E depois, eu lhe disse, o pingente nos forneceu informações que somente você, com as lembranças de Rastaban, pôde interpretar corretamente.

Lidja estava visivelmente contrariada. Era a primeira vez em que Sofia a via em notório desacordo com o professor.

– Isso tudo são apenas hipóteses e se baseiam na esperança de que os nossos inimigos sejam menos espertos do que nós os estimamos. Não podemos menosprezá-los! Sofia tem razão, iremos rápido, ninguém nos verá, e chegaremos antes deles. Não haverá nenhum risco.

Schlafen levantou-se, a expressão severa.

– Sua perna ainda não está curada, e Sofia está fraca demais. Mas o Sujeitado não está ferido e, mesmo se estivesse, não sentiria dificuldade nem cansaço, porque os enxertos o tornam sobre-humano. Assim que vocês colocarem os pés fora daqui, ele sentirá e seguirá vocês, e, mesmo se não soubesse onde se encontra o fruto, lhe bastaria vir atrás de vocês. Não podemos evitar o embate, por isso temos que chegar lá preparados.

Lidja bufou.

– É um erro. Esperar é um enorme erro.

O professor franziu o cenho.

– Pelo contrário. É você que erra, e, de todo modo, não cabe a você decidir. Thuban é o nosso guia e, enquanto não tiver todos os seus poderes, sou eu que determino por ele. Por isso, sinto muito, mas pelo menos até depois de amanhã não se fala nisso. E essa é a minha última palavra.

Não deu a elas sequer um sorriso. Com o rosto tenso, virou-se e foi para o seu quarto, enquanto Lidja apertava os punhos a ponto de fazer embranquecer as juntas.

Sofia pensou nas palavras da amiga por toda a tarde. Compartilhava cada vírgula. Ela também estava propensa a agir. O que poderia acontecer? Nem encontrariam o Sujeitado, e, no caso de encontrá-lo, escapariam. Não tinham muito a perder se fossem, mas arriscavam muitíssimo ficando ali. Se Nidhoggr pegasse o fruto, seria uma tragédia; isso o professor parecia não entender. E, se acontecesse, Sofia sabia que nunca se perdoaria.

Por isso, uma frase começou a rodear sua cabeça com insistência, uma frase sobre a qual se atormentava e da qual não conseguia se livrar. *Thuban é o nosso guia.* Assim dissera o professor. Thuban era o mais forte dos dragões e vivia nela. Cabia a ela decidir. Cabia a ela comportar-se como líder pela primeira vez na sua vida e tomar a situação nas mãos. Sentia o arrepio daquela decisão e tinha medo. Tomá-la significava se colocar contra o professor, que sempre a ajudara e amparara, e lhe dera até uma casa. Mas não valia a pena, para conquistar o fruto?

Decidiu, impulsivamente. Achou que não era de seu feitio mover-se de um jeito tão imprudente, mas sentia que era aquilo que deveria ser feito. A decisão de aceitar Thuban e o destino que levava nos ombros implicava também cumprir uma coisa perigosa como aquela que estava prestes a fazer.

Assim, naquela tarde, perguntou com distração para Lidja sobre seu sonho. Tentou fazer parecer uma conversa ociosa, uma mera curiosidade. Lançou as perguntas aqui e ali nas conversas que tiveram diante da Pedra, enquanto se deixavam tratar. Mas Lidja a olhou de um jeito mais penetrante que o de costume quando lhe descreveu o lugar.

– Por que está interessada?

Sofia tentou parecer indiferente, mas logo corou.

– Curiosidade. Sabe, é... é uma coisa da qual me sinto um pouco excluída.

Lidja lançou-lhe um olhar enviesado e Sofia teve a impressão de que estava sorrindo.

Quando a amiga se levantou, com a ferida na perna já rosada graças à ação da Pedra, ela permaneceu no lugar.

– Você não vem?

– Hoje não me sinto tão bem, prefiro ficar mais um pouquinho.

Lidja a contemplou em silêncio por alguns segundos.

– Não exagere, ou vai acabar enfraquecendo a barreira.

Sofia apressou-se em fazer que não com a cabeça e, com um suspiro de alívio, viu-a se afastar.

Escolheu a noite. Era a ideia mais sensata. Logo após o jantar, exibiu-se em convincentes e ruidosos bocejos, depois anunciou ao professor e a Lidja que ia para a cama. E assim o fez, mas ficou acordada, em alerta. Esperou que a casa ficasse silenciosa e desceu as escadas com cautela.

Não estava com as ideias muito claras. Para dizer a verdade, era a primeira vez que colocava o nariz para

Missão secreta

fora da mansão sem o professor ou Thomas. Aquela simples transgressão, por si só, enchia seu coração de agitação. E se o menino estivesse à espreita lá fora? E se houvesse algo ainda pior esperando-a?

Em todo caso, havia decidido e não fazia sentido dar para trás. Tinha que ir até o fim.

Os estalos da escada debaixo de seus pés lhe pareceram ensurdecedores e, por isso, tentou ficar leve, leve. Levou vários minutos, mas finalmente conseguiu chegar diante da porta.

Pegou o sobretudo que estava pendurado perto da porta e tomou coragem. Não era mais tempo de hesitar. Mas, assim que apoiou a mão no metal frio, sentiu uma pegada firme na boca. Instintivamente, sentiu falta de ar, mas a mão desconhecida impediu-a de gritar. Em seguida, os olhos de Lidja entraram em seu campo visual. A amiga fez sinal para que ficasse quieta; depois, ágil e silenciosa como uma gata, abriu a porta e ambas saíram.

O ar estava gelado, e o bosque estava tomado por um frêmito, quase como se tremesse de frio. As folhas secas no chão levantavam-se em pequenos redemoinhos irrequietos. Era como se a natureza planejasse algo. Lidja largou Sofia e colocou-se diante dela, os braços nos quadris. Vestia o sobretudo de sempre, enfeitado com um comprido cachecol de lã cor de vinho. Usava até um boné. Estava evidentemente preparada para enfrentar o frio de uma longa caminhada noturna.

— E aí? – disse, segurando um sorriso.

Sofia havia sido pega a dois centímetros da porta, antes ainda de poder começar sua corajosa aventura solitária. Pensou se seria o caso de tentar com alguma mentira piedosa, mas, assim que abriu a boca, Lidja voltou a falar.

— Irmos nós duas talvez seja uma loucura, mas ir sozinha é uma idiotice completa. Você realmente queria cumprir a missão por conta própria?

Era evidente que não havia necessidade de mentir.

— Se não fosse por minha causa, agora teríamos o pingente, por isso achei que deveria colocar as coisas em seus devidos lugares, sem envolver você também.

Lidja estudou-a, segurando uma risadinha sarcástica.

— E como você pretendia ir até as ruínas?

— Bem, quando vim para cá com o professor pegamos um frescão. Talvez haja alguma corrida noturna...

— Não, não existem frescões essa hora.

Os ombros de Sofia murcharam. Realmente não havia pensado naquilo. Nada feito, seu gesto heroico estava destinado ao fracasso. Enfiou as mãos no bolso.

— Você vai contar ao professor?

Lidja ficou séria.

— Talvez sua ideia pecasse um pouco em organização, mas era boa. Só que você não vai sozinha, vamos nós duas.

Missão secreta

Sofia sentiu-se aliviada e preocupada ao mesmo tempo.

– Mas você não precisa vir! Serei mais rápida sozinha.

– Você não sabe como chegar lá – objetou Lidja. – E, de todo modo, é possível que os inimigos estejam nos esperando. Você está mal, juntas mal formamos um guerreiro são. É melhor unirmos forças. Além disso, você não tem um meio de transporte, certo?

Sofia concordou confusa.

– Bem, para isso estou aqui... – Lidja fechou os olhos. Subitamente, o sinal na sua testa brilhou em uma luz rosada e quente. Bastaram poucos segundos para, em suas costas, algo se materializar lentamente. Eram transparentes, diáfanas: asas. Asas como Sofia havia visto apenas em suas lembranças da idade de ouro de Dracônia. Seus contornos eram quase indistintos, como em um rascunho somente esboçado. A consistência tinha algo de estranho, como se fossem elásticas.

Lidja abriu os olhos. Estava com a testa perolada de suor e o rosto pálido. Sofia preocupou-se ao vê-la tão cansada.

– Você está bem?

Ela nem respondeu.

– Você viu? Aconteceu ontem à noite, depois que fui me tratar com a Pedra. Brotaram em mim por acaso, quase sem que eu quisesse. É Rastaban, Sofia, são as asas de Rastaban!

Sofia olhava-as, extasiada. Por um instante, perguntou-se se o professor não tinha razão, se ambas não estavam extenuadas demais. Algo a induzia a atravessar novamente a porta, ser racional e seguir o que ele lhe dissera.

— E aí? Que cara é essa? – exclamou Lidja.

— Escute, será que não estamos enganadas? – disse ela, com toda a sinceridade. – Você está pálida e cansada, talvez estejamos realmente muito fracas.

Lidja balançou a cabeça vigorosamente.

— O que você acha, que eu não tomei as minhas precauções? Você não foi a única a passar mais tempo que o necessário perto da Pedra... Eu também fiquei mais que o devido ontem, e garanto que me sinto forte, quase curada. De qualquer maneira, agora já estamos aqui, não faz sentido desistir.

Sofia pensou na barreira ao redor da casa, que depois do que haviam feito deveria estar fraquíssima. Toda a determinação que tinha até poucos minutos antes estava evaporando. Mas, a essa altura, era verdade, não podia dar para trás. Lidja estava irremovível.

Havia algo de terrivelmente errado naquela história. Somente agora, que se encolhia nos ombros de frio, Sofia entendia. Mas concordou.

— Não podemos não fazer isso, e, se é assim, melhor sermos rápidas.

Lidja apertou os braços em torno de sua cintura.

Missão secreta

– Segure-me com força, hein? – sussurrou ela. Sentia a garganta seca. Bastou aquele simples gesto para despertar nela as vertigens.

– Tenho certeza de que voarei velozmente. Será um instante – disse Lidja com um sorriso atrevido.

Sofia concentrou o olhar na pedra rosada que brilhava no meio de sua testa. Viu Lidja fechar os olhos e concentrar-se, sentiu a tensão dos músculos sob a pegada de seus braços, contou as gotas de suor na sua testa. Quando percebeu que estavam levantando, sentiu-se desmaiar.

Lidja segurava-a firmemente pela cintura.

– Não olhe para baixo – murmurou-lhe, e não precisou repetir duas vezes.

Não foi um voo longo, mas pareceu eterno para Sofia. Sentia o ar frio da noite chicoteando seu rosto, e era como em seus sonhos. Porém, não tinha aquela sensação de alívio que acompanhava todas as suas aventuras noturnas; somente terror gélido. Abaixo dela, havia metros de vazio e, ainda mais abaixo, extremidades pontiagudas de árvores, galhos sinuosos e, enfim, duríssima rocha cortante.

Por duas vezes, Lidja perdeu altitude, e Sofia não conseguiu não gritar.

– Não se preocupe, está tudo bem. Mas o que você acha de começar uma dieta? – tentou brincar a amiga. Estava com a voz ofegante. Sofia ouvia a batida lenta e cansada de suas asas.

– E se prosseguirmos a pé? – sugeriu, levantando só um pouco o rosto do peito de Lidja.

– Isso nem se discute. Estamos quase lá. E, em todo caso, o panorama, para o seu governo, é fantástico.

Após não muito tempo, aterrissaram pelas bandas de uma rua isolada e deserta. Encontravam-se do outro lado de um portão de folha de metal que parecia erguido por milagre. Lidja curvou-se sobre si mesma, tentando retomar o fôlego.

Sofia olhou-a com preocupação.

– Não deveríamos ter voado...

– Você vai ficar quieta ou não? – fulminou. – Se não me engano, a ideia de vir até aqui foi sua, então pare de reclamar e vamos fazer o que temos que fazer.

Sofia suspirou, angustiada. A noite estava tomando um rumo ruim. Enquanto Lidja recuperava o fôlego, olhou ao redor. Em frente, mal-iluminado por um quarto minguante de lua, abria-se um campo que terminava pouco distante, em uma doce colina.

Lidja fuçou em seus bolsos e colocou uma lanterna na mão de Sofia.

– Acenda-a, com elas veremos.

Escalaram a colina. Assim que chegaram ao topo, avistaram uma espécie de alpendre.

– É ali – disse Lidja em voz baixa. – Daqui em diante, vamos fazer silêncio, pode haver inimigos.

Missão secreta

Avançaram, rápidas e sem fazer barulho, em direção ao alpendre. Pareceriam quase estar brincando de guerra, se tudo não fosse tão terrivelmente sério. À medida que prosseguiam, a visão do alpendre ficava clara. Abaixo, entreviam-se ruínas escavadas havia pouco imergirem no terreno: uma parede feita de tijolos em forma de paralelogramo, a base de algumas colunas e, principalmente, uma espécie de corredor baixo. Em todo o diâmetro das escavações, havia uma grade metálica, e, quando as duas a alcançaram, pararam a fim de olhar para baixo por um instante. Algo misterioso emanava daquele lugar, Sofia sentia claramente. As ruínas e principalmente aquele estranho corredor escondiam outra coisa. Aguçou a vista, tentando entender o que ocultava a escuridão aveludada na qual afundava a passagem após poucos metros. Foi então que viu um clarão súbito. Pulou para trás de repente.

– Os inimigos, são os inimigos! – disse com uma voz baixa, mas que transpirava terror.

– Calma, deve ser apenas o fruto.

Sofia balançou a cabeça com vigor.

– É a luz de uma lamparina, são eles!

Lidja agarrou-a pelos ombros e fitou-a nos olhos com aquele seu olhar decidido e peremptório que Sofia tanto admirava.

– E se forem? Agora já estamos aqui, e por um motivo preciso. Vamos!

Superou a cerca em um lampejo e esperou Sofia entre as ruínas. Ela agachou-se e, decididamente com menos elegância, jogou-se para baixo, aterrissando sonoramente com as nádegas no chão. Lidja estendeu-lhe a mão e ajudou-a a se levantar. Estavam lá embaixo. Daquela prospectiva, o corredor se revelava ainda mais soturno do que parecia lá de cima. Imergia no terreno, com sua abóbada cilíndrica de no máximo um metro e meio de altura e as paredes que pareciam ter a mesma distância uma da outra. No fundo, uma luz fraca se distanciava.

– Já há alguém lá dentro – observou Sofia com um arrepio.

– Então temos que ir em silêncio – disse a amiga, e imediatamente se encaminhou.

Assim que entraram no corredor, o cheiro de mofo pegou-as pela garganta. Lá embaixo era úmido. As paredes, feitas dos mesmos tijolos em losangos que viram no muro externo, estavam cobertas por líquens esbranquiçados e musgo verde. Da abóbada pingava água. A escuridão era tão densa que parecia dotada de uma consistência própria. Sofia sentiu uma fisgada no estômago.

– Apague a lanterna e faça silêncio – disse-lhe Lidja com um fio de voz. Ela já havia apagado a sua, mas um clarão as circundava mesmo assim. Sofia viu que se tratava da Pedra de Rastaban. Brilhava, reconfortante, na testa de sua companheira e lançava ao redor uma luz quente e rosada que aquecia o

Missão secreta

coração. Lidja sabia evocar Rastaban quando quisesse, solicitando sua ajuda sempre que precisava.

Prosseguiram, movendo-se em silêncio. A terra batida, depois de um tempo, deu lugar a um piso de mosaicos composto por pedras brancas e pretas que compunham o desenho do corpo de uma cobra compridíssima.

Sofia tentava evocar Thuban. Precisava dele, da força que sabia incutir nela e da luz reconfortante de seus olhos. Além disso, sentia que deveriam combater. O fraco clarão continuava a dançar diante delas no fim daquele corredor interminável, e ela tinha um pressentimento que significava problemas. Por isso, tentava se afundar nas profundezas do seu eu, onde o dragão dormia. Em lampejos, quase conseguia senti-lo, mas sempre muito pouco ou por um tempo curto demais.

Após alguns instantes, o corredor desembocou em uma sala ampla. Tinha a base octogonal, e em cada lado havia uma porta; eram todas idênticas, bocas abertas no preto do desconhecido. Lidja escolheu uma com segurança. Ao fundo, Sofia viu de relance o clarão que estavam seguindo.

Acabaram em outro local, dessa vez quadrangular. Tinha duas portas bem baixas e, no chão, ainda havia mosaicos brancos e pretos. Lidja embocou uma entrada com segurança e continuou assim por todas as incontáveis salas que atravessaram. Enquanto procediam, as paredes começavam a se cobrir de fragmentos de afrescos. Primeiro desbotados, toscos e pouco claros, depois cada vez mais amplos e vívidos. Até onde Sofia sabia, eram de época romana. Lembrava-se de afrescos do tipo nos livros de História que havia lido. Mas os temas eram estranhos. Nada de feras no Coliseu, nada de cenas de vida mercantil ou homens de toga, nem matronas com penteados complexos. Em vez disso, panoramas naturais e principalmente dragões. Dragões de todas as cores, que pairavam no céu. A paz daquelas representações era interrompida, aqui e ali, por desenhos pretos dramáticos, que representavam enormes cobras escuras com os focinhos contorcidos em caretas de ódio. Nem havia necessidade de interrogar sobre a natureza deles: serpes, certamente.

Enquanto percorria aqueles corredores, Sofia reconheceu uma atmosfera familiar, como se aquele lugar fosse ligado à Dracônia de algum modo. Não tinha lembrança daquela mansão sepultada, mas podia sentir com certa clareza que ali viveram Draconianos. Sabe-se lá se despertaram ou se aqueles afrescos eram tudo o que restava de suas vidas passadas. Não havia nenhum desenho da Árvore do Mundo e nenhuma referência à mitologia dos dragões, como havia aprendido com o professor. Talvez aqueles que viveram ali não soubessem nada de Thuban e de Nidhoggr, talvez nunca tivessem descoberto a própria origem e suas lembranças cheias de dragões e cidades brancas voadoras tenham

Missão secreta

permanecido sem resposta por gerações. Talvez, durante todos aqueles anos, tenham se perguntado a razão da sutil melancolia que ocasionalmente os tomava, incapazes, todavia, de trazer à lembrança seu passado, e por isso haviam vivido uma existência pela metade, sem nunca poderem se sentir em casa em nenhum lugar. Mas o esquecimento era realmente uma condenação? Ou talvez fosse uma salvação? Nenhuma missão para cumprir, nenhum poder para despertar. Aquelas pessoas não tiveram que prestar contas com as próprias fraquezas ou com as próprias inadequações e viveram vidas normais e tranquilas, embaladas por aquela leve perturbação que talvez, mais que arruinar a existência delas, de algum modo, colorira-a. Isso era o que pensava Sofia, enquanto imergia embaixo da terra, e o medo gelava suas mãos e seus pés. Observava as paredes e perguntava-se quantas pessoas antes dela haviam guardado Thuban no próprio coração sem sequer saber disso. Achava que elas eram sortudas. A nenhuma delas coube procurar o dragão na profundidade de seus corações e suplicar-lhe que aparecesse, que desse a elas o dom de seus poderes, como ela fazia agora.

Então, quando estava prestes a atravessar o enésimo orifício, a mão de Lidja a deteve.

Estavam em uma sala maior do que as outras, completamente coberta de afrescos. Sofia ficou sem fôlego, porque poucas vezes na vida havia visto algo tão extraordinariamente bonito. Toda a sala era de tons de vermelho, um vermelho incrivelmente vivo, como se a cor tivesse acabado de ser dada e o artista tivesse terminado sua obra naquele momento. No fundo escarlate, delineavam-se figuras precisas e reluzentes. Algumas mulheres dançavam enroladas em panos justos e vistosos, formando complexos arabescos, enquanto sátiros de rostos ambíguos pareciam acompanhar, com a música de seus instrumentos, a luta entre dragões e serpes. Os corpos desses animais imensos se contorciam na fúria da batalha, enroscando-se entre si com inaudível violência, enquanto as escamas verdes e pretas se alternavam, gerando um ritmo frenético, sem solução de continuidade. Aos pés daquele carrossel de figuras, uma terra esplendente, coberta por arbustos e árvores cheias de vida, era marcada pela água límpida de tantos riachos e banhada pelas leves ondas de um mar de calmaria.

Sofia seguia aquele maravilhoso afresco, admirada, impressionada e fascinada pela perfeição das figuras, quando foi obrigada a voltar bruscamente à realidade. Em uma das paredes se abria uma brecha, grande o suficiente para deixar passar pelo menos duas pessoas. No chão, os fragmentos vermelhos do reboco caídos para abrir aquela passagem pareciam uma poça de sangue. Alguém havia destruído a parede deliberadamente, interrompendo para sempre a harmonia daquela representação. Lá, onde um

Missão secreta

tempo pairara um dragão no céu, agora havia apenas um rasgo preto, que se abria como uma ferida. Sofia sentiu-se dominada pela cólera e pelo horror. Quem havia feito uma coisa do tipo certamente não reconhecia o sagrado e a sua inviolabilidade, certamente era alguém que não parara diante de nada para cumprir os próprios objetivos. Aquela era uma marca inequívoca de Nidhoggr.

Lidja também parecia impressionada, mas tentava manter o sangue-frio. Mas a Pedra de Rastaban brilhava com mais intensidade em sua testa.

– Os inimigos – disse com voz segura. – Foram eles. O fruto está lá dentro, eu o sinto. Eles nos precederam.

Sofia apertou os punhos. Acontecera exatamente como temia. E agora?

"Agora tenho que combater", disse a si mesma, tentando tomar coragem. Thuban era uma luz fraca no fundo da escuridão de seu medo.

Lidja olhou-a, procurando em seus olhos a mesma determinação que a guiava. Era apenas um olhar, mas Sofia leu nele uma infinidade de subentendidos. De repente, sentia-a próxima, e sua proximidade dava-lhe força. Eram aliadas, companheiras, amigas. Limitou-se a concordar, tentando derrotar as dúvidas com aquela sensação nova que sentia no corpo. Em seguida, as duas entraram na abertura.

18
Uma luta desesperada

Assim que Lidja e Sofia ultrapassaram a abertura na parede, encontraram-se em frente a uma comprida e estreita passagem escavada na rocha. Ambas tiveram que se agachar para conseguir ir em frente.

Enquanto prosseguiam, a luz diante delas se tornava cada vez mais intensa. Aquele clarão não tinha nada de reconfortante, e Sofia tentou se concentrar naquilo que estava ao redor para se distrair. O túnel subterrâneo no qual se enfiaram parecia escavado naturalmente na rocha, as paredes eram lisas e úmidas, quase escorregadias. Mas havia algo que não batia, porque o musgo que as cobria pouco a pouco deu lugar à grama e às flores. Pouco depois, não havia um único centímetro livre. Não fazia nenhum sentido. Sofia não conseguia acreditar que, lá embaixo, sem luz, pudesse crescer uma vegetação tão rica e colorida. O verde tenro alternava-se com as tona-

Uma luta desesperada

lidades vivas das flores carnudas que desciam das paredes, e aquele ambiente bizarro começou a deixá-la agitada. Lidja também estava nervosa; Sofia ouvia-a respirar com afã perto dela, e não era um bom sinal. O espaço diminuiu ainda mais, provocando uma sensação de claustrofobia, e, quando o túnel finalmente abriu-se novamente, permitindo prosseguir em posição ereta, as duas suspiraram, aliviadas. Sofia endireitou-se, massageando o ombro. Estava entorpecido e dolorido. Por escrúpulo, verificou a ferida e notou um contorno avermelhado na pele. Seu coração começou a bater mais forte.

O professor tinha razão. Ainda estavam fracas demais. Lidja também massageava, preocupada, sua perna, lá onde havia sido atingida.

Avançaram em silêncio, rodeadas pelo perfume doce dos cíclames e das prímulas. De repente, o espaço abriu-se em uma caverna que parecia o paraíso terrestre. No centro, havia uma enorme árvore exuberante, coberta de folhas verdíssimas. A seus pés, margaridas grandes e cheirosas despontavam da grama alta. Era um lugar maravilhoso, clareado por uma tênue luz rosada que lembrava a da Pedra de Rastaban. Sofia abandonou-se ao puro prazer de contemplar tal esplendor. Aquele lugar lhe era familiar e fazia-a sentir-se bem. Apenas olhá-lo espantava dúvidas e medos, pacificava seu coração, trazendo de volta à sua mente as lembranças de Thuban, que navegava pelos céus de Dracônia.

Foi Lidja que a trouxe de volta a si. Agarrou-a rudemente por um braço e puxou-a para baixo, comprimindo-a no chão.

– Eles estão ali – disse bem baixinho.

Sofia seguiu a direção de seu olhar.

O menino estava em um canto, imóvel. As enormes asas metálicas fremiam no ar, como se fossem sacudidas por um leve tremor. Onde suas garras tocavam o terreno, a grama secara, criando um halo amarelado ao redor. Como não o notara antes? Por onde quer que ele passasse, deixava para trás arbustos secos, galhos murchos, flores podres. Parecia levar a morte com ele. Todos aqueles sinais testemunhavam que o Sujeitado havia fuçado por toda parte para encontrar o fruto, devastando aquela terra paradisíaca. Com cautela, elas rastejaram para trás de uma pedra e observaram melhor a cena. Havia mais alguém com ele: uma menina loira com o perfil perfeito. Era graciosa, parecia já uma mulher, com aquela saia curta que deixava descobertas as pernas esbeltas. Nas costas pequenas usava um casaco preto, e em seu aspecto havia algo fascinante e terrível ao mesmo tempo, que fez Sofia se arrepiar. Sua sombra delineava-se no chão, escura como um buraco negro, enquanto procurava entre os arbustos com ânsia, arrancando flores que logo caíam murchas. Sofia olhou-a, horrorizada. Sentia uma maldade sem igual exalar de sua figura. O mal como fim em si mesmo, o mal pelo mal, e nada mais. Algo que dava vertigens.

Uma luta desesperada

Nidhoggr.

Era ele que Sofia sentia pulsar dentro do corpo da menina, e sua potência era desconcertante. Sem se dar conta, recuou.

Lidja colocou a mão gelada em seu pulso.

– Não fique com medo – disse-lhe, mas sua voz estava rachada. Ela também devia ter percebido a mesma coisa.

A certa altura, elas viram a menina se levantar e bater com o pé no chão de frustração. Em seu peito, o pingente emitia uma luz fraca, quase pálida, e indicava apenas sumariamente o ponto onde procurar.

Então, um grito de exaltação fez com que as duas se sobressaltassem.

– Aqui está ele, aqui está ele! – A menina inclinara-se de repente com um sorriso nos lábios. Comportava-se como uma criança que acabou de achar um brinquedo perdido. Esticou os braços e, por alguns instantes, seus dedos apertaram algo. Gritou e levou as mãos ao peito: estavam marcadas por queimaduras profundas. Mas foi outra coisa que atraiu a atenção de Sofia. Das mãos da menina, escapara algo que, caindo no chão, rolara não distante do lugar onde ela e Lidja se escondiam. Era uma espécie de globo leitoso, de uma cor impossível de definir. Havia algo do rosa, claro, mas não existia cor no mundo que pudesse descrever completamente suas variadas nuances. Por dentro, algo parecia turbilhonar, uma figura que, de vez em quando, coagulava em algo sem forma e mais claro, para depois se dissolver docemente em uma profusão de luzes. Sofia sabia que era a cabeça de um dragão: Rastaban, a mente da resistência, a parte racional que atenuava a impulsividade de Thuban. Por isso, no céu era representado pela cabeça do Dragão, a segunda estrela mais luminosa do grupo.

Esses pensamentos comprimiram seu coração em um aperto de doçura. Rastaban era o amigo, o camarada, o dragão que caíra primeiro, dilacerado pelos dentes de Nidhoggr. Seus olhos eram como aquele fruto, esplendentes e cheios de sabedoria. A raiva subiu lentamente sem que Sofia pudesse fazer nada. As serpes não tinham que destruir aquela relíquia; por isso, quando ouviu o grito da menina, sentiu uma íntima exultação. Viu claramente as escamas negras despontarem da pele chamuscada e sorriu. O poder dos frutos ainda podia corroer o mal.

– É o momento – disse Lidja entre dentes. – Eu a distraio, você pega o fruto.

– Mas...

– Agora!

Lidja pulou para fora de seu esconderijo e estendeu as asas. Estavam ainda mais transparentes e fracas que antes, mas levantou voo mesmo assim e atirou-se sobre a menina loira. Pegou-a de surpresa, e ambas caíram no chão um pouco distante dali, enquanto o Sujeitado já se colocava em posição de ataque. Sofia, como da primeira vez, ficou petrifi-

Uma luta desesperada

cada em seu lugar. Contemplou a cena sem poder mover um músculo e, em câmera lenta, viu o emaranhado dos corpos que se contorciam na grama.

– Não, não! – gritou algo dentro dela.

Não acabaria como da última vez, não fora até lá para isso!

Suas pernas dispararam. O inimigo poderia atacá-la de uma hora para outra, mas não havia espaço para o medo. O importante era recuperar o fruto, que continuava a brilhar no chão. Era lindíssimo e convidativo. Jogou-se em cima dele com um pulo, enquanto o ombro ferido reclamava com uma fisgada aguda de dor. Sofia apertou as mãos no globo e em um instante sentiu-se cheia de energia e de paz. Um par de olhos verde-azulados acendeu-se no escuro da sua mente, lá onde procurara Thuban por um longo tempo.

– Não!

Aquele grito desumano sacudiu-a. A menina olhava em sua direção, o rosto transtornado de ódio. O grito foi seguido por um relâmpago de luz negra e Lidja foi arremessada na árvore. Sofia ficou paralisada por um instante, enquanto a menina se jogava contra ela, as mãos envoltas por relâmpagos negros. Mas nem teve que pensar. Foi tão terrivelmente natural e simples. A grama do chão cresceu sozinha, enroscou-se, formando cordas compridas e resistentes, e se enrolou em volta das mãos de sua inimiga, que ficou perplexa. Sofia aproveitou seu momento de fraqueza para escapar para o lugar de onde viera.

— Maldita! – berrou a jovem, enquanto os relâmpagos negros em volta de suas mãos queimavam os cipós em uma labareda escura. Deu um pulo para se jogar em cima dela.

Sofia sentiu que um deslocamento de ar por trás de seu corpo estava quase a alcançando... Mas, quando se virou, viu Lidja ofegando e segurando a menina pela cintura.

— Fuja! – gritou-lhe.

Porém, Sofia não conseguia raciocinar, paralisada pela grandeza da decisão que lhe fora pedido que tomasse.

A menina berrou outra vez, e seu corpo foi completamente envolvido por uma chama negra. Lidja gritou de dor, mas não se deu por vencida: apertou ainda mais a menina, enquanto algumas faíscas alcançaram Sofia, queimando-lhe a pele e a roupa. A Pedra de Rastaban brilhava intensamente em sua testa, e um casulo luminoso fechou seu corpo em uma espécie de barreira. O rosto da menina loira contorceu-se em uma careta de dor, depois caiu no chão, quase sem forças.

Lidja conseguira ganhar tempo.

— Vá embora! Agora! – berrou para Sofia, ao mesmo tempo que se preparava para o contra-ataque. Seu sobretudo estava metade chamuscado, a ferida na perna recomeçara a sangrar, e sua pele estava queimada.

Uma luta desesperada

Sofia olhou-a com lágrimas nos olhos.
– Mas você...?
Não teve tempo de pronunciar aquelas palavras, pois viu de soslaio um lampejo atrás de si. O menino estava destruído no chão, abatido por uma pedra arremessada por Lidja com a força do pensamento. O Sujeitado tentara atacá-la, mas sua companheira a protegera.
– Leve o fruto em segurança. AGORA!
E, assim, Sofia escapou. Manteve os olhos fechados para não ver o que estava acontecendo, o fruto apertado ao peito.
– Siga a menina! – disse uma voz, e logo depois o barulho metálico de asas batendo no vazio lhe fez entender que o Sujeitado já estava em seus calcanhares.
Atirou-se no buraco, correndo com todas as suas forças. Talvez aquela passagem fosse pequena demais para ele, talvez conseguisse. Mas o menino era irrefreável: Sofia ouvia claramente o estridor das asas contra a rocha.
Então escorregou, desabando no chão, e bateu o queixo com violência. Por um instante viu tudo preto, mas não largou nem por um segundo o fruto. Lidja estava se sacrificando para que aquele objeto não acabasse na mão dos inimigos, e ela não o deixaria por nada no mundo. Levantou-se com dificuldade, enfiou-se na parte mais estreita do corredor e continuou em frente, engatinhando sobre a rocha. O

ombro pulsava furioso, e os joelhos esfolados queimavam. Sentia-se desmaiar, mas não parou nem quando um sibilar rápido a fez estremecer. Uma lâmina do menino tocou a perna dela, arrancando-lhe um gemido. Olhou para trás. Os olhos vermelhos do Sujeitado enchiam o túnel, e por um instante sentiu-se perdida. A criatura avançava sem se importar com a rocha, que continuava a dilacerar a membrana das suas asas, esticada entre as garras.

Contudo, a passagem estava tão desgraçadamente perto! Sofia podia vê-la brilhar ao fundo, a poucos passos dela. Tomou coragem e continuou a avançar desesperadamente, engatinhando sobre a pedra. Então, uma dor aguda a deteve. O menino lhe apertava um pé com força e começou a puxá-la com violência para trás, em sua direção. Seu rosto estava pálido, ofegava, a pele da qual despontavam os enxertos se tornara vermelha e lívida. Estava mal, mas continuava a obedecer cegamente às ordens de sua senhora.

Sofia debateu-se, mas foi tudo inútil.

"Não quero morrer!"

Esse pensamento desesperado tomou sua mente e, subitamente, sentiu seu coração cheio de coragem. Algo queimava em sua testa, e o espaço do corredor acendeu-se em uma intensa luz verde. Agora o sentia. *Thuban*. Não teve nem que pensar no encanto. Ramos elásticos como uma teia de aranha brotaram das paredes nuas do túnel e entrelaçaram uma densa rede entre ela e o Sujeitado, paralisando-o. Ele tentou abrir uma passagem com outro braço. Sofia ouvia as garras sibilarem cada vez mais perto. Seu pé doía enlouquecedoramente. Gritou de novo e esticou a mão em direção à língua metálica que o apertava. Tocou-a, e aquela ponta murchou rapidamente, transformando-se em ramo seco. Bastou puxar para quebrá-la e libertar-se. Continuou a rastejar o mais rápido que pôde. Assim que chegou à parte mais alta, levantou-se e correu para longe com o coração na garganta. Mancava e estava esgotada. Não via bem, e o medo estava prestes a levar a melhor. Mas finalmente a brecha na parede chegou; deu um salto para o outro lado e caiu, desabando no chão preto e branco. Seu coração não queria saber de se acalmar e, enfim, se concedeu um minuto de descanso.

Atrás dela ouvia o raspar metálico das lâminas, mas a cada tentativa os golpes ficavam mais fracos e distantes.

"De pé, droga, de pé!"

Levantou-se com dificuldade e recomeçou a fugir. Tentou lembrar o percurso que fizeram na ida, embora, na verdade, tivesse entrado pelas portas ao acaso. Perdeu-se duas vezes, teve que voltar, mas pouco a pouco viu os afrescos nas paredes desbotarem, se tornarem mais vazios. Estava perto da saída.

– Cheguei! Cheguei! – repetia, para tomar coragem, mas, quanto mais a saída se aproximava, mais a imagem de Lidja ferida e esgotada tomava sua mente.

"Conseguirá escapar. Está apenas me dando tempo para ganhar terreno em relação à menina loira. Nós nos encontraremos em casa ou em um lugar seguro."

O gelo da noite acometeu-a, cruel. Estava do lado de fora. O fino pedaço de lua pareceu-lhe uma faca desembainhada, as estrelas brilhavam, impiedosas, no escuro. Um panorama como frequentemente já vira, mas que de repente se mostrava alheio a ela. Não havia nada de tranquilizador naquele céu. Pensou que a história não acabara, que deveria devorar o máximo de estrada possível para se afastar daquele lugar e que poderia descansar apenas quando o fruto fosse recolocado em um lugar seguro. Recolheu as míseras forças que lhe sobraram e desceu o declive que ela e Lidja haviam percorrido pouco antes.

Dentro da caverna, Nida levantou-se e, com um gesto de desprezo, ajeitou sua roupa. Estava claro que diante dela estava uma Draconiana, mas não esperava que fosse tão forte. Se falhasse, seu Senhor não ficaria nada contente. De resto, o fruto estava fugindo no túnel; provavelmente o Sujeitado, esgotado como estava, nunca conseguiria trazê-lo de volta para ela. Tinha que ser rápida.

Lidja estava diante dela, o Olho da Mente brilhando ofuscante na testa. Aquela menina ainda não tinha pleno controle de seus próprios poderes. Devia ter despertado havia pouco tempo, até por-

Uma luta desesperada

que suas asas não estavam completamente desenvolvidas.

– Saia do caminho, você não me interessa – disse-lhe, cortante.

Lidja sorriu. Tudo doía nela, mas não tinha importância. O importante era que o fruto saísse dali e alcançasse o professor.

– Mas você terá que se interessar por mim, porque não vai sair daqui antes de ter me derrotado.

Nida sorriu, sarcástica. A menina não tinha ideia do que estava falando, era óbvio.

O golpe chegou, imprevisto, mas não foi suficiente. Uma pedra se desprendera da parede da caverna e fora lançada na altura de sua nuca. Um golpe mortal para um humano, mas não para ela. A pedra se esfarelou contra uma labareda negra que Nida evocou em torno do próprio corpo.

– Retire-se – sibilou.

Lidja não parava de sorrir. Suas asas perdiam consistência pouco a pouco. Foi graças àquele ataque que Nida entendeu. Rastaban. Era a Adormecida que hospedava Rastaban.

"Não tema, foi o primeiro que ele venceu. Dilacerou-o com suas presas diante de Thuban, que nada pôde fazer. Você tem que detê-la antes que se lembre de tudo; caso contrário, seus poderes despertarão completamente."

A abóbada acima dela começou a se espatifar, e a Pedra na testa de Lidja brilhou de um jeito ofuscante.

A Garota Dragão

A rocha caiu sobre Nida, submergindo-a, pedra após pedra, formando um desmoronamento cada vez mais pesado. A menina, embora no extremo, tentava arriscar tudo. Não apenas seu corpo estava exausto, mas também sua mente. Mesmo assim, continuou, até que na caverna reinasse somente o silêncio.

Lidja ofegava e percebeu um som estrídulo, fino, baixíssimo. Uma primeira pedrinha se desprendeu do monte de pedras, depois outra e outra ainda. Enfim, em uma explosão de chamas negras, Nida emergiu das rochas, terrível, o rosto retorcido em uma risada inumana.

– Você jura que achava que seria suficiente? – disse em um esgar agudo.

Lidja tentou levantar voo, tentou arrancar alguns galhos da árvore que estava na gruta, mas a luz em sua testa começou a pulsar mais fracamente.

Nida avançou em sua direção, implacável.

– Acabou – murmurou.

Simplesmente levantou a mão e por um instante contemplou Lidja nos olhos. O tempo pareceu parar. Chamas negras envolveram seu braço e, pouco a pouco, tomaram mais densidade, esvaindo-se em um roxo intenso. Os olhos de Lidja ficaram grandes de terror.

Nida abriu a palma da mão, e as chamas se espalharam em todo o espaço, transformando qualquer coisa em terra queimada. Lidja foi completamente arrebatada e curvou-se sobre si mesma, achando

Uma luta desesperada

que deveria combater contra o insuportável calor do fogo. Mas as chamas não queimavam. Eram gélidas. O que sentiu foi um frio mortal, terrível, que irradiava da pele até os ossos e de lá chegava ao cérebro, privando-a de toda força. As asas transparentes em suas costas começaram a arder, e, por um instante, pareceu um demônio rodeado de fogo. Berrou de dor, implorando que acabasse logo, que chegasse a inconsciência. Mas Nida não parou. Esperou que suas asas estivessem consumidas por completo e que o Olho da Mente se apagasse totalmente. Só aí fechou a mão.

Lidja caiu no chão, e na gruta reinou o silêncio. O ar estava impregnado do cheiro acre de putrefação, e tudo aquilo que havia de esplêndido ali dentro não existia mais.

Os saltos de Nida estalaram na rocha enquanto se aproximava de sua vítima, que estava deitada, inconsciente. Contemplou-a por alguns instantes. Abatê-la fora simples, exatamente como lhe sugeriram as lembranças de Nidhoggr. Olhou seu rosto extenuado, e depois fez uma careta. Não se demorou muito mais e seguiu pelo mesmo caminho que, pouco antes, haviam tomado a Adormecida e o Sujeitado.

Nida encontrou-o ainda preso na rede de galhos que Sofia havia tecido. Tentava se liberar, mas estava evidentemente no extremo. Não sobrara nenhum rastro da menina. Fez um gesto evidente de irritação. Seu

Senhor a puniria agora, tinha certeza disso. Gritou de raiva, pensando na cara que Ratatoskr faria, no modo servil com o qual se humilharia a ele. Fora ideia sua continuar a missão sozinha, queria que seu Senhor tivesse olhos somente para ela. Queria ver seu companheiro se arrastar novamente sob seus pés, mas claro que não pensara que a situação podia tomar aquele rumo. Então, lembrou-se da menina na caverna. Foi como receber uma iluminação.

Nida se recompôs, e um sorriso plácido desenhou-se em seus lábios. Aproximou-se do Sujeitado e com um dedo tocou a teia de galhos. Bastaram-lhe poucos segundos para incendiá-la. O menino caiu no chão pesadamente. Em breve estaria morto, mas lhe sobrava energia para concluir um último dever. Nida levantou sua face e soprou-lhe no rosto. Os olhos pareceram se reavivar de lampejos vermelhos por um instante. Concordou e arrastou-se, enquanto sua senhora voltava para a caverna.

19
Sentimento de culpa

Sofia lançou-se com muito custo sobre o portão de metal que delimitava a cerca. Conseguiu derrubá-lo, fazendo um estrondo tremendo, e, por causa do empurrão, caiu no chão. Levantou-se quase imediatamente e continuou a correr sem parar nem para retomar fôlego. Pegou a estrada, em uma direção qualquer, e deixou que as pernas seguissem em frente por inércia. Não tinha ideia de aonde estava indo, o importante era acelerar para ir o mais longe possível. A luz da lua estava fraca, e a estrada não era iluminada. Não via nada, a não ser os faróis dos carros que de vez em quando a cegavam. O barulho de uma buzina fez com que ela estremecesse por duas vezes. Começava a não entender mais nada. Enfim, caiu. Com uma das mãos continuou a apertar o fruto consigo, com a outra se apoiou no asfalto. Não aguentava mais.

"Lidja, cadê você, Lidja?"

Precisava das suas asas agora, mas principalmente precisava da sua decisão, da sua segurança, até das suas broncas.

Foi o estridor de pneus no asfalto que a fez voltar a si. Viu os faróis virem até ela.

"Estou morta", pensou, mas estava tão esgotada que não conseguia nem ter medo. Percebeu apenas a ironia de ter escapado da menina loira simplesmente para acabar debaixo de um carro. Mas a pancada não aconteceu, os freios funcionaram normalmente, e o motorista deu uma guinada a tempo. O carro freou bruscamente, enviesado na estrada. O silêncio que se seguiu foi abafado.

Sofia viu a porta se abrir e um sujeito se catapultar para fora, berrando. Não conseguia entender o que estava dizendo.

– Você é louca ou o quê? Você tem noção de que eu poderia tê-la matado?

Viu-o se aproximar e seu rosto mudar aos poucos. A fúria desaparecia e a preocupação aumentava.

– Moro no lago, por favor, me leve até lá...

– Você está bem? O que aconteceu?

Sofia não conseguia mais distinguir os traços de seu rosto, e as palavras chegavam-lhe confusas, desarticuladas.

– Por favor, me leve até a casa no lago...

Pareceu-lhe dizer isso infinitamente, como uma cantiga, enquanto o sujeito lhe pedia para repetir

Sentimento de culpa

porque não conseguia entender. Enfim, pegou-a nos braços e colocou-a no carro. Sofia apertou as mãos sobre o fruto. Seu calor transmitiu-lhe um pouco de força.

– Para o lago, por favor... – repetiu mais uma vez. Depois, lentamente, desmaiou.

Cheiro de antisséptico e médicos. Perguntas, falatórios. Sofia não conseguia articular uma palavra, estava cansada demais para interagir com o mundo exterior. Parecia ver tudo através de um vidro. Lá estava o professor, que a olhava e a abraçava preocupado. E, doutores, remédios que queimavam na pele e até um policial que a observava com pena e plantava dois olhos severos e duros na cara de seu tutor. Sofia não conseguia entender o que estava acontecendo, somente repetia o nome de Lidja, queria saber onde estava, mas não ouvia nenhuma resposta.

O mundo voltou a rodar na velocidade normal somente na manhã seguinte, quando acordou em sua cama. Era um esplêndido dia de inverno, e o sol entrava prepotente pela janela. Todos os músculos do seu corpo gritavam por vingança. Mesmo o simples fato de se levantar do travesseiro lhe causava fisgadas intoleráveis nos braços. Sentia-se fraca, embora houvesse dormido muito, pelo menos ao julgar a altura do sol no céu.

Tentou se levantar; conseguia ficar em equilíbrio com muito custo. Arrastou-se em direção à porta assim mesmo, mas justo naquele momento Thomas a abriu e a segurou pelas axilas.

– Aonde a senhorita está indo? Tem que descansar, absolutamente!

Sofia tentou opor resistência, mas ele levou-a de volta para a cama e colocou-a debaixo das cobertas.

– Onde está o professor?

– Desculpe, não está em casa – respondeu o mordomo sem levantar o olhar.

Sofia teve um pressentimento horrível.

– E Lidja? Quando voltou?

Thomas continuou arrumando os lençóis, fingindo não ter ouvido.

Sofia abandonou-se, extenuada, no travesseiro.

– Você tem que me dizer, eu imploro.

Ele levantou os olhos com um suspiro.

– Não voltou. O senhor está lá fora, procurando. Desde a noite passada. – Antecipou-se ao seu gesto, colocando as mãos em seus ombros, impedindo-a de se levantar. – E confiou a mim a sua saúde, me proibindo expressamente de deixar você se levantar.

Sofia tentou se debater, mas não conseguia.

– Você não entende, você não viu aquela mulher! Temos que encontrar Lidja, temos que salvá-la!

O braço de Thomas manteve-se forte.

Sentimento de culpa

– E o que você acha que pode fazer? Não vê que está completamente sem forças? Não, você tem que ficar aqui.

Sofia foi obrigada a desistir, e quando se abandonou novamente no travesseiro aproveitou a maciez daquelas plumas, um bálsamo para suas costas doídas. Foi então que o sentimento de culpa transbordou. Ela estava ali, descansando, e Lidja sabe-se lá onde estava, e tudo por sua causa. Fora ela que a arrastara para aquela maldita aventura, fora ela que a deixara sozinha na caverna junto com aquela menina loira. As lágrimas acometeram seus olhos, e explodiu em um choro sem freio. Sentiu as mãos de Thomas apertarem seus ombros paternalmente, mas não conseguiu encontrar nenhum conforto. Afinal, não queria ser confortada. Queria sofrer, um pequeno preço que era justo pagar diante do enorme sofrimento que havia causado e que ainda estava causando.

– Coragem... Tenho certeza de que voltarão juntos, você vai ver – disse Thomas a meia-voz, mas Sofia não conseguia acreditar nisso.

O professor Schlafen voltou à noitinha. Sofia ouviu-o abrindo a porta, escutou Thomas lhe dar as boas-vindas. Trocaram poucas palavras em alemão e ela achou que, evidentemente, estavam dizendo algo que não queriam que ela soubesse. Aguçou os ouvidos, mas ouviu os passos de uma pessoa só.

A Garota Dragão

– Não está, não está!

Seu coração batia a mil por hora, enlouquecido. Não conseguiu se segurar. Pulou da cama e, com grande dificuldade, tentou se arrastar até a porta. Mas ela se abriu antes que pudesse alcançá-la. Era o professor, o rosto tenso e a roupa desarrumada, logo ele, que geralmente era tão elegante.

– Que diabos você está fazendo em pé? – disse com tom cansado. Havia uma nota áspera em sua voz, que atingiu Sofia como um soco. Mas passou por cima disso. Saber onde estava Lidja era muito mais importante.

– Lidja?

Ele não respondeu, mas avançou até ela, pegando-a delicadamente pelos ombros. Seu toque era vigoroso e amoroso, como de costume, e Sofia sentiu-se consolada. Mas continuava a não lhe responder.

Levou-a para a cama e sentou-se na ponta, ao lado dela.

– Professor, eu imploro... Onde está Lidja?

– Eu a procurei por toda parte. Estive no lugar onde vocês combateram e na estrada que percorreram voando, em todo canto. Não está.

Sofia apertou os lençóis com violência. Um pensamento terrível começou a abrir caminho na sua mente, um pensamento que ela não podia tolerar e não queria aceitar. Mas estava ali, maligno, despontando.

– O que acha que aconteceu com ela? – perguntou com um fio de voz.

Sentimento de culpa

– Não sei – respondeu ele. Seu olhar estava vazio, sem expressão. Sofia nunca o vira assim, e era terrível. – Você não pode se levantar de jeito nenhum, por favor. Está mal e deveria ter se dado conta disso sozinha. Você precisa de repouso dessa vez, de verdade.

– Mas Lidja...

– Você acha que não a procurarei até encontrá-la? Acha que vou abandoná-la à própria sorte?

Instintivamente, Sofia encolheu-se. Tudo no comportamento do professor, um comportamento tão insólito para ele, a humilhava e fazia com que se sentisse mal.

– Não, mas é culpa minha – sussurrou.

O professor sorriu amargamente.

– Não é, e você sabe disso. De qualquer jeito, a culpa não é somente sua. A culpa é das duas, para começar, porque se jogaram juntas em uma aventura como essa, e, principalmente, a culpa é minha, que não soube proteger vocês.

Aquelas palavras caíram no quarto que nem pedras. Seria melhor se estivesse com raiva, se desse uma bronca nela, como faziam sempre no orfanato, em vez de mostrar aquela frieza e aquele desconforto diante dela. Era intolerável.

Sofia não conseguiu dizer nada. Viu-o deixar o quarto, as costas curvadas de angústia. A porta fechou-se atrás dele com um som triste.

A Garota Dragão

Alguns dias depois, Sofia começou a passar horas e horas diante da Pedra, para ficar curada mais rápido. Thomas a acudia com determinação, cuidando para que não deixasse nada no prato, embora ela não tivesse apetite.

O professor quase nunca estava em casa. Saía de manhã cedo e voltava em horários malucos, quase sempre de madrugada. Sofia não o reconhecia mais: roupa desarrumada, barba desalinhada e cabelo fora do lugar. Emagrecia e se consumia naquela busca sem resultado. Não subia quase nunca até seu quarto, no máximo se informava sobre sua saúde por intermédio de Thomas.

Por um lado, estava feliz que seus encontros fossem tão raros. Não tinha vontade de vê-lo. Não agora que se reduzira àquele estado, e por sua causa. Não conseguia suportar a sua frieza e o espetáculo do seu sofrimento. O professor, até agora, fora para ela um ponto de referência, a pessoa que estava lá independentemente das circunstâncias, o único que tinha sempre uma resposta para tudo e uma solução para todos os problemas. Evidentemente, acreditar nisso fora um erro. Ele era um homem como qualquer outro e, como qualquer outro, errava e sofria.

Assim, Sofia consumia-se na própria dor. À noite, antes de dormir, chorava, e quando ia se tratar com a Pedra olhava a sala vazia com angústia. Lá embaixo ela estivera com Lidja. Só de fechar os olhos, conseguia ver, um por um, os movimentos

Sentimento de culpa

do treinamento delas. Com uma clareza impiedosa, a memória lhe mostrava novamente todos os momentos que passaram juntas. Como a conversa que tiveram aquela vez, assim que chegaram da missão, que lhes permitira encontrar o pingente. Sentiram-se amigas e Lidja apertara sua mão. Tudo começara dali, pensando bem. Aquele dia fora o início do fim.

Uma noite, desceu até a mesa para o jantar. Foi Thomas que lhe deu permissão.

– Não lhe fará bem ficar sempre sozinha, e se não se levantar não retomará as forças. Desça para comer, é o melhor a fazer.

Quando atravessou a porta da sala de jantar de penhoar, percebeu que o professor não tinha nada a ver com aquela decisão. Assim que a viu, de fato, levantou os olhos, surpreso, e lançou um olhar ao mordomo. Ele fingiu não saber de nada.

Sofia recuou, mas Thomas afastou uma cadeira e lhe fez sinal para se sentar. Trouxe todos os pratos juntos, rapidamente, depois saiu da sala e não apareceu mais. O professor e Sofia ficaram sozinhos, cara a cara.

Ela concentrou a atenção no prato. Linguiça e batatas. Um pouco de salada à parte e um pudim de sobremesa. Sentiu o estômago embrulhar. Como poderia ter vontade de comer com Lidja longe, vítima de sabe-se lá que terrível destino?

A Garota Dragão

– Vamos, coma, se não você nunca vai ficar bem.

Sofia estremeceu. Naqueles dias de silêncio, desacostumara-se com sua voz. Obedeceu mecanicamente. Pegou garfo e faca e começou a cortar a linguiça. O barulho dos talheres no prato entristeceu-a. Nunca houvera um silêncio como aquele à mesa. Pelo menos não tão carregado de coisas não ditas.

A primeira lágrima caiu redonda e perfeita no prato. Sofia sentiu que o professor baixava o garfo e a olhava. Mas a distância entre eles não queria ser preenchida. Levantou o nariz e outra lágrima foi molhar o prato. Foi então que ouviu a cadeira se afastando no carpete vermelho e o avançar de passos abafados em sua direção. O professor apertou-a em um abraço e Sofia percebeu o quanto sentira sua falta. Apoiou a cabeça na cavidade de seu ombro e chorou lentamente, como fazem os adultos. E maduro foi o consolo que ele lhe ofereceu.

– Não está morta, caso contrário fariam com que a encontrássemos... Está em algum lugar, talvez nas mãos do inimigo, mas está viva.

Afastou-se e olhou-a nos olhos. Havia novamente decisão em seu olhar. Ajeitou os óculos no nariz, e Sofia sentiu-se alentada. Fazia dias que não o via fazer isso.

– Viva, entende? Viva!

Sofia levantou o nariz mais uma vez.

Sentimento de culpa

– Perdoe-me – murmurou. – Foi realmente tudo culpa minha. Sentia-me culpada porque falhei da última vez e queria remediar a todo custo. É por isso que me convenci a ir sozinha. Não queria que ninguém me seguisse e para impedir isso decidi partir à noite.

– Eu sei – disse ele, olhando-a nos olhos. Sua voz estava rachada.

Sofia engoliu em seco. Tinha que lhe dizer toda a verdade, se libertar.

– Mas ela me descobriu e quis vir comigo. E eu sabia que estávamos fazendo uma coisa errada, senti que acabaria mal, mas não quis parar! Achamos que era tarde demais e fomos.

Não conseguiu prosseguir. Baixou os olhos com vergonha, com o sentimento de culpa queimando seu peito.

O professor acariciou seus cabelos, olhou-a com doçura, exatamente como sempre fazia, e Sofia sentiu-se alentada.

– Não fique mais com raiva de mim – acrescentou, enfim.

O olhar do professor ficou amargo.

– Eu não estou com raiva – disse, cansado. – Ou, pelo menos, não estou com raiva do que você está pensando. Você errou, óbvio, mas como eu disse, a culpa não é só sua. E, mesmo se fosse, a punição que você está sofrendo é grande até demais para o seu erro. Não, Sofia, não estou com raiva porque você me desobedeceu ou porque acho que a responsabilidade pelo que aconteceu seja sua. Não, eu estou sentido.

Disse isso com um sofrimento tal que para Sofia foi como se ele tivesse lhe dado um tapa.

– Sinto muito que você não tenha confiado em mim, que pôde achar que proibi uma coisa não para o seu bem, mas porque queria simplesmente contrariá-la. Sinto ter falhado no meu dever, porque não apenas não consegui proteger você e Lidja, mas também nunca consegui fazê-la entender o quanto gosto de você. Eu não sou somente seu Guardião, sou a pessoa que decidiu criá-la, que decidiu substituir seus pais. Mas não consegui fazê-la entender o que é certo e o que não é, não consegui lhe passar essa simples lição.

Observava-a com o mesmo olhar vazio que tivera em todos aqueles dias de silêncio, e Sofia entendeu perfeitamente o que sentia e quão profundamente o ferira. Gostaria de voltar atrás, apagar aquela noite de pesadelo e todos os dias escuros que a seguiram. Mas não podia. E esta era a lição mais profunda que estava aprendendo daquela história terrível: que nossas ações, até as mais insignificantes, sempre têm consequências. Para cada escolha existe um preço, frequentemente alto.

Tentou não confundir, entre as lágrimas, aquilo que queria dizer.

– Não é falta de confiança em você, professor. Talvez você seja a única pessoa no mundo em quem eu confio. É... – Era difícil, terrivelmente difícil e doloroso. – É falta de confiança em mim mesma. É que não acredito em mim nem em Thuban. É por isso que fui lá e fiz uma coisa tão imprudente.

O professor ficou em silêncio, mas seu olhar estava atento.

– Eu sei – disse pouco depois. – Mas eu vi o lugar onde vocês combateram e os restos da batalha. Você usou Thuban, não é? Você se debateu como um leão e trouxe de volta o fruto, você tem noção disso?

– Mas serviu para quê? – rebateu Sofia. – Lutei contra o menino e descobri como usar o poder de Thuban, mas não serviu para nada. Lidja sumiu, e fui eu que a deixei nas mãos do inimigo. Fui inútil, como sempre.

Tentou arrancar as lágrimas dos olhos com as mãos, mas não conseguiu. Eram muitas, e, a essa altura, estava com as bochechas todas molhadas.

– A vida nunca é como queremos, Sofia. Para cada conquista há uma perda. Mas mesmo a dor serve para crescer e entender o que fazer da próxima vez. Não é verdade que você foi inútil.

Sorriu, e Sofia sentiu-se derreter. Não merecia seu perdão e sua compreensão. Era mais do que poderia desejar. Afundou o rosto em seu peito e chorou, mas com o coração mais leve.

Foi aí que Thomas entrou esbaforido, trazendo-lhes a notícia.

20
O Sujeitado

Senhor!

O professor Schlafen soltou-se do abraço de Sofia e virou-se em direção à porta. Thomas entrara sem bater e agora estava de pé, firme, na soleira, evidentemente constrangido por causa daquela intromissão imprevista.

– Há algo na margem que o senhor deve ver de qualquer maneira! – acrescentou, com uma voz vibrante de preocupação.

O professor dirigiu-se a Sofia:

– Fique aqui – disse, sério.

Ela sacudiu a cabeça.

– Não, por favor, me deixe ir com você.

Schlafen olhou-a, resignado, pois sabia que não conseguiria convencê-la. Então, encaminhou-se para a porta de entrada, pegando seus sobretudos.

O Sujeitado

Estava abatido na beira do lago, ofegante. Sofia escondeu-se atrás das costas de seu tutor e observou-o de longe, levantando a gola do sobretudo. Era terrível revê-lo, embora houvesse algo nele que inspirava pena. Estava tão mal-ajambrado que quase parecia um animal moribundo. O professor fez sinal para que ela não se mexesse, depois avançou com cautela.

– O que quer? – perguntou em voz alta, mantendo-se a certa distância.

O menino levantou a cabeça com dificuldade. Sofia sentiu um aperto no coração. Suas asas, tão terríveis, mas a seu modo tão bonitas, estavam metade destruídas. Aqui e ali, a fina membrana metálica esticada entre as garras estava dilacerada, e o metal estava opaco e manchado de ferrugem. O mesmo valia para os aparatos que rangiam, espalhados por seu corpo. Porém, o pior era a pele, quase totalmente lívida. Onde os enxertos estendiam seus ganchos, estavam visíveis pequenos pontos vermelhos, dos quais pingavam gotas de sangue que brilhavam sob a luz pálida da lua. As veias transpareciam, sulcando seu rosto, enquanto a boca estava rachada, e a respiração era quase um gemido. Até o vermelho dos seus olhos estava apagado. Era uma criatura que chegara ao extremo, e seus senhores decidiram abandoná-la ao próprio destino, agora que não servia mais aos objetivos deles.

Quase sem pensar, Sofia aproximou-se para socorrê-lo.

– Não! Pode ser uma armadilha! – gritou o professor, detendo-a por um braço.

Ela ficou em silêncio e limitou-se a olhá-lo. Certamente tratava-se de uma trapaça, mas não podia fazer de outro jeito. Schlafen entendeu e, aos poucos, a pegada se afrouxou, até deixá-la livre.

Sofia avançou lentamente em direção à margem. O menino tentava se levantar, mas seus braços pareciam não suportar o peso do corpo; assim, a intervalos, acabava com a cara na lama, quase incapaz de respirar. Ela esticou as mãos para segurá-lo, hesitando apenas por um instante. Nunca o tocara antes, e uma sensação de asco invadiu-a. O metal sempre fora o elo entre eles e, quando tocou sua pele, achou-a insolitamente gelada. Exatamente como a de um cadáver, pensou.

– Agora nós o ajudamos...

Não teve tempo de terminar a frase, porque sentiu sua mão ser agarrada em um apertão tremendo, que a paralisava no chão. O menino agarrara-a com violência e, agora, fitava-a com seus olhos em brasa, sem que ela pudesse fazer nada. Perseguira-a, exatamente como um caçador a uma presa. Seu rosto estava quase transfigurado, e o sorriso maligno fazia dele uma máscara de puro ódio. Sofia deixou-se tomar pelo pânico. Aquele não era ele. Algo ou alguém se apoderara daquele corpo, e agora a tinha à sua mercê.

O Sujeitado

– Sofia!

A voz do professor e a do mordomo chegaram-lhe distantes, como se viessem de outro mundo. Os passos frenéticos sobre as folhas secas da margem foram a última coisa que ouviu.

– Nós nos reencontramos, Thuban...

A voz do menino era inumana, rouca e cavernosa. Em tudo ao redor, havia somente o vazio e uma escuridão sem fim. Sofia arrepiou-se assim que o reconheceu. A eternidade não bastaria para esquecê-la.

– Finalmente o momento chegou. As feridas que lhe inferi ainda queimam na sua alma. Vejo que a minha vitória sobre você está próxima.

O corpo de Sofia teve um espasmo. Sentiu a carne se dilacerar com os golpes de Nidhoggr e reviu a planície, Lung indefeso atrás da rocha, as fauces da serpe que massacravam o corpo de Thuban. Apertou os olhos, tentando não ser dominada por aquelas lembranças intoleráveis.

– Você decidiu sobreviver no corpo de uma humana incapaz, mas isso não o salvará do seu destino. São trinta mil anos que velo no silêncio, pensando na minha vingança. Você vai pagar caro por ter me acorrentado nas vísceras na Terra.

Sofia sentiu as forças lhe faltarem. Só o contato com aquele corpo dominado pelo mal eterno sugava qualquer energia. Embora o que estava diante dela fosse somente uma imagem de Nidhoggr, era mais que suficiente para paralisá-la completamente. Era o preto da noite, o preto do medo. O pesadelo daquele nada que engolia o mundo inteiro em uma espiral de violência fez o sangue dela gelar nas veias.

– A ilusão de um poder absoluto corroeu a sua natureza. Não serviram para nada todos esses anos de cativeiro – murmurou, com uma voz que não lhe pertencia.

Nidhoggr deu uma risadinha.

– Nem você mudou, apesar do aspecto que está usando.

A serpe tomou um longo fôlego, e Sofia gritou quando a viu entrefechar os olhos, antegozando o sabor de sua carne, mas nenhum som saiu de sua boca.

– Tenho Rastaban comigo – prosseguiu Nidhoggr, abrindo-os novamente. – Exatamente como daquela vez, quando o matei diante dos seus olhos.

A imagem de um dragão vermelho, potente e lindíssimo, preencheu as lembranças de Sofia. Sentiu, na profundeza do seu espírito, o quanto eles dois foram amigos e companheiros fiéis na luta. Então, o vermelho das escamas confundiu-se com a cor do sangue, e reviu Nidhoggr agir com ferocidade no corpo extenuado de Rastaban. A indignação de Thuban percorreu suas veias. Somente tempos depois, soubera que seu amigo se unira em espírito com um humano, mas isso não aplacara sua raiva em nenhum modo. Agora, era Lidja sua guardiã, e, quando Sofia a viu nas garras do inimigo, pronta para anulá-la, entendeu.

– Quero o fruto, Thuban – disse Nidhoggr com voz arrogante, enquanto a visão daquele massacre dissolvia-se como fumaça na neve. – E, você, a vida de Rastaban. Proponho uma troca justa. Você tem uma semana a partir de agora. Depois disso, ele e a menina virarão comida para mim e meus filhos. Espero você na Mansão Mondragone daqui a exatos sete dias: ou perder seu amigo para sempre ou desistir de salvar a Árvore do Mundo.

Sua risadinha ressoou no ar e, em seguida, tudo desapareceu, explodindo nas cores apagadas da noite. Sofia desabou no mundo real de repente, e isso aturdiu seus sentidos. Sentiu-se cair, mas encontrou duas mãos fortes segurando-a.

– Sofia! Você está bem?

A voz do professor teve o poder de trazê-la de volta a si completamente. Concordou.

– Sim, sim... Foi horrível, mas agora está tudo bem.

Olhou o menino. Seus olhos retomaram uma cor doentia e desbotada. A essa altura, sua hora chegara.

– Temos que fazer algo por ele, professor, ele não tem nada a ver com os nossos inimigos! – disse, de um fôlego só.

– Não sei se sou capaz...

– Professor, suplico-lhe!

A Garota Dragão

Schlafen olhou Thomas e depois o menino, que gemia na beira do lago.

– Tentarei fazer o possível.

Levaram-no lá embaixo, no *calabouço*, vendando-o por segurança. Foram até a sala da Pedra e lá o professor pediu para trazerem uma caixa de madeira. Quando a abriu, Sofia viu uma série de instrumentos de metal, dispostos em ordem.

– Acredito em você – disse com um fio de voz. Estava cansada, mas precisava assistir, para se assegurar de que pelo menos aquela vítima inocente poderia se salvar.

Ele sorriu-lhe incerto, a testa já úmida de suor.

– Espero que a sua confiança nas minhas capacidades não seja mal correspondida. Temos pouco tempo, e para mim é a primeira vez – disse, pegando um bisturi fino e uma pequena ampola de vidro.

Foi até a relíquia, inclinou-se e murmurou algo em voz baixa. Quando fez uma incisão delicada na Pedra, Sofia percebeu um sofrimento vivo no fundo da alma. Uma minúscula gota caiu na ampola com um brilho ofuscante. Parecia branca e grudenta como a seiva das árvores. Ali estava, o néctar precioso da Árvore do Mundo.

– Você a machucou? – perguntou, pensando na Pedra como se fosse uma entidade que pudesse sofrer.

O professor balançou a cabeça, absorto.

O Sujeitado

— Esta é a Resina Dourada, a substância que antes dava vida à Terra. A Pedra pode reproduzi-la em pouco tempo, se tirarmos dela um pouco de cada vez. Até amanhã terá recomposto essa gota que lhe roubei.

Depois, aproximou-se do menino. Colocaram-no sobre uma mesa, as asas tocando o chão, murchas. Sua respiração estava cada vez mais cansada, seu colorido, cadavérico. Estava deitado de barriga para baixo, e, ao longo da coluna vertebral, Sofia observou com relutância os ganchos que afundavam em sua carne, como vários pequenos dentes.

— Bem, pelo que eu saiba, todos os enxertos têm um só corpo central — disse Schlafen, ajeitando os óculos duas vezes. Estava tenso, via-se. — Os livros dizem que se encontra no pescoço, e controla a armadura toda. Basta desprendê-lo e está feito. Mas, na prática, não sei onde está.

Sofia sentiu seu estômago apertar por causa da agitação.

O professor estudou bem a nuca do menino e, enfim, se decidiu. Com uma pipeta de vidro aspirou a Resina Dourada da ampola e, em seguida, derramou-a sobre a primeira vértebra metálica.

— Tomara que seja o ponto certo. Não teremos outra chance.

A gota foi absorvida quase de imediato, e, inicialmente, nada pareceu acontecer. Então, um rangido de metal enferrujado deu início à transformação. As asas e os enxertos nos braços se retraíram, até que, com uma velocidade espantosa, cada dente colapsou sobre si mesmo, deixando apenas uma espécie de grande barata metálica apoiada no pescoço. Após alguns instantes, ela também enferrujou e caiu no chão, com um som de lata velha.

O professor e Sofia inclinaram-se para olhá-la, com uma expressão de desgosto no rosto.

– Feito – disse ele, em tom de vitória.

Estudaram-se por um instante, e Sofia literalmente pulou em seu pescoço. O menino ainda estava pálido, mas o roxo da pele lentamente se transformava em um colorido rosado.

– Você o salvou. Obrigada, professor – disse ela, comovida.

Schlafen corou, embaraçado.

– Bem, os Guardiões também servem para alguma coisa – esboçou com modéstia. Depois, olhou-a, sério. – O que aconteceu no lago?

Sofia sentiu um peso terrível comprimir seu peito. Fechou os olhos, tomou força e contou-lhe, de um fôlego só.

O professor escutou em silêncio. Viu-a tremer quando descreveu o último combate entre o dragão e a serpe. Ele não tinha memória disso; em sua mente sobreviviam apenas as noções de todos os Guardiões que o precederam, não as lembranças deles. Todavia, tentou animá-la de algum jeito. Quando a menina terminou, abraçou-a docemente para que sentisse que não estava sozinha. Sofia suspirou duas vezes em seus braços e ficou em silêncio.

"É hora de acabar com essa história", pensou. Estava cansada de se deixar dominar pelo terror. Tinha que se dar força; caso contrário, não faria nenhum sentido ter aceitado o próprio destino.

– Quais são as suas intenções? – perguntou o professor.

Sofia não ficou espantada com aquela pergunta. Sabia o que aquelas palavras queriam dizer.

– Quero fazer algo, mas não poderei intervir enquanto não estiver totalmente curada. Não posso me dar o luxo de perder tanto o fruto quanto Lidja desta vez. Outro erro e será o fim.

Schlafen olhou-a com atenção e concordou.

– Torço para que não me diga isso só porque é o que eu espero de você.

– Estou convencida disso, professor – afirmou ela. – Aprendi a lição, mas também preciso da sua ajuda, não posso conseguir sozinha.

– Tudo bem, então me diga qual é o seu plano.

Sofia dessa vez não soube o que dizer. Não havia pensado nisso.

Na verdade, àquela altura, esperava que fosse ele que falasse. Enfim, mostrara ter entendido a lição, agora cabia ao professor tomar as rédeas da situação. Mas ele estava quieto.

– Eu... eu não sei – respondeu, por fim. – A única coisa que quero é que Lidja volte sã e salva para nós.

– Você levará o fruto para eles?

Sofia esforçou-se para pensar. Era mesmo o caso de deixá-la decidir sozinha novamente?

O silêncio que se seguiu fez com que entendesse que era hora de ir em frente.

– É culpa minha que Lidja esteja nas mãos do inimigo, e é meu dever libertá-la. Não posso permitir que morra. Portanto, sim, talvez dê a eles o que querem.

– Se Nidhoggr o pegar, Lidja será salva naquele momento, mas não em longo prazo. Se Nidhoggr vencer e a Árvore do Mundo perder seus frutos, ninguém poderá se salvar, Sofia.

A menina suspirou. Parecia um maldito beco sem saída. As imagens que Nidhoggr lhe mostrara eram intoleráveis, principalmente porque pareciam desgraçadamente *verdadeiras*. Era como se ele tivesse lhe mostrado o futuro, um futuro terrivelmente parecido com um passado de que se lembrava bem até demais. Nidhoggr tinha razão. Ela e Thuban não tinham escolha.

– Professor, ainda não sei como, mas vou trazer os dois para casa. Prometo.

O professor entrefechou os olhos e analisou-a.

– Confio em você. Sei que vai conseguir, e talvez eu tenha a solução sob medida para o nosso caso

— disse com um sorriso. — Certamente não pretendo ficar de braços cruzados.

Passou a mão nos cabelos ruivos dela.

— Estou orgulhoso de você, está crescendo.

Sofia corou. Não lhe parecia ser verdade, mas era bom demais escutá-lo dizer isso.

Os dias sucessivos foram um verdadeiro tormento. Os terríveis presságios de Nidhoggr povoaram seus pesadelos noturnos sem lhe dar trégua, e a espera logo ficou enervante.

O menino que salvaram, no entanto, melhorava rapidamente. O professor e Thomas vasculharam os jornais dos últimos meses à procura da notícia de seu desaparecimento. Esperavam descobrir a identidade dele para levá-lo de volta para sua família. Somente após longas buscas, apuraram que se tratava de um tal de Mattia, desaparecido em uma noite dois meses antes. A polícia o procurara inutilmente, fazendo hipóteses de sequestro. Sua mãe ficara desfalecida e, ao despertar, não se lembrava de nada do que havia acontecido, mas os indícios de arrombamento encontrados no banheiro diminuíram as esperanças de encontrá-lo ainda com vida.

Sofia percebeu que havia sido recrutado antes mesmo que ela fosse contatada pelo professor e, ao pensar isso, sentiu um arrepio percorrer sua espinha. Era como se Nidhoggr estivesse sempre um passo à frente deles, como se se antecipasse a eles e soubesse coisas que não sabiam.

– Nidhoggr não é mais forte – disse-lhe o professor, uma noite. – É você que acredita nisso, porque ele quis que acreditasse. O medo é um instrumento com o qual ele paralisa suas vítimas e é a mesma arma que está usando contra você. Mas, se conseguir não ser tomada pelo pânico, é como ser atingida por uma arma sem ponta.

Sofia não se sentiu consolada por aquela observação. Quem, mais do que ela, era vítima do medo? Durante toda a vida, a única coisa que fez foi ter medo: da escola, dos médicos, do vazio, mas principalmente de si mesma. Agora também se sentia paralisada pelo temor de falhar, de se ferir e de morrer. Até o dia da cura que se aproximava a enchia de angústia. Sabia que, naquele momento, descobriria quem realmente era, e algo no fundo de seu coração dizia-lhe que demonstraria somente a própria mediocridade, a própria incapacidade de fazer algo de bom. E o preço da descoberta seria terrível. A vida. A sua e a de Lidja.

Certa manhã, aproximou-se do menino, deitado diante da Pedra, e olhou-o. Não despertara desde que o professor lhe tirara o enxerto, mas estava evidentemente melhor. As marcas deixadas pelos ganchos estavam cicatrizando, e ela sentiu-se orgulhosa. No fundo, era mérito seu também ele ter se salvado. Pegou sua mão e notou que finalmente estava morna como a de um ser humano normal. Àquele contato, Mattia abriu os olhos.

Por um instante, Sofia teve medo de encontrar o olhar cruel do Sujeitado, mas contemplou uma cor amendoada, calorosa, calma e inofensiva.

– Oi – disse timidamente.

O menino analisou-a.

– Quem é você? – perguntou com uma voz cansada.

– Sofia – depois acrescentou: – A pessoa que o salvou.

O menino entrefechou os olhos já cheios de lágrimas e engoliu em seco.

– Onde estou? Você também é uma bruxa?

– Não, eu... – Mas... O que ela era? Que sentido tinha explicar que era uma Draconiana para uma pessoa que nunca poderia entender, uma pessoa que pertencia a um mundo totalmente fechado para ela? – Eu estou do lado do bem – disse, enfim, não encontrando nada melhor.

Porém, Mattia pareceu assustado mesmo assim e apertou sua mão.

– Foi terrível. Era tudo tão escuro e frio... Não havia nada em lugar nenhum, eu boiava naquela espécie de gelatina negra e gritava, gritava, e ninguém me ouvia!

Sofia notou o sofrimento que oprimia seu espírito.

— Mas agora tudo acabou, entendeu? Agora está tudo bem.

Mattia engoliu em seco novamente, em seguida abriu os olhos e olhou-a, desesperado.

— Isso não é a realidade, é? É só um pesadelo, e eu estou prestes a acordar. Amanhã estarei de novo na escola, Giada me olhará mal, meus colegas tirarão sarro da minha cara. — Riu, uma risada desesperada e sem alegria. — Droga, nunca pensei que ficaria feliz em encontrar tudo isso de novo.

Sofia fechou os olhos por um instante. Ela também tivera a chance de rebobinar a fita. Se tivesse dito não ao seu destino, se tivesse voltado para o orfanato, tudo o que acontecera naqueles meses não teria acontecido. Poderia despertar em sua cama, ouvir Giovanna chamando-a e arrepiar-se diante de irmã Prudenzia. Sentia falta da sua vida insignificante, do livro chato que era a sua existência. É bom saber sempre o que nos espera, é bom também não alimentar aspirações. Não existe o risco de vê-las despedaçadas.

Abriu os olhos e sorriu.

— Sim, Mattia, é tudo um pesadelo.

Ele também sorriu, depois ficou inconsciente. Evidentemente, aquela frase deve tê-lo acalmado, porque agora seu sono era doce e profundo. Era aquele tipo de descanso que, no despertar, nos deixa mais aturdidos do que quando fomos nos deitar.

O Sujeitado

Sofia soltou sua mão e chorou sem vergonha. Para ela, não havia possibilidade de um sono assim.

Na noite seguinte, Sofia e Thomas levaram Mattia para perto de sua casa. Ainda estava adormecido quando o acomodaram em um banco que se encontrava bem em frente à porta.

– Queria vê-lo voltar para sua vida de sempre – dissera Sofia ao professor, e ele, enfim, não achou nada a que se opor. Confiava em Thomas, e, de todo jeito, demorariam pouquíssimo.

Antes de saírem, explicara-lhe que o menino não se lembraria de nada do que acontecera. A Pedra apagava as lembranças de quem não era um Draconiano, e aquilo significava que Mattia esqueceria a frieza da maldição de Nidhoggr, mas também o rosto de sua salvadora.

– Não se lembrará de mim nem em sonho? – perguntara Sofia.

– Nem em sonho – foi a resposta.

Sofia pensou que o esquecimento não era uma condenação, mas uma bênção. Esquecer era uma terra prometida onde ela nunca poderia colocar os pés.

Quando Mattia acordou, Thomas e Sofia se esconderam atrás de uma cerca e espiaram toda a cena. Viram-no olhar em volta com ar confuso. Talvez se perguntasse que fim teria levado o dia, ou se lembrasse vagamente da menina loira...

A Garota Dragão

Sofia ficou espantada com o quanto seu corpo era desengonçado quando se mexia. Não era nada parecido com o inimigo com quem se debatera. Viu-o avançar até a entrada e bater devagar. Espiou com inveja a cena da mãe que abria a porta, analisou em cada detalhe as emoções violentas que se passaram em seu rosto. Com dor, invejou o longo abraço com o qual a mulher envolveu o filho. Depois, a porta se fechou atrás deles, e ela ficou encantada, olhando-a por alguns minutos.

– Temos que ir, senhorita, é perigoso ficar fora da barreira por tempo demais – sussurrou Thomas.

Sofia concordou, triste. Levantou-se de trás da cerca e soube que o dia seguinte seria o dia do seu veredicto.

21
Na casa do inimigo

O professor fitou-a por um longo tempo. Alisou seu sobretudo, arrumou o cachecol em volta do pescoço e pareceu olhá-la como se fosse a última vez.

– Professor, tenho que ir...

Sofia não conseguia mais tolerar aquele zelo. Já estava aterrorizada por si só, e aqueles comportamentos de despedida estavam colocando nela uma angústia imensa.

– Sim, sim – disse o professor, sobressaltando-se. Colocou em suas mãos uma pequena bolsa de veludo azul. – O fruto está aqui.

Ela apertou a bolsa no debrum. A vida de Lidja estava lá dentro.

Uma rajada de vento fez as árvores gemerem, além do grande portão de tufo. Sofia segurou o cachecol e, com a ponta dos dedos, tocou a sobrepeliz embaixo do casaco.

Fora uma ideia do professor.

– Nesses anos em que a procurei, estudei tudo o que Dracônia deixou para trás – dissera, fuçando dentro de um grande baú, lá embaixo, no *calabouço*. Pegara um objeto que lembrava um corpete de couro. Era liso, de uma cor indefinida entre o marrom e o preto, mas no centro do peito havia algo brilhante, Sofia quase diria que era algo vivo.

– É uma relíquia antiquíssima de Dracônia que encontrei na minha terra. Tem trinta mil anos.

Ela olhara-a, incrédula. Suas reminiscências de história lhe diziam claramente que não existiam artefatos de couro, ou outro material orgânico, tão antigos.

– É de escamas de dragão – explicara o professor, antecipando sua pergunta.

– Você está me dizendo que, para fazê-lo, foi preciso sacrificar um dragão?

Seu tutor sorrira.

– Os dragões trocam de couro duas vezes em suas vidas. Quando abandonam a velha, pode-se pegá-la e trabalhar. O povo de Lung fazia isso.

Sofia sentiu-se reconfortada.

– Este é justo um dos artefatos deles. Está vendo aqui? – O professor indicara o ponto luminoso no centro. Sofia aproximara-se para olhar melhor. Parecia um pequeno talismã de vidro, dentro do qual algo pulsava como um coração. – É um frag-

Na casa do inimigo

mento de folha da Árvore do Mundo. Obviamente se secou quando Nidhoggr roeu as raízes da planta, mas mantém seu poder intacto.

Sofia fixou os olhos nos do professor, curiosa para ouvir o resto.

– Esse corpete foi criado para proteger do poder das serpes, viu todas as batalhas e sobreviveu até ao último embate.

Aquelas palavras lhe suscitaram um amálgama de sentimentos indistintos de alegria e dor. Não saberia explicar por quê, mas no fundo da alma sentira fluir o desejo de lutar com todas as suas forças.

– Claro, agora seus poderes diminuíram muito. Mas, enquanto a Árvore do Mundo não estiver completamente destruída, esta pequena folha também está à espera de reencontrar seus frutos e voltar para uma vida nova.

– Isso significa que posso levá-lo comigo?

O professor concordara.

– Refleti sobre a descrição do combate que você e Lidja tiveram que enfrentar e achei que talvez esse corpete possa resistir às chamas negras da menina de quem você me falou. Não posso garantir que realmente consiga, mas ainda é melhor que nada, não?

Quando Schlafen ajudou-a a vesti-lo, Sofia achou-o logo desconfortável. Para começar, não era de seu número. Aquele corpete fora feito para um adulto,

A Garota Dragão

não para o físico pequeno de uma menina como ela. Mesmo apertando os inverossímeis laços laterais, continuava a ficar largo nos ombros e nos quadris. Alem do mais, era comprido, e isso não lhe permitia muita liberdade de movimento. Quando se viu no espelho, sacudiu a cabeça. Parecia a caricatura grotesca de um escudeiro que, para brincar de herói, roubara a armadura de seu senhor. Mas, apesar de tudo, sentiu-o seu. Era um objeto que pertencera a seus antepassados, era como usar um pedaço de História. A *sua* História, e isso lhe deu coragem.

– Preste atenção, certo? – A voz do professor rompeu o fio dos seus pensamentos.

Chegara o momento.

– Não tema, não farei mais bobagens – prometeu Sofia.

Depois, virou-se. Diante dela, havia uma estrada de terra estreita entre duas fileiras de antigas oliveiras. No chão, a lua mal iluminava as raízes das árvores que cortavam o solo e disputavam o espaço livre. Mais além, meio escondida pelas copas das árvores, entrevia-se a silhueta da mansão. Sofia sentiu toda a decisão de pouco antes evaporar de repente. Sua boca ficou seca, e ver seu tutor olhando tão confiante para ela a aterrorizou. Em que se baseava aquela inabalável certeza, visto que ela não a tinha?

"Pare de choramingar."

Na casa do inimigo

– Vou – disse com um fio de voz, e atravessou o portão sem se virar.

O vento começou a soprar cada vez mais forte. O sobretudo de Sofia voava para todos os lados e não adiantava segurá-lo firme com a mão. O caminho era em aclive e, com o ar gélido que chicoteava os olhos, ficava ainda mais difícil percorrê-lo.

Tudo tinha um aspecto lúgubre naquela noite. O gemido do vento, os turbilhões de poeira e folhas mortas que se levantavam do chão, até a figura maciça da mansão pareciam ameaçar seus passos. Mas ela sabia que era somente sua imaginação. Era o seu medo que distorcia os contornos das coisas, junto com a clara percepção de que ali, em algum lugar, estava Nidhoggr. Não em carne e osso, claro, mas em outro formato. Seu espírito pairava entre as árvores, vagava nos salões vazios e olhava das janelas abertas. Esperava-a e se aproveitaria de todos os seus passos em falso. Procurou Thuban na profundeza de seu espírito, mas apenas um silêncio congelante respondeu. Nada. Estava aterrorizada.

Custou a chegar ao largo, diante do grande portão de metal. Estava apenas encostado e deixava entrever um pedaço de escuridão ameaçadora.

Sofia não conhecia aquele lugar. Era a primeira vez que ia até lá em sua vida e nunca nem ouvira

A Garota Dragão

falar dele. O professor dissera-lhe que era uma das mansões mais lindas ao sul de Roma, talvez não a mais famosa, mas certamente a mais singular.

– É uma espécie de pérola escondida, construída sobre antigos alicerces romanos. Acredita-se que, abaixo dela, ainda haja uma mansão daquela época.

– Por que Nidhoggr a escolheu?

– Não sei dizer com certeza, mas foi aqui que vocês lutaram em um passado remoto, e talvez seja um lugar que tenha um significado para os Draconianos.

Sofia olhou o porão, tentando trazer alguma recordação à superfície. Porém, naquela noite, parecia que Thuban estava se fazendo de rogado. Empurrou um dos dois batentes, e o rangido misturou-se ao sibilo do vento que passava através da fresta da porta. Os cabelos se desarrumaram e acabaram na sua boca. Apressou-se em entrar e fechar o portão atrás de si.

Para sua surpresa, não foi parar em um ambiente fechado. Na verdade, havia um telhado sobre sua cabeça e dois portões de ferro nos lados. Mas diante dela abria-se um pátio bastante amplo, rodeado por olmos completamente nus. Ao fundo de um caminho de pedras, estava a entrada propriamente dita: uma ampla varanda de vidro que lhe fazia lembrar certas estações de trem do século XIX que havia visto nos livros da escola. No alto, um relógio marcava 11h59, um horário que Sofia achou fatal por alguma estranha razão. Seus passos retumbavam no ambiente, e, de vez em quando, era obrigada a se virar de lado para respirar. O vento era tão forte que lhe tirava o fôlego. As frondes dos olmos estalavam, enquanto um cortejo de folhas secas dançava no ar.

Assim que chegou à metade do corredor, o ponteiro dos minutos avançou sobre as doze. Um sino badalou em intervalos regulares com um som lúgubre. Sofia conhecia aquele som: no orfanato acontecera de escutá-lo, e as freiras lhe explicaram que aqueles eram sinos de luto. O vento parou subitamente, as folhas caíram no chão de repente, como se fossem de chumbo, e uma calma inatural tomou posse de tudo.

Sofia ficou congelada no lugar. Tudo estava envolvido em uma atmosfera irreal. Não se ouvia nenhum barulho, exceto as batidas do relógio, enquanto os galhos das árvores pareciam mãos esticadas em busca de ajuda. Olhou o relógio com olhos arregalados e percebeu estar em uma armadilha. Não havia jeito de sair. Morreria e, ainda por cima, inutilmente. Havia sido um erro ir até lá.

Olhou a porta de onde viera. Tinha que atravessá-la e ir embora.

"Acalme-se. Afinal, você sabia o que estava indo encontrar. Você já fez a sua escolha, e Thuban está com você. Você está aqui, agora vá em frente", disse a si mesma.

Virou-se novamente e tentou assumir uma carranca decidida. Percorreu todo o pátio esforçando-se para não correr, contando, a cada passo, o número dos toques. Sentia o coração bater loucamente, não entendia de onde vinha aquele som. Não parecia ter visto torres desse tipo na mansão, mas aqueles sinos cobriam o barulho de seus passos. De esguelha, entreviu as sombras se alongarem lentamente no pátio, mas, antes que o medo ganhasse vantagem novamente, chegou. Colocou a mão na maçaneta e puxou-a para si. Nada. A porta não se mexeu um milímetro. Estava fechada, e Sofia sentiu-se perdida.

– Não, não!

Começou a puxá-la com violência, tomada pelo pânico. Talvez devesse esperar ali em frente até que viessem buscá-la. Talvez a agarrassem pelos ombros e a matassem sem que ela tivesse tempo de se dar conta do que estava acontecendo. Faltava apenas um toque, o que aconteceria depois?

Virou-se. Viu quase por acaso uma abertura lateral, um pequeno arco que levava ao pátio externo, e, sem mais demora, correu em direção ao único caminho de fuga. Melhor enfrentar as sombras. Quando a última batida ecoou no saguão, ela já estava fora, na escuridão da noite.

Fizera tudo rapidamente, seguindo o instinto. Nem olhara para onde estava correndo e parou apenas quando sentiu o fôlego faltar. Encontrava-se em um corredor de cercas vivas de um jardim à italiana. O professor lhe dissera que uma parte da mansão era usada para congressos. Certamente acabara naquela área. Mas aquela ordem toda, aquela perfeição, em vez de reconfortá-la, lhe transmitiram uma sensação de frieza. A lua iluminava a parte alta das cercas, que pareciam estar cobertas por uma fina camada de poeira. De dia, deveria ser um lugar fantástico, mas agora parecia quase abandonado e estranho. À sua esquerda, havia um alpendre, separado do exterior por um muro de pedra alto. Sofia olhou-o com tristeza. Tinha um quê de definitivo. Não só não protegia a mansão, mas também, ao contrário, prendia-a em uma armadilha.

Deu alguns passos à frente, investigando a escuridão a fim de tentar entender para onde ir. Dessa vez não havia outras passagens, e só depois de um tempo notou, no fundo do pátio, uma construção semicircular que lhe fez lembrar das coxias de um teatro. Duas escadarias conduziam a um parapeito superior com um balcão de tufo. Aproximou-se lentamente, com os pés que faziam estridular o calçamento de pedras. A hera havia trepado por toda parte, virulenta, expandindo-se até o chão, sobre um piso de mosaicos brancos e pretos. Ela não precisou olhar com mais atenção para entender o que o desenho representava. Sabia com clareza, como se o tivesse tido sempre diante dos olhos: era uma serpe.

Levantou o olhar até o parapeito e finalmente o viu. Nidhoggr estava lá, com toda a sua imponência, esperando-a. O imenso corpo de cobra estava distendido ao longo do balcão, as asas desdobradas na parede, as compridas garras fixadas na pedra. Era preto e reluzente, e as escamas vibravam sob a luz da lua. Sua figura emanava uma sensação de potência absoluta, e Sofia ficou arrebatada. Era terrificante, mas sentiu também uma pontada de nostalgia no coração. O horror em rever seu obstinado inimigo misturava-se com um prazer insólito, como de quem reencontra um amigo. Nidhoggr fixou nela seus olhos milenares e abriu as fauces em uma risadinha vermelha como o sangue.

– Aí está você, finalmente...

Seu rugido sacudiu o ar. Sofia gritou, tapando os ouvidos com as mãos, e caiu de joelhos sobre as pedras, esfolando a pele.

– Não vou conseguir, não vou! É demais para mim!

Mas, quando reergueu o olhar, Nidhoggr não estava mais lá. Uma visão, devia ter sido uma visão. Provavelmente causada pelo próprio Nidhoggr. Sem dúvida ele controlava aquele lugar. O tempo imóvel, sua aparição no balcão e aquele sino que batia os toques. Devia ter sido tudo obra dele.

Sofia fitou a escuridão, ainda transtornada. Uma pequena figura no centro do balcão apareceu lentamente à luz da lua. Era a menina. Vestia o casaco preto de costume e a minissaia justa. Usava sapatos altos pretos de salto agulha. Sob a luz lunar, seus cabelos loiros ficavam com reflexos tais que parecia rodeada por uma auréola. Sorria, e Sofia sentiu-se minúscula sob seu olhar de triunfo. Apoiou as mãos no chão, tomou força, apertando o debrum da bolsa e levantou-se. Escaparam-lhe algumas lágrimas, que ela enxugou rapidamente com o dorso da mão. Depois, avançou com passos apressados.

A menina loira ficou no lugar, esperando-a, sem tirar aquele olhar gélido de cima dela. Quando Sofia chegou abaixo dela, finalmente se mexeu, descendo lentamente do balcão. Prosseguia de um jeito elegante e solene, e Sofia entendeu como Mattia pôde se deixar enfeitiçar por aquela mulher. Ela mesma não percebera imediatamente que maldade planejava sob aquele aspecto. Tinha que estar atenta ou correria o risco de levar o mesmo fim.

– Nidafjoll – disse a jovem com um sorriso. Em seguida, esticou a mão, cordial.

Sofia não entendia. Apertou no peito a bolsa com o fruto.

A menina sorriu, irônica.

– Mas você também pode me chamar de Nida – acrescentou, avançando em direção a ela.

Seu sorriso era tão aberto, tão desgraçadamente sincero e crível... Sofia teve horror a ele.

– Eu só estava me apresentando – prosseguiu Nida, dando de ombros. – Você está tão tomada pelo seu terror que nem percebeu.

Sofia mordeu o lábio com raiva. Seu medo era tão grande que até ela podia farejá-lo.

– Eu sei tudo sobre você. Sei onde nasceu, onde morou, sei até onde você mora agora, embora não possa me aproximar, graças àquela maldita barreira... Mas você não sabe nada sobre mim. Estava fazendo por educação, sou uma pessoa gentil.

– Você é Nidhoggr – disse Sofia em um sopro.

Nida riu abertamente, levando a mão à frente da boca, em um gesto que certamente um menino acharia irresistível.

– Você acha mesmo? E em você deveria viver Thuban? – Permitiu-se uma última risadinha de desdém. – Não, meu Senhor nunca se rebaixou a fazer o que fizeram os dragões. Ele não se diminuiu, se metendo no corpo dos humanos, nem se camuflou como eles. Sua essência ainda está sob a terra, intacta, encarnada no mesmo corpo que tinha trinta mil anos atrás, quando o matou, Thuban.

Sofia arrepiou-se, sentindo novamente na carne cada uma das feridas que, naquele dia terrível, conduziram Thuban à morte.

– Mas por um lado é verdade, eu sou ele. Sou sua filha, para precisar melhor. Sua Imensa Essência não podia ser totalmente limitada pelo lacre que você lhe impôs e que ele, com o tempo, encontrou frestas para sair. Eu sou a manifestação dele neste mundo, sou o quanto dele conseguiu escapar do lacre. Sou sua Mensageira, sua Escrava e seu Arauto.

Sofia notou o lampejo de satisfação que passou em seus olhos. Tentou não ficar impressionada, embora suas pernas tremessem tão fortemente que ela teve dificuldade em ficar reta.

– Onde está Lidja? – perguntou, tentando assumir um tom seguro.

– Onde está o fruto? – sorriu Nida.

– Não lhe darei enquanto não vir Lidja.

A menina fez uma careta de desprezo.

– Você não está em condições de ditar leis. Eu poderia matá-la, e o pegaria procurando no seu cadáver.

Sofia arrepiou-se.

– Não pode me tocar – replicou com a voz trêmula.

– Ah, não?

Nida estendeu um braço, mantendo o dedo esticado, e Sofia fechou os olhos, torcendo com toda a força para que o corpete que estava marcando seus quadris funcionasse.

Sentiu a leve pressão daquele dedo, depois o sentiu se recolher de repente. Quando reabriu os olhos, Nida não sorria mais e estava evidentemente contrariada.

– Maldita... – murmurou a meia-voz. Então, deu de ombros e recuperou o controle. – Não tem problema, significa que faremos do seu jeito.

Aproximou-se tanto dela que tocou seu ouvido com os lábios.

– Siga-me – disse. E abriu caminho para ela.

Para Nida, as portas fechadas não existiam. Bastava apoiar os dedos em qualquer tranca para abri-la. Foi assim que passaram do pátio para um pequeno jardim suspenso. Ficava diante de um amplo balcão, do qual se podia ver Roma inteira. Naquela hora, mostrava-se como uma extensão ilimitada de luzes tremulantes e se alargava de um lado ao outro do horizonte. No jardim havia várias árvores – entre as quais, uma magnólia enorme e uma palmeira altíssima – e uma pequena fonte. Mas a água não descia. Estava imóvel, como em uma foto, mas não congelada. Estava apenas parada. Havia até algumas gotas redondas paradas no ar.

Depois disso, foi uma sucessão de salas esplendidamente decoradas e tetos com afrescos. Em um cômodo em particular Sofia notou duas cariátides fracamente iluminadas pela lua. Eram lindíssimas e, embora estivesse escuro, conseguiu distinguir seus traços. Agora que via aqueles ambientes, entendia as palavras do professor. A mansão era uma verdadeira e pequena joia escondida, mas não ficou impressionada com isso. Desde que o sino parara de tocar, o tempo estava imóvel, assim como toda aquela beleza. Era impessoal, estéril.

– Sabe, aqui vivia o meu Senhor – disse Nida, enquanto a guiava pelas salas cada vez menores e mais afastadas. – Embaixo dos alicerces desta mansão está a sua morada, em grande parte intacta. Quando você o aprisionou no lacre, seus fiéis moraram lá, e por muitos séculos seu espírito continuou a impregnar essas paredes, modelando a vontade de seus adoradores. Nem sempre teve êxito em sua pretensão, e no fim vieram outros homens que construíram a mansão que você está vendo: Mansão Mondragone, um nome que lembra bem nossos inimigos; mas, como pode perceber, as estátuas e os enfeites que os artesãos daquela época construíram representam somente ele.

Levantou o dedo em direção à arquitrave de uma porta, decorada com um esplêndido baixo relevo. O focinho e o corpo pareciam os de um dragão, mas o bicho não tinha as patas anteriores. No lugar delas, grandes asas de morcego.

– Serpes.

O som vibrante daquela palavra abriu caminho até o coração de Sofia, congelando-o.

– Leve-me até Lidja. Acho que você também quer acabar logo com isso e se apossar do fruto, ou não?

Nida olhou-a de soslaio, rindo.

– Estamos quase lá.

Atravessaram uma porta, e o ambiente mudou radicalmente. Nada de pisos brilhantes, mas poeira por todo lado e escombros. Provavelmente, haviam passado para a parte da mansão que geralmente era fechada ao público. As salas eram escuras, e os lustres de cristal estavam no chão, em pedaços. Os pisos eram desconexos. Entre os ladrilhos quebrados, despontavam pequenas plantas, enquanto a hera se insinuava entre as rachaduras das paredes. Ao fundo, uma sala em ruínas com as paredes descascadas. Uma ampla escadaria branca conduzia ao andar de cima. Nos tempos de maior esplendor, aquela sala devia ter sido maravilhosa, mas agora tinha um aspecto decadente e sinistro. Em vários pontos, viam-se os tijolos, enquanto o chão simplesmente faltava. Em seu lugar, um andar inferior composto por ruínas romanas. Portanto, havia uma antiga mansão romana lá embaixo, o professor dissera a verdade. Tábuas de madeira permitiam passar de um lado ao outro, mas geralmente se devia caminhar rente às paredes para não cair lá embaixo.

Sofia sentiu a náusea apertar suas vísceras. As paredes das ruínas tinham pelo menos dois metros de altura e ela deveria andar por cima delas. Nida olhou-a, divertindo-se.

– Mostre-me Lidja – disse Sofia, reunindo toda a sua coragem.

A menina manteve seu sorriso enigmático por alguns instantes e, então, indicou-lhe um ponto no alto, acima da escada.

22

Thuban

Sofia reconheceu-a imediatamente, com um aperto no coração. O pequeno sobretudo roxo que usava naquela noite estava queimado e manchado de sangue. A pele estava insolitamente pálida, mas era ela, sem sombra de dúvida.

– Lidja!

A menina não respondeu, seus olhos permaneceram fechados. Sofia não quis acreditar no pior, mas um mau pressentimento tomou conta dela.

– Eu cumpri o meu pacto. Me dê o fruto.

– O que você fez com ela? O que você fez com ela?

Não havia mais espaço para o medo da morte nem para a frieza que aquela mansão espalhava ao redor. A visão de sua amiga naquelas condições havia expulsado tudo.

– Ela está bem.

— Mostre-me! — Sofia apertou a bolsa ao peito, colocando as duas mãos em cima dela. — Mostre-me ou não lhe dou nada.

Nida fitou-a friamente.

— Está apenas dormindo. Não tocamos em nenhum fio de cabelo dela.

Sofia não se mexeu um milímetro.

— Tudo bem! Suba até ela e veja com seus próprios olhos. Deixo você olhá-la de perto, mas depois me dará o que eu quero.

Nida precedeu-a, caminhando, ágil, por entre as tábuas de madeira e as lascas desconexas de parede. Sofia olhou-a, a garganta seca, e permaneceu parada em seu lugar.

— Então, você não vem? — Nida virou-se com um sorriso cruel. Devia saber de suas vertigens.

Não havia outra coisa a fazer. Lidja não parecia capaz de se mexer sozinha, tinha que ir até lá para resgatá-la.

Sofia deu os primeiros passos, titubeante. A tábua parecia sólida, mas estava suspensa sobre dois metros de vazio. Abaixo, somente paredes e o pedaço de um piso de mosaicos. A cabeça começou a turbilhonar, e o estômago, a reclamar. Fechou os olhos e levantou a cabeça. Não deveria olhar para baixo, por nenhuma razão no mundo.

Pensou nas modelos, que caminham olhando sempre em frente, nos equilibristas, que colocam um pé diante do outro sobre o fio. Para Lidja, seria fácil fazer uma coisa daquelas.

"Se ela pudesse me ver, tiraria sarro de mim até morrer, como aconteceu com o elefante."

Distraiu-se assim, com uma avalanche de pensamentos estúpidos, enquanto o espaço que a separava da escada parecia se dilatar, se esticar excessivamente até se tornar infinito. Não chegaria nunca. Sentiu um tornozelo ceder e gritou. Caiu para a frente, com as mãos apertando o pedaço de parede que estava pisando. Suspirou, desesperada.

Nida, ao fundo, ria com maldade.

— Talvez você não tenha mais certeza de querer apurar as condições da sua amiga, não é? Se me der o fruto agora, não precisará enfrentar tudo isso...

Sofia apertou os dentes. Sentia-se humilhada e desgraçadamente enraivecida, e aquela raiva conseguia até vencer o enjoo e o temor do vazio. Levantou-se e concedeu-se um último olhar ao abismo embaixo de seus pés. Eram somente poucos metros de vazio, mas pareciam quilômetros para ela. Manteve a cabeça para cima, inspirou e, depois, correu. A trave balançava, e a pegada das suas botinas era cada vez mais insegura.

— Vou conseguir, vou conseguir, vou conseguir!

Caiu no último metro. Um tijolo da parede se desprendeu do seu lugar, e o pé direito dela seguiu-o. Instintivamente, Sofia pulou. Sentiu a sensação do vazio sob os pés e o estômago que boiava na barriga. Por meio segundo, voou e se lembrou de seus sonhos, da cidade branca e da esplêndida sensação que experimentava sempre. Aterrissou de mau jeito nas escadas, batendo a coxa na beira de um degrau. Escorregou por meio metro, mas conseguiu agarrar o corrimão lateral. Parou. Não lhe parecia verdade. Debaixo das nádegas, sentia o frio do mármore. Estava sã e salva do outro lado. Deu um longo suspiro de alívio.

– É toda sua – disse Nida com voz untuosa. Quando Sofia levantou os olhos, a menina loira olhava-a, divertida, indicando Lidja. Estava no topo da escada e, de perto, parecia ainda mais pálida. Sofia levantou-se, subiu os degraus de dois em dois, e chegou ao topo.

Sua amiga estava encostada em uma coluna, sentada. Pelos buracos na camiseta e na calça despontavam pedaços de pele queimada. Estava viva. Seu peito, embora de leve, levantava e abaixava. Sim, pelo menos estava viva. Sofia sorriu entre as lágrimas.

– Agora vamos embora daqui e tudo vai acabar, você vai ver...

Nida interrompeu-a.

– O fruto, primeiro – disse com um sorriso feroz.

Sofia estendeu-lhe a bolsa e cruzou os dedos. Agora vinha a parte mais difícil.

Ela agarrou o debrum e, com grande cautela, colocou as mãos no veludo. Sofia não se espantou:

lembrava-se bem do efeito que o fruto tivera sobre ela na noite em que tentara roubá-lo.

Estava com uma expressão absorta e concentrada e, pouco a pouco, soltou os laços da trouxa. Quando a abriu, uma expressão imediata de triunfo desenhou-se em seu rosto. Do interior da bolsa, provinha uma luz rosada, quente e viva, inconfundível. Com indiferença, fechou a bolsa e colocou-a no braço.

– Você foi sensata, por isso terá o que queria. Pacto é pacto.

Estalou os dedos, sorrindo, suave. Sofia ouviu o sino bater uma vez, e, de repente, os sons do exterior voltaram todos de uma vez. O vento fez o portão da sala gemer e se insinuou pelas janelas arrombadas.

– Divirta-se – murmurou Nida, e Sofia viu-a levantar-se do chão, envolvida em um sudário de chamas negras, que lambiam todo o seu corpo, menos a bolsa com o fruto. Viu-a dirigir-se para a janela, terrível como uma das bruxas sobre as quais havia lido nos livros. Estava prestes a dar um suspiro de alívio definitivo quando sentiu uma pegada firme e gélida no pescoço. Foi derrubada no chão e arrastada por vários metros, até sentir, debaixo da cabeça, a borda do primeiro degrau daquela escada comprida. Mal conseguiu se virar, e o que viu a congelou.

A mão que a imobilizava era a de Lidja. Estava gélida. Apertava seu joelho sobre o osso esterno, e seus olhos estavam completamente vermelhos.

– Não... – murmurou Sofia. – Não!

Sob seu olhar atônito, o corpo da amiga cobriu-se de metal reluzente, apertando o peito em uma armadura grossa. Nos braços, apareceram aquelas cabeças de cobra que Sofia aprendera a temer, enquanto imensas asas de morcego desdobraram-se atrás das costas. Eram asas metálicas, cortadas por nervuras afiadas como navalhas, entre as quais estava esticada uma finíssima membrana semitransparente.

– Lidja, não!

Não a ouviu. Lidja ainda estava lá, em algum lugar naquele amontoado de carne e metal, mas sepultada em um canto, sem poder opor resistência. Não era mais ela. Seu rosto não tinha nenhuma expressão. Agora, obedecia apenas à vontade de matar.

– Lidja, sou eu, volte a si! – Mas ela apertou-a ainda mais em volta do pescoço. Sofia começou a sufocar.

Lidja levantou um braço, impiedosa, e Sofia viu, como em um pesadelo, a boca da cobra abrir-se lentamente. Sabia o que aconteceria dali a pouco, mas era incapaz de reagir. Tudo o que conseguia fazer era murmurar o nome da amiga, indiferente ao próprio medo de morrer. O assombro e o horror pelo que estava acontecendo superavam tudo. A língua serpenteou rápida, implacável, e Sofia fechou os olhos com um simples reflexo condicionado, esperando o fim.

Porém, o aperto em sua garganta afrouxou-se de repente, e um lampejo de luz a cegou. Algo quente palpitava em sua testa.

Abriu os olhos, incrédula, e viu Lidja ao longe, no chão. Ela, entretanto, estava livre e ilesa. Em torno de si, uma barreira verde diáfana.

Não se renda.

Não tinha ideia de onde vinha aquela voz. Talvez de algum lugar dentro dela, e era quente e reconfortante.

Lidja levantou-se devagar, as asas desenrolando-se novamente no ar. Rachavam o vento sem se deixar dominar. Seus olhos, privados de olhar, estavam fixos nela e queriam sua morte.

Sofia rastejou para trás, caindo no degrau de baixo.

– Lidja, eu imploro... Volte a si! Tente me ouvir! Vim aqui para salvá-la, temos que ir para casa! Eu imploro!

Ela não pode ouvi-la, e você sabe disso.

A língua da cobra serpenteou novamente, e uma luz explodiu mais uma vez na sala. Sofia jogou-se para o lado, rolando para baixo dos degraus até o fim da escada. Quando se levantou, estava com todos os ossos doloridos.

Você deve neutralizá-la e levá-la ao Guardião. Não há outro jeito.

Ouviu a batida das enormes asas metálicas que cortavam o ar e pensou com dor naquelas esplêndidas e diáfanas de Lidja. As lágrimas acharam seu caminho e Sofia começou a chorar quando uma lâmina cravou-se a um nada dela. Sua amiga rodopiava no alto, na sala, e dali a atacava.

Sentiu os golpes tocarem-na, um alcançou seu rosto, mas a barreira sempre se erguia em volta dela para defendê-la. Colocou as mãos na cabeça, incapaz de reagir. Não queria machucá-la.

– Chega, chega!

Se quiser salvá-la, terá que combater.

– Não posso! Ela acreditou em mim, apertou minha mão naquela noite, ela é a minha única amiga! Não quero lutar contra ela! – berrou Sofia para a sala vazia, e suas palavras foram cobertas pelo estrondo da lâmina que se cravava na parede, a poucos centímetros de sua cabeça.

Então, houve um instante de sossego, e Sofia aproveitou para pôr-se de pé. Lidja fitava-a com seus olhos vermelhos, pronta para desferir o próximo ataque.

– Você lembra quando voamos naquela noite? Lembra? – Sofia sentiu a garganta doer de tanto gritar. – Lembra a sala da Pedra, quando você me disse para acreditar em mim? E o telhado, você lembra, Lidja, lembra?

O golpe foi potente e decidido. A barreira verde levantou-se, mas foi inútil, porque o chão sob os pés de Sofia se esmigalhou. Sentiu o vazio abaixo dela. Por um instante, foi como voar, depois a sensação de pesar terrivelmente, pesar demais para ainda ficar suspensa. A gravidade puxou-a para baixo. Berrou enquanto caía, até que sua cabeça encontrou algo terrivelmente duro, e tudo se apagou.

Sofia.
Sofia...
Sofia!
Estava tudo escuro. Como boiar no vazio. Ou no petróleo.
Acorde. Você não está sozinha.
Sofia procurou o próprio corpo, mas não o achou. Perguntou-se se estava morta. De resto, era assim que deveria acabar, não?
Ainda há esperança, e você sabe disso.
O preto coloriu-se. Lentamente, apareceram, distantes, duas pequenas chamas azuis. Tinham uma cor esplêndida, que aquecia o coração.
Isso, muito bem. Assim mesmo.
Sofia não conseguia entender o que estava acontecendo.
Você não tem ideia mesmo? Mas a essa altura já deveria me conhecer.
"Thuban." O nome veio-lhe, espontâneo e imediato. Por uma intuição absurda, soube que as duas pequenas chamas que entrevia no nada estavam rindo. Mas como duas luzes conseguiam rir?
Rio porque finalmente nos falamos. E aqui, de qualquer maneira, as coisas não funcionam como lá fora.

"Lá fora onde?"

Fora da sua cabeça e da sua alma. O lugar onde você está deitada agora, desmaiada, sobre o chão de mosaicos de uma antiga mansão romana, enquanto seu inimigo rodopia sobre você e procura o melhor ponto para dar-lhe o golpe de misericórdia.

Sofia arrepiou-se. "Quer dizer que estamos na minha cabeça?"

Exatamente. Aí, onde sempre estive.

Sofia ficou perplexa. No meio-tempo, as luzes azuis tomavam consistência, a consistência clara e precisa de dois olhos milenares.

"Então é você o dragão que se fundiu comigo... aliás, com Lung."

Do mesmo jeito confuso e bizarro de antes, Sofia soube que os olhos estavam concordando.

Sim, eu sou Thuban.

"Mas eu procurei-o tantas vezes, e nunca o achei! Você nunca falou comigo, nunca me guiou..."

Era você que não me escutava. Eu sempre estive ao seu lado, protegi-a com as minhas barreiras e guiei-a até o fruto. No fundo do lago ou na frente da Pedra, eu estava lá, lembra?

Sofia não soube o que responder. Os olhos, pouco a pouco, se enquadraram naquela que parecia a enorme cabeça de um dragão verde. Era esplêndida e familiar. Tinha certeza de já tê-la visto e sentia-se comovida ao reencontrá-la.

"Você é lindíssimo..."

O focinho pareceu sorrir. As fauces eram uma arcada de dentes afiadíssimos, mas ela não sentiu medo.

Você está em perigo. Lidja quer matá-la.

Sofia sentiu a paz que acabara de experimentar evaporar como água no sol.

Se quiser salvá-la, tem que enfrentá-la.

"Não posso", disse com decisão. "É minha amiga!"

Neste momento está fora de si. Ela vai matá-la, Sofia, e, quando tiver feito isso, Nidhoggr a matará. E seu gesto terá servido para quê?

"Você não entende. Já tive dificuldade em abater Mattia, mas com Lidja é absolutamente impossível. E se a machucar? Se a matar?"

Eu estarei lá para guiar a sua mão.

"Você não esteve tantas vezes..." Arrependeu-se quase imediatamente daquela frase. Mas era verdade. Nos momentos difíceis, estivera sempre sozinha.

É você que continua não me querendo. Não acredita em si mesma e, por isso, também não acredita em mim.

"Eu... eu não tenho jeito para essas coisas. Sempre fui uma pessoa completamente insignificante e não sei fazer nada. Não era boa na escola e no orfanato todos me ridicularizavam. Ninguém quis me adotar. Por que você me escolheu, por quê?

Esperou uma resposta por um longo tempo. O imenso corpo de Thuban ia se desenhando lentamente na escuridão, cada vez mais definido e magnífico.

Porque Lung me ofereceu seu corpo, e você é descendente dele.

"Mas nos séculos houve um monte de outros herdeiros, e você nunca se mostrou para eles. Eles não tiveram que combater, eles sequer sabiam que você existia!"

Na época, Nidhoggr ainda estava sob a influência do lacre no auge de sua potência. Mas agora a minha magia se enfraqueceu e ele está reencontrando vigor. Não temos escolha, nem você nem eu.

"Sou a pessoa errada, você também sabe disso. Se você pudesse, teria preferido outra pessoa a mim."

Os olhos de Thuban velaram-se de severidade. *Você obriga as pessoas a dizerem coisas que não pensam apenas para ter a confirmação de que vale pouco. Ama errar, porque assim pode continuar a acreditar que é incapaz, e ninguém poderá forçá-la a arriscar. Mas a verdade é que, assim, você se comporta como uma covarde.*

Sofia vestiu a carapuça. Era tudo verdade, mas uma parte dela ainda opunha resistência. "Nem todos nasceram para ser heróis."

É verdade. Ninguém o é, mas qualquer um pode se tornar. E você não é exceção. Apenas não quer admitir isso. Você tem um poder que não pode nem imaginar, mas continua a manter sua força escondida, tentando sufocá-la com mentiras absurdas. Você tem um espírito puro, é capaz de se dar completamente por uma boa causa. Fez isso com Lidja. Soube ir além de seus medos para vir aqui, e agora seu coração também não teme a morte.

Sofia queria olhar para outro lugar, mas Thuban ocupava todo o espaço em torno dela. A verdade daquelas palavras parecia paralisá-la.

Essa é a verdadeira coragem, Sofia. Não poderia ter uma aliada melhor nessa guerra.

Queria chorar. Porque tinha certeza de que era uma mentira; no entanto, soava tão verdadeiro e sincero...

Eu posso liberar todo o seu poder, mas você deve acreditar em si mesma. Está prestes a enfrentar uma dura prova. Tempos atrás, tive que assistir, impotente, à morte do meu melhor amigo e à destruição da minha raça inteira. E agora, em Lidja, vive aquele mesmo amigo que vi morrer sem poder fazer nada. Terei que combatê-lo, como você agora combaterá contra ela. Eu sei o que significa a dor. Acredite em mim, guiarei a sua mão e a ajudarei a reencontrar, sob aquela dura casca de metal, a pessoa que você amou. Mas temos que fazer isso juntos.

Sofia queria apenas que tudo acabasse o mais rápido possível, e aquele pensamento entristeceu seu coração. Queria que todo aquele pesadelo parasse de girar em seu redor.

Será rápido, prometo. Nós a levaremos para casa, e o Guardião resolverá tudo, como com Mattia. Depois, a calma poderá voltar.

Sofia sentiu um vestígio de determinação no próprio peito. "Jure para mim que não a machucaremos."

Thuban sorriu. *Ela é Rastaban, meu melhor amigo. Nunca poderia machucá-lo.*

Sofia pensou por mais alguns instantes. "Tudo bem."

Thuban concordou no escuro. *Está na hora de voltar, Sofia.*

Seu corpo dissolveu-se, as cores de que era composto turbilhonaram, e Sofia sentiu a própria consciência se esvair novamente, sugada para baixo, onde tudo era frio e dor.

23

Lidja e Sofia

Quando Sofia acordou, em volta dela havia um estrondo tremendo: os tijolos caíam por toda parte, e as paredes se desfaziam como cera. Algo quente e molhado colava em sua testa. Tentou se mexer, mas não conseguiu. Estava recoberta por rebocos, que caíram junto com ela quando o piso afundou. Acabara em uma espécie de abrigo entre as ruínas romanas e devia ter batido a testa, porque, quando a tocou e tirou a mão, viu-a suja de sangue. Sentiu o enjoo subindo.

Não é o momento.

Por um instante, espantou-se com aquela voz. Agora sabia quem era. Não ouvia somente suas palavras, mas sentia sua presença, como algo vivo e quente que lhe dava coragem dos recantos mais escuros e profundos do seu espírito. Agora Thuban *estava lá* e era parte dela. Só o fato de senti-lo por perto lhe dava esperança e confiança.

Por uma brecha aberta entre os rebocos, viu Lidja sobrevoar o desmoronamento e continuar produzindo fortes golpes com suas cabeças de cobra. O sangue gelou em suas veias, mas afastou aquele frio com obstinação.

Muito bem. Você está vendo que tem coragem?

Tinha que sair dali, mas, mesmo se conseguisse, o que faria depois? Lidja voava, enquanto ela estava pregada no chão, abaixo do nível do piso da mansão.

Não tem que se preocupar com isso.

Sofia confiou cegamente naquelas poucas palavras. Tomou um grande fôlego e pulou para fora do esconderijo, tirando os fragmentos de pedra de cima dela. Correu rapidamente por alguns metros no chão, mas quase imediatamente sentiu os pés se desprendendo do solo e uma sensação conhecida no fundo do estômago. Os ouvidos se encheram de um som que conhecia, porque sonhara com ele muitas vezes. Fechou os olhos, aterrorizada com a ideia de olhar para baixo.

Olhe, Sofia, olhe! Como nos velhos tempos, tudo como naquela época!

Sofia abriu os olhos lentamente e olhou para além de seus pés. Voava. Suas asas batiam no ar, e, abaixo dela, desenredava-se o labirinto das ruínas. Não podia acreditar. Estava a pelo menos três metros de altura do chão e não sentia enjoo! Não havia rastro de vertigens!

Lidja e Sofia

Olhou de lado e viu suas asas. Sentia-as, como sentia braços e pernas, e sentia o ar que as tocava, a membrana esticada entre garras, enchendo-se, ora em um sentido, ora em outro. Fitou-as: eram verdadeiras, consistentes. E enormes. As asas de Thuban. As asas que vira em sonho, as asas com as quais tantas vezes sonhara voar, à noite. Nem as de Lidja eram tão bonitas e grandes. Por alguns instantes, sentiu-se arrebatada pelo esplendor delas e achou-se realmente especial. Fora simples acreditar em si mesma.

A lâmina de Lidja atravessou o braço de Sofia traiçoeiramente. Sofia gritou, mas não reagiu: colocou as mãos no rosto e ficou à espera.

Não é o momento de se distrair. Temos que combater, lembra?

Concordou, girou-se e enfrentou o inimigo com determinação. Lidja dirigia seu olhar ardente para ela, mas Sofia esforçou-se para olhar além de seu corpo, para se concentrar nas asas e nas lâminas que o deturpavam. Eram elas seu objetivo, não Lidja.

Estendeu o braço e a mão diante de si e deixou que o poder de Thuban fluísse em suas veias. Imediatamente, do chão ao teto, formou-se uma rede de galhos, que deteve o início do ataque de Lidja.

Sofia apertou a mão, e os galhos fizeram o mesmo, esmigalhando as lâminas com uma força cada vez mais intensa. Viu Lidja tentar arrancar suas armas daquela armadilha, mas a rede aguentava. Dessa vez, naqueles galhos havia realmente o poder do dragão e também a coragem que ela havia acabado de conquistar.

Você deve imobilizá-la ou não conseguiremos levá-la embora.

"Eu sei. E também devemos ser rápidos, antes que Nida se dê conta da trapaça."

Foi naquele momento que a rede explodiu em uma infinidade de estilhaços. Sofia viu um pedaço de parede vir em sua direção e mal conseguiu esquivar-se dele, curvando-se.

Refugiou-se novamente no chão, atrás de uma das ruínas, as asas dobradas nas costas.

Fora Lidja. Tirara aquela pedra do lugar com a força do pensamento. O Olho da Mente brilhava em sua testa, mas tinha nuances soturnas e avermelhadas como sangue recém-coagulado.

Infelizmente, agora seu corpo está completamente dominado pelos enxertos e seu espírito está segregado em um lugar onde não pode fazer mal. Seus poderes viraram os poderes do Sujeitado. Mas, como você vê, Rastaban tenta se rebelar. É por isso que a pedra está com aquela cor.

Outras pedras seguiram-se à primeira. Sofia foi capaz apenas de se esquivar delas, voando aos trancos, sem seguir uma linha precisa. Lidja berrava, e seu furor era imenso. A segurança de Sofia começou a hesitar. O que podia fazer?

Tente detê-la, a única solução é torná-la inofensiva.

Naquele momento, uma pedra atingiu sua asa direita. Sentiu uma dor lancinante e caiu. Teve tempo de ver o espaço abaixo dela se abrir em um precipício; tentou ganhar altitude. Tudo o que conseguiu foi planar, evitando, assim, uma queda desastrosa. Correu pelo chão, procurando refúgio. Precisava clarear as ideias.

Encostou-se em uma parede, com a respiração entrecortada. Agora, havia silêncio. O vento calava-se, e os sons da batalha surgiam, brandos e distantes.

Estava tudo muito escuro. O antigo piso da mansão romana havia afundado, e ela havia precipitado ainda mais embaixo, em um nível que devia ter precedido a parte alta da sala. Sentia-se estranhamente pouco confortável, como se todo o medo que experimentara antes, quando ainda não havia encontrado Thuban, tivesse voltado. Arrepiou-se, achando que precisava de um pouco de luz.

Posso cuidar disso.

Sofia sentiu a pedra da testa pulsar e ficar quentíssima. O ambiente foi clareado por uma luz verde, que lhe permitia distinguir tudo o que estava a não mais de dois metros de distância.

Era um enorme cômodo com as paredes completamente pretas. Nelas, vieram à tona baixos-relevos demoníacos. Mantícoras, insetos enormes, cruzamentos de homens e animais se misturavam como pesadelos. O espaço era dividido por altíssimas colunas cor de piche, e a abóbada em curvatura aguda perdia-se em uma escuridão densa e impenetrável. Quando Sofia olhou o piso, parou horrorizada. O mosaico enorme de uma serpe com as fauces escancaradas percorria a sala em todo o seu comprimento.

Era incrível quanta maldade emanava daquele lugar. Não havia salvação para o mal que habitara lá embaixo, era uma coisa contra a qual os homens nada podiam, nem os dragões.

É a antiga casa de Nidhoggr, não se deixe tomar pelo pânico.

Sofia não o escutou. Ficou pequena, apertou os braços ao peito e enrolou-se nas asas.

"Como pode existir tanto ódio?"

Não há nada aqui que possa machucá-la, Sofia. Você tem que combater o medo, entende? É com o medo que Nidhoggr nos derrota! Combata-o como você fez antes!

A voz de Thuban não a alentou. Queria apenas escapar dali, fechar os olhos e não ter que reabri-los naquela realidade assustadora. Afundou o rosto nos braços cruzados, tentando se isolar de toda aquela dor. Porém, um som penetrante começou a martelar seu cérebro. Eram passos, seguros e decididos, passos que se aproximavam.

Sofia arrastou-se no chão, indo se encolher no canto mais próximo. Mas os passos continuavam implacáveis. Então, levantou timidamente os olhos e a viu.

Lidja avançava em sua direção, a armadura metálica agora cobria até o seu rosto, brilhando na semiescuridão com inquietantes lampejos avermelhados. As asas estavam rodeadas por chamas negras, e seu aspecto estava completamente transfigurado. Sofia percebeu claramente que não sobrara nada da sua amiga, e, em breve, aquilo que a reduzira assim também a devoraria.

Reaja, Sofia! Lidja está ali, e o Guardião ainda pode salvá-la! Essas são somente armadilhas do inimigo!

A voz do dragão chegava-lhe cada vez mais abafada e distante.

Encolheu-se completamente em si mesma, incapaz até de pensar. Fora tudo inútil. Quem nasce um nada nunca poderá se tornar um herói.

"Não!"

Algo nela reagiu, algo que não tinha a ver com Thuban e que pensava não possuir. Fixou seus olhos nos de Lidja, e isso bastou para lembrar-lhe porquê fora até lá.

Com um esforço sobre-humano, separou um canto de lucidez em meio ao terror, gritou e ficou novamente de pé. Lidja virou-se de repente em sua direção e alongou uma das cabeças de cobra. Sofia impôs-se sobre as pernas, que queriam escapar, abriu as asas e deu um passo.

A lâmina de Lidja disparou em direção à sua cabeça. Sofia esquivou-se, levantou a mão e agarrou-a. A dor foi imensa, como agarrar fogo vivo, mas ela cerrou os dentes.

Não fora até ali para chorar em um canto. Não encontrara Thuban em seu coração para voltar a ser uma covarde. Estava ali para salvar sua amiga...

Apertou a lâmina no punho e concentrou os próprios poderes. Suas mãos floresceram, produzindo uma infinidade de cipós verdes e salpicados de orquídeas. Os cipós enrolaram-se em volta da arma, fazendo-a quase desaparecer sob os pedúnculos, estenderam-se por todo o seu comprimento e, em pouco tempo, alcançaram as asas de Lidja e cobriram-nas completamente. A menina estendeu o outro braço e inferiu um ulterior ataque. Sofia sequer se esquivou. Agarrou aquele braço, e num instante ambos encontraram-se enrolados em um emaranhado cheiroso, que lançava luz e calor naquele ambiente tenebroso e obscuro. Lidja começou a se contorcer violentamente, mas Sofia não largou a presa.

– Lidja, sou eu... – murmurou, suportando o horror do seu olhar. – Sei que você está aí e que pode me ouvir. Sou eu...

Em seguida, o Sujeitado usou seus poderes. A parede começou a estalar, e as estátuas, a quebrarem em mil pedaços.

– Sei que você pode combatê-lo – levantou a voz Sofia. – Se eu pude combater meus medos, você pode se voltar contra tudo isso. Ajude-me, Lidja!

Pedaços de rocha começaram a turbilhonar furiosamente por toda a sala. Alguns tocaram Sofia, ferindo-a no quadril, mas ela continuou a apertar, até ficar em contato com o corpo frio e inumano de Lidja. Abraçou-o igualmente, encostando sua Pedra na da amiga.

Lidja e Sofia

— Ajude-me, Lidja! — repetiu, berrando.

Os cipós insinuaram-se por trás do pescoço, de onde o professor lhe ensinara que partia tudo.

Sofia apertou os braços em volta do corpo da companheira e sentiu o Olho da Mente brilhar com violência na testa. Doía-lhe terrivelmente, mas pouco a pouco a pedra de Rastaban retomou a própria cor normal. A luz de Sofia se comunicava com a da amiga, e os enxertos finalmente começaram a enferrujar; as asas, a se contrair; as mãos, a esquentar.

Sofia fechou os olhos, exausta. Viu Lidja em sua mente. Estava sem enxertos e olhava-a, espantada. Depois, abriu-se em um sorriso doce, e tudo mudou.

Seu corpo parou de se contorcer, as rochas e os tijolos em volta delas caíram no chão, e tudo ficou calmo. Ambas escorregaram no solo e ficaram paradas naquela calma nova e terrível.

Sofia respirava com dificuldade e não tinha coragem de soltar a amiga. Mantinha-a apertada convulsamente e chorava.

Você conseguiu. E sozinha desta vez, disse Thuban dentro dela.

Quando reabriu cautelosamente os olhos, viu no chão as asas enferrujadas e soltas do resto do corpo de Lidja, que retomara uma coloração normal e estava quente e rosada. As pálpebras estavam fechadas, mas parecia simplesmente adormecida. Sofia fitou-a espantada, sem conseguir despregar os olhos de cima dela. Era um milagre. Voltara, era de novo toda sua e estava salva.

Vocês devem escapar antes que Nida se dê conta da trapaça.

Sofia enxugou as lágrimas do rosto. Thuban tinha razão. Apertou Lidja nos braços e levantou-se com grande dificuldade. Estava cansadíssima, mas tinha que continuar.

Caminhou por alguns trechos naquele lugar devastado, até alcançar a abertura pela qual ela e Lidja haviam entrado. Olhou para o alto, sua vista embaçava. Tinha que ser rápida.

Deu um pulo e sentiu Thuban ajudá-la com seu poder. As asas desdobraram-se, e, em um lampejo, encontrou-se no salão principal, aonde Nida a conduzira no início de tudo. Olhou para a frente. Havia uma única saída. Reunindo todas as forças que sobraram, Sofia jogou-se contra uma das vidraças, quebrou-a e saiu para o gelo da noite. Apertou Lidja em seu peito e voou, descompassada, para a casa do professor, em segurança.

Nida percorreu os últimos passos correndo. Não cabia em si de alegria. Conseguira! Dessa vez Ratatoskr não poderia fazer nada para tirar dela a satisfação de Nidhoggr. Trouxera-lhe o fruto, a coisa que seu Senhor mais cobiçava no mundo!

Abriu a porta, exultante, e surpreendeu o companheiro meditando. Mostrou-lhe a bolsa de veludo azul, triunfante.

– Aqui está ele! – gritou com ardor. A expressão de decepção do menino convenceu-a ainda mais de ter conseguido. Afinal, ele também não podia não sentir o poder que emanava daquela bolsa, o poder inconfundível da Árvore do Mundo.

– Tem certeza? – disse Ratatoskr, ajeitando os cabelos com uma careta.

– Você está de brincadeira comigo? – respondeu Nida com desprezo.

Ratatoskr olhou-a com ar desafiador.

– Então, vamos evocá-lo.

Nida pegou suas mãos nas dela, tentando acalmar a agitação. Finalmente a escuridão chegou, e Nidhoggr apareceu para eles, em toda a sua força.

– E então? – disse com tom impaciente.

A menina foi até o chão, dando-lhe a bolsa.

– Aqui está, meu Senhor, o fruto!

Tanto ela quanto Ratatoskr sentiram, com clareza, a íntima exultação de seu senhor.

– Mostre-o.

Nida desfez cautelosamente os laços da bolsa e a abriu, tomando cuidado para não tocar o que estava dentro. Enfim, abaixou o veludo.

Era uma esfera rosada, exatamente como o fruto, brilhante como ele. Emanava um poder intolerável, tanto que ambos tiveram que proteger os olhos. Nida sentia-se no sétimo céu, havia cumprido seu dever.

No entanto, pouco depois, o nada se fez denso e pesado, e a raiva de Nidhoggr irrompeu sobre seus corpos indefesos. Rugiu, e sua voz aturdiu-os a ponto de fazê-los desmaiar. O fruto foi arremessado para longe e atingiu a menina em pleno rosto. Sua pele queimou, e ela gritou de dor.

– Incapaz!

Nida não estava entendendo e, colocando a mão no rosto, rastejou-se como um verme até aqueles olhos de brasa.

– Meu Senhor, o fruto...
– Olhe o seu fruto!

Nida virou a cabeça timidamente. O espanto paralisou-a. Parte do fruto, aquela parte que tocara sua pele, não estava mais rosa. Estava sem cor, como se tivesse perdido uma camada superficial de tinta. Abaixo, entrevia-se o amarelo do latão.

No rosto de Ratatoskr desenhou-se um sorriso de deboche.

– Não! – berrou Nida. – Não podem ter me enganado!

Nidhoggr não teve piedade. O nada se contorceu e agarrou-a como uma presa, esmagando-a entre suas espirais.

– Uma simples bola de latão – gritou. – Usaram a resina da Pedra para construir uma falsificação, e você caiu como uma idiota!

O vazio apertou a presa, amassando-a com uma força desumana. Nida não conseguia mais respirar, completamente à mercê daquele ódio puro e imenso.

– Vá – disse Nidhoggr para Ratatoskr. – Siga a Adormecida e capture-a antes que esteja em segurança. Se chegar até a mansão, não poderemos tocá-la. Nem eu sou capaz de romper a barreira com os poderes limitados que tenho agora.

O corpo de Nida caiu, exânime, na escuridão profunda.

– Não erre – disse, indo até o menino. Quando o nada ficou em cima dele, Ratatoskr sentiu um peso enorme oprimir seu peito. – Ou vai conhecer a grandeza da minha cólera.

Ficou de pé e engoliu em seco.

– Não farei isso.

O portão da mansão apareceu para Sofia como uma miragem. Embora sentisse o poder de Thuban sustentá-la, estava exausta. As asas doíam enlouquecedoramente, assim como todas as suas feridas, sem falar nos braços. Não aguentava mais suportar o peso de Lidja, conquanto fosse pequena e leve.

Caiu no chão pouco antes de alcançar a meta. Conseguiu fazer escudo com o próprio corpo e proteger a amiga, mas se feriu. Acabou de joelhos e abandonou-se completamente.

– Droga, droga! – pensou, com raiva. Sentia não estar mais aguentando, nem se quisesse. Estava no limite. Rastejou no chão, procurou a ajuda de Thuban, mas até ele estava quieto. Estava acabada, de verdade. Porém, ainda lhe restava espírito suficiente para perceber que o perigo estava por perto. Conhecia o terror puro que Nida era capaz de instilar, e a sensação de agora era parecida. Alguém estava em seu rastro.

– Professor... Professor!

O portão abriu-se lentamente, e emergiram duas figuras que Sofia custou a reconhecer.

– Professor... – murmurou.

Não ouviu a resposta. Notou apenas que alguém, com certa dificuldade, arrancava Lidja de suas mãos e que outra pessoa agarrava-a pelos ombros, tentando levantá-la. Havia um calor doce e prazeroso naquele aperto, e Sofia abandonou-se completamente nele.

– Rápido, rápido! – Foi tudo que conseguiu entender.

Atravessaram correndo o portão, e ela sentiu os pés se arrastarem no chão.

A primeira figura entrou, e, após alguns instantes, Sofia sentiu uma estranha pressão nos ouvidos. Àquela altura, ouviu um estalido e um grito. Virou-se e olhou de onde provinha aquele barulho.

Em um contexto que lhe parecia indistinto, entreviu um menino, um menino lindo, que tentava avançar até o portão da mansão desesperadamente, mas sem conseguir. Em volta de seu corpo, descargas de faíscas azuis queimavam sua roupa.

Lidja e Sofia

Sofia viu seu corpo mudar e se transfigurar. Tinha o tronco parecido com o de uma lagartixa, coberto de escamas pretas e patas armadas com garras. Sua cabeça era uma cobra, terrivelmente parecida com o focinho das serpes.

– Desgraçados! – berrava com voz desumana. Afastou-se da barreira, tomando uma distância segura.

Sofia sentiu-se arrastar até a porta, enquanto alguém lhe sussurrava no ouvido:

– Venha, vamos embora.

– Vocês não poderão se esconder eternamente! – berrou o menino. – Chegará o dia em que Nidhoggr será poderoso o suficiente para varrer essa barreira! Porque os poderes dele estão crescendo, Thuban, a cada dia! E, no fim, o destruirá, você vai ver!

Depois, a porta se fechou, engolindo suas últimas palavras. Somente então Sofia permitiu-se escorregar em uma inconsciência profunda e sem sonhos.

24
O começo de todas as coisas

Sofia escancarou a janela de seu quarto. Diante de seus olhos, havia um pôr do sol esfogueado: o céu estava rosa e vermelho, uma cor tão intensa que acabava tingindo até as nuvens barrigudas a oeste. O ar estava frio, mas o vento cheirava bem. Era cheiro de gelo e de inverno, sua estação favorita. Sentiu seu coração cheio de uma alegria plácida e serena.

– Você tem certeza?

Sofia virou-se. Lidja estava um pouco atrás dela. Recuperara-se rapidamente do combate. O professor havia sacrificado outra gota de Resina Dourada e havia tirado os aparatos dela, um a um. Não fora um trabalho longo demais.

– Seu poder já havia feito o grosso do trabalho – dissera a Sofia com um sorriso.

Ela corara.

O começo de todas as coisas

– O poder de Thuban, na verdade – replicara.
Olhou Lidja com um sorriso. Era tão terrivelmente bom tê-la novamente ao seu lado...
Concordou.
– Sim, tenho certeza.
Insinuou-se, projetando uma boa parte do busto. Cheirou o ar, deixou que o vento desarrumasse seus cabelos. Com os olhos fechados, lembrou os próprios sonhos, o vento doce de Dracônia. Hesitou um instante e, em seguida, recuou.
– Você primeiro – disse a Lidja, corando levemente.
A amiga sorriu-lhe em tom de escárnio.
– A medrosa de sempre... – Deu um suspiro exagerado, mostrando uma falsa exasperação, e saiu janela afora em um pulo. Sofia ouviu seus passos ágeis sobre o telhado e enfim sua voz, atenuada pelas paredes. – Estou aqui. Agora é você.
Aproximou-se lentamente da janela e aproveitou o panorama que se alargava diante de seus olhos. Vênus brilhava bem à sua frente, no meio do caminho entre o céu e a terra, enquanto o horizonte estava salpicado pelos cumes negros das árvores nuas.
Suspirou, fechou os olhos e buscou coragem. Agora sabia exatamente onde encontrá-la.
O vento a invadiu, doce e brando. Talvez fosse o vento do oeste que soprava até ali, trazendo-lhe o cheiro da areia e da maresia. Havia passado sobre Roma, sobre seu orfanato e sobre Giovanna, que

àquela hora já se virava na cozinha. Talvez houvesse um pouco do seu cheiro naquele vento.

Com calma, tirou as mãos da janela, dirigiu-se até a janela e colocou os pés no parapeito. Abriu os olhos e saboreou a vertigem. Tinha certeza de que chegaria e viraria seu estômago do avesso. Era uma inimiga que conhecia bem, que talvez nunca a abandonasse. Mas, agora, sabia como acertar as contas com ela.

Relegou-lhe um canto da barriga e apertou os dentes. Escalou com cautela, com o coração batendo enlouquecedoramente no peito.

"Está tudo bem, está tudo bem. Será fantástico quando estiver lá em cima, você sabe", repetia para si mesma, enquanto subia. Ignorou a sensação do vazio, o terror de despencar e os estalidos das telhas sob a borracha dos sapatos.

Pareceu-lhe demorar uma eternidade para subir e, quando viu despontar a mão de Lidja, agarrando-a por um braço, achou que estava mesmo na hora.

Içou-se pelos últimos metros graças à sua ajuda e se colocou de pernas cruzadas na estrutura da janela. Somente então se permitiu respirar com mais tranquilidade.

– Muito bem! Ano que vem levo você comigo ao trapézio – exclamou Lidja aplaudindo.

Sofia corou.

– Um passinho de cada vez.

O começo de todas as coisas

— De fato, eu disse ano que vem — replicou a amiga, dando-lhe uma piscadinha.

Sofia levantou a cabeça. O panorama era fantástico, exatamente como lhe dissera Lidja da primeira vez. Via-se boa parte do lago, emoldurado por uma coroa de árvores ainda adormecidas nos rigores do inverno. Era tudo tão vasto, tão ilimitado, que ela sentiu seu coração aumentar.

Haviam chegado ao fim. E ao mesmo tempo ao começo.

O professor fechara o primeiro fruto em uma sala secreta do *calabouço*.

— Enquanto existir a Pedra, ele estará em segurança aqui.

Sofia dera-lhe um último olhar, antes que a porta se fechasse para sempre sobre sua luz quente e reconfortante.

— Aquele menino... Professor, você escutou as palavras dele? — perguntara, mantendo os olhos baixos.

O professor suspirara.

— Infelizmente é verdade. Mais cedo ou mais tarde nem aqui estaremos em segurança. Os poderes de Nidhoggr crescerão dia após dia, é inevitável. O lacre não era destinado a durar eternamente.

— Quer dizer que o embate final não poderá ser evitado? Que mais cedo ou mais tarde teremos que nos ver com ele?

Schlafen concordou gravemente.

— Mas então tudo isso não serviu para nada? Pegar o fruto e combater, e todo o sofrimento... Não afastaram esse momento de chegar um dia?

O professor olhou-a nos olhos.

— O fato de o embate ser inevitável não significa que tudo isso seja inútil. Sem os frutos não temos esperança em fazer a Árvore do Mundo reviver, e, sem isso, Nidhoggr certamente vencerá. Sofia, você fez uma coisa extraordinária esses dias: recuperou o primeiro fruto, salvou sua amiga e encontrou sua força. Parece pouco para você?

Sofia tentou sorrir, mas com péssimos resultados. É que não podia acreditar que aquilo fosse apenas o começo, que aqueles dias torturantes, cheios de medo e dor, se repetiriam novamente e novamente, e novamente, em um ciclo que encontraria o fim somente em uma coisa terrível como a guerra.

O professor fitou-a com tristeza, mas depois se abriu em seu habitual sorriso.

— Você venceu a sua batalha, Sofia. Talvez não se dê conta disso, mas eu estou orgulhoso de você.

Foram aquelas palavras que a acalmaram, que lhe fizeram sentir aquele calor que sentia sempre que estava perto dele. Enquanto o professor tivesse confiança nela, não haveria batalha ou desafio que não pudesse combater.

Agora, ao enfrentar, com uma espécie de tímido atrevimento, o medo do vazio, Sofia pensava naquelas palavras. Achava que as entendia melhor, enquan-

O começo de todas as coisas

to tentava expulsar as vertigens e a náusea. A sua era uma luta que nunca acabava. E não se tratava só de combater Nidhoggr. Sim, claro, ele era a coisa que mais a assustava. Era uma sombra que se delineava em seus dias, e toda a sua vida lhe parecia colorida por uma nuance obscura. No fim, ele estava sempre ali, como entrevira na mansão, enorme e terrível. Como podia não pensar nisso a cada momento? Mas a luta também era outra. Era a infinita batalha contra si mesma e contra os próprios medos, uma guerra sem trégua. Na mansão conseguira vencer o terror, mas sabia que havia sido apenas o primeiro passo. Sentada naquele telhado, tentava lutar contra o vazio e o medo de cair. Outro pequeno passo pelo caminho, mas nunca acabaria. Sabia que sua fraqueza a espreitava e se reapresentaria sempre, cada vez mais dissimulada e insinuante, a melhor aliada que Nidhoggr poderia ter. Sempre teria que se impulsionar além, e a vitória nunca seria definitiva.

Suspirou, enquanto seu olhar acompanhava as mudanças de cor do céu. Nunca se dera conta, mas no pôr do sol o céu muda rapidamente até demais. Os reflexos vermelhos haviam desaparecido quase por completo, e a luz estava mudando depressa para o roxo. A magia que tirara seu fôlego assim que subira lá já estava sumindo, assim como as nuvens, agora mais finas e esfumadas. Pensou que havia um ensinamento nisso tudo, um ensinamento amargo, mas inevitável.

– Você gosta de ficar aqui?

Sofia sacudiu-se e apertou a mão de Lidja com vigor.

– Gosto, é bonito.

– Sua voz está dizendo outra coisa.

Procurou as palavras certas.

– Estava pensando na gente e na batalha.

– Não deveria fazer isso. Estamos em um período de trégua, acabamos de vencer e deveríamos curtir a vitória. Pensaremos na guerra quando ela chegar.

Sofia disse a si mesma que Lidja sempre sabia ser sábia. Realmente era mais madura do que ela.

– É, talvez você tenha razão – disse, com uma pontada de tristeza. Apoiou-se no telhado com as duas mãos. – Mas agora me leve de volta lá para baixo, acho que a minha prova de coragem durou tempo até demais.

Sentiu uma ânsia de vômito, que conseguiu deter a tempo.

Lidja irrompeu em uma risada fragorosa.

– Mas você só ficou dois minutos aqui.

– Lidja... Não se faça de rogada...

– Quer que eu desça primeiro?

Sofia olhou-a com olhos de peixe morto.

– Molenga! – cuspiu Lidja, entre os dentes, mas ria.

E embora tivesse ficado vermelha, Sofia também riu, primeiro baixo, depois cada vez mais fragorosamente.

O começo de todas as coisas

Sim, havia tempo para as batalhas e para as tristezas também. Não era mais a menina incapaz do orfanato, era uma espécie de heroína, uma heroína nada heroica e muito insegura. Não era o destino que escolheria para si, mas ninguém escolhe o que o destino reserva. Por enquanto, podia apenas aproveitar o carinho do professor e a amizade de Lidja, duas coisas que nunca tivera e que queria saborear até o fundo. Lançou um último olhar ao horizonte. Por um instante, não houve nem vertigens nem enjoo, somente a sensação maravilhosa de se perder no infinito.

– Vamos, coloque os pés aqui.

Sofia abandonou-se no abraço de Lidja e, sorrindo, desceu do telhado, guiada por ela.

Impresso na Gráfica JPA,
Rio de Janeiro – RJ.